U0059729

台灣經典寶庫

田園之秋

陳冠學

何華仁　繪圖

前衛出版
AVANGUARD

Fields in Autumn

by

KoarnHack Tarn

1979 作者照(吳耀芳攝)

自序

《田園之秋》出書已經二十多年了，這期間，獲得許多讀者的喜愛，作者感到十二萬分的安慰。讀者們喜愛作者藉着臺灣南部的一角田園爲樣本，讓他們觀照到臺灣土地之美，進而衷心熱愛臺灣這塊浮在太平洋西陲的土地；其中還有不少有心之士，更進而提早迴歸田園，實現他們愛這塊土地的決心。作者的感銘是無可言喻的。作者寫作《田園之秋》的動機，就是採取南臺灣的一角田園，盡個人可能有的筆力，一點一滴，一筆一劃，描繪出它的美，以期喚起全臺灣居民對土地的關切與愛護，如斯而已。而絕大部分的讀者，果然不曾令作者失望，迴向了作者這份心情。作者除了感激，還能說些什麼呢！但也有極小部分的讀者，乖離了作者的寫作動機，失之毫釐，差以千里，居然當起南北海之帝，鑿起中央之帝渾沌的七竅來，把渾沌鑿死了，實在太不相値了。

這本插圖本，或將進一步將讀者群的年齡向下迴降，如此，則臺灣土地之愛，將成爲一個老幼居民普遍的欲求，這就更有希望了。但願我們的田園，我們的土地，不至於死去，在居民普遍欲求下，日益復活，作者正馨香祝禱。

陳冠學

二〇〇七、一、二十九

目次

初秋篇

九月一日

置身在這綠意盎滿的土地上，屈指算來也有足足的兩年了。這兩年的時光已充分將我生命的激盪歸於完全的平靜，可謂得到了十分的沈澱和澄清。在過往的日子裏便蠢蠢欲動，想拿起筆來記下這至福的生涯，但是正沈浸間，生命吸飽了這田園的喜悅，反而如醉如癡般，幾度拿起筆來，幾度無法寫出一個字。可是不能一味如此感激下去，起碼得勾出幾筆素描。我得振奮起這一枝筆來寫，在一天裏，雖即不能從這整個生涯的喜悅裏完全清醒，也得半醒半醉地抽出幾分鐘時間盡力寫一點兒。

眞巧今天是秋季來臨的第一日，事前也不曾選擇，卻在秋季剛到的同一日開始了這本田園日記。秋，本就合人喜愛；秋，緊接在炎夏之後來到，有誰能不愛？何況秋季是成熟的季節，這田園裏的住民，更是愛秋過於春了。

人們總是等季節來到已有些日子之後纔注意到新的季節來了，而也在此時纔覺察到上一季節早走了。那廣闊田園裏的莊稼，那原野中、田埂間、道路旁和前庭後院裏的草木，都是在人們一場好睡的夜裏偷偷萌了芽，茁壯了，結實了的啊！而當人們一覺醒來，綠的黃了，黃的綠了；並且人生自幼而少，自少而壯，自壯而老，不也正是這

般地在不知不覺間變換着的嗎？在自然裏，在田園裏，人和物畢竟是一氣共流轉，顯現着和諧的步調，這和諧的步調不就叫做自然嗎？這是一件生命的感覺，在自然裏或田園裏待過一段時日以後，這是一種極其親切的感覺，何等的諧順啊！

怪不得今日天高氣爽，淺藍的晴天上抹着幾絲薄紗也似的白雲，空氣如此澄澈而清涼。如今回想起來，早在十多天前無怪早晚已彷彿有了秋意，甚至中午日光遍照之時，也一樣帶着清泉似的氣息。一禮拜前，竹蔀裏，在暮色蒼茫中，已聽見伯勞聒噪，原來秋是到了。要不是今天拿起筆來寫這日記，怕要再等幾番秋雨纔覺得着罷！

我愛秋，不僅愛它成熟，愛它在炎夏之後帶來涼意，更愛它是候鳥的季節，尤其是冬留鳥來的季節。當五月春將去，夏逼來時，幾次揮手送別了客鳥北歸，接着炎夏一到，不僅在炎熱的氣溫下懨懨無聊賴，不僅沒有了春花爛漫，尤其不見那多彩的好影，豐美的好音。夏，於是更顯得索然無俚。然而當秋一到，這一切又都回來了，花圃裏有着記不清的菊科的花開放；道路旁一樣有着它繁多的族類，在人腳邊靜靜展蕊。那北來的鳴客，更是令人覺得此地纔是牠的故鄉似的，到處是蹤影，是歌聲。秋，是個豐盛的季節。

今天一早吃過早飯，眼看着明淨的晨光揭開的是這麼美好的一個天地，任怎樣鐵定的習慣，也不能把我留在書桌前坐下來好好地看書。我生命內裏不由產生出一股力量，非得把我推出去，在這一大片田園間巡行一遭，似不肯罷休；尤其那清晨的空氣，給朝陽透過，好像起了什麼物理化學作用，我得出去，像一尾魚游入一泓清泉，我得游進這空氣中。我又覺得，強烈地覺得，非得去點檢一下，那初到的鳥，初開的秋的野花，好像那是我的莊稼似的；眞是個奇異的感應力。於是，我出去了，轉了一大圈，把這一帶的田園，及田園間的大小路，甚至小徑，乃至田埂田壠，當然走不遍，但是卻像非得每一條都去造訪不可。於是我挑了平時最常走的路徑，著著實實地轉了一圈。一路上相照面的一切，包括有生命的和無生命的，就像遇見了好友一樣，和牠們打招呼。雖然旁人也許不能理解，但是我自己卻是那麼親切地感到這一切有着人格的眞實。在一

草鶺鴒

所纔經營了兩年的果園邊，見到了一隻伯勞，瞟了我幾眼，停在籬柱上；見了不由心喜：

嘿！這兒挺不錯嘛！是不是？別再往南去！何必呢？這裏是世界上最美最好的過冬地啊！

伯勞聽見我跟牠講話，又瞟了我幾眼，沒有飛去。眞的，我眞的不希望牠再辛勞飛越重洋到赤道上去，我以東道主的身份，十二萬分誠懇，希望牠留下來。一羣烏嘴鷸鳥，大約五、六隻，在田路的那一頭浮沈而過。一隻草鶺鴒在草尖上抽動着牠的長尾，脊令脊令連珠似的鳴囀着。差點兒被一隻鵪鶉嚇着，這小東西噗地從腳邊草叢裏飛起。牠總以爲人家沒發現牠，可是直挨到行人的腳趾要踩到牠那不滿半寸長的尾羽，這纔著慌擲出來，要是不熟悉牠這脾氣，準要被嚇着。單看那些路邊徑旁的花，就令人深深覺得秋季畢竟是樸素的，雖即一樣點綴着漫山遍野的花色，比起春來，可眞是顯得多嫻雅啊！菊科紅花屬的一點紅，正舉着一束束待放的紅蕊，有的已是弄過花，迸開棉也似的絮。另有蓬屬的草，也輕輕揚起近乎粉紅的花絮，只要有一陣輕風過，那些花絮就會乘風飄去。一、兩株小本含羞草，靜靜地在僻處舉着胭脂絨球也似的花，探出了矮草的頭頂。草蜘蛛披在草尖上離地不及一寸的網，綴滿了露珠，映着朝暉，晶瑩的給大地增添了一項富麗的裝飾。大自然畢竟是無限的富有，這裏不啻是千萬顆眞珠！當然我最富有，這一切都是上天贈給詩人的，若我也算得上是詩人的話。其實，人間也只有像我這樣置身在這晶瑩的晨野裏的人，纔配稱爲詩人，你說是不是？總之，那催我出去的感應力，果然發於這一片靈秀，轉了這麼一圈，我的生命更加晶瑩了。

回來踏勘屋前八分地的番薯，有一半早已成熟。上月下旬，忙着給另甲二地的番麥施肥培土，照顧不到這一邊。這一、兩天內總得犂了這四分地的番薯，最遲不能拖過一星期。

下午在家修理農具，清理內外，不覺暮色生於籬根屋角，纔知道時間對於獨居的人，不論工作休息都是一樣的快慢。給牛放了夜草，灌了十幾竹管的潘水，天色已完全暗下來了。

藉着燈光給撐開了一角夜色，讀了幾頁書，發覺有幾本書有些破解，兀兀地給做

了一番修補。寂靜極了，彷彿聽見時間的腳步聲從身邊過去。但是一定神，這纔聽見田野裏傳來土蜢的夜鳴。此刻是九點半，此物自黃昏六點起，足足振動了三個半鐘頭的薄翅，眞有那份勁兒，可也眞迷人！

〔音注〕

竹部：成簇的竹，由同一母株發展成一簇叫一部。部，國音ㄅㄨˋ，臺音抱(語音)。

烏嘴鷝：鳥書叫尖尾文鳥。鷝，國音ㄅㄧˋ，臺音必。

潘水：洗米水。潘，國音ㄆㄢ，臺音ㄆㄨㄣ。

土蜢：北方人叫油葫蘆。土蜢，臺音肚ㄇㄜˋ，或變音肚ㄅㄜˋ。

農人的特徵在於有個純樸的心，因有一顆純樸的心，纔能日出而作，日入而息，鑿井而飲，耕田而食，含哺而熙，鼓腹而遊，而不奢求，不貪欲，過着無所不足，勞力而不勞心的安祥生活，而和田園打成一片。一旦失去了純樸的心，則奢求貪欲，無所不用其極，便過着不饜足，勞力又勞心的不安祥生活，不止和田園不能打成一片，還成了田園的搾取者、奴役者，田園將不堪凌虐，逐漸死去。

不管世界怎樣地在改變，做爲農人，我寧願守着過去的老傳統，還是神農時代的模式：兩甲旱田，一楹瓦屋，一頭牛，一條狗，一隻貓，一對雞。輪作旱稻、番薯、土豆、芝麻、番麥；屋角籬邊，總有瓜、豆開花結實，大概是菜瓜、匏瓜、皇帝豆三種。再是長年種一、兩畦菜蔬，隨餐摘食。堆採收過的莖葉根荄爲肥，賴老天降雨爲灌溉，水旱任由自然，蟲害雖不能免，截長補短，粗食淡飯，自給自足。滿院青草，滿田綠苗。在燕鴴劃破熹微曉空的鳴聲中醒來，在鈴蟲幽幽夜吟中睡去。沒有疲勞感，沒有厭倦感，這是我的生活。

農人的日子說是忙碌倒是忙碌，幾乎每天都是星期一；說是閒逸也是閒逸，幾乎

每天都可以是星期日。農人的日子的特徵就在這一點，除了趕節氣，趁雨水，日子都是自己定的，自己要它是星期一就是星期一，要它是星期日就是星期日，有時可以一連一個月是星期一，也可以一連好幾天是星期日。但是農人勤勞的習慣，很少給自己放星期假倒是事實。上月下旬幾乎整整工作了十天沒有休息過，這兩天，忽一擡頭，看見最愛的南國之秋已到，便將這初到的九月當假日。只要田裏的工作呼喚不太緊，只要心裏還不滿足，明天、後天都還是星期日，誰還理會日曆是什麼顏色！

燕鴴飛過

九月三日

這秋來的第三天，我還沒有意思想着下田做活，很想再到田間徜徉個一天半天；前兩日的優遊不惟興未盡，反惹起興致更旺。但是我沒有眞的出去。我留在家裏，想查察秋到家來。秋是到家了，家裏頭顯得澄澄的靜，再沒有夏日蒸蒸的翕了。南國的田野裏雖是看不到，在家裏卻隱隱的有葉落之感了。靜靜的坐在斗室裏，彷彿枯葉正飄落屋頂，正從窗邊輕輕的下着。在家裏，這是一年裏一段安祥的時節。

時間緩緩地過去，從窗內明暗的變換，可覺知太陽的高度。這三天裏一直是晴朗的天氣，連這一幢平屋，也默默地表示十分的滿意。

鳥有巢，獸有窩，人有家。我慶幸也有個家，一幢坐北朝南的平屋，坐落在大野之中。西面是一片已闢的田疇，直延伸到地平線，無盡的田園之美，就在這一片土地上，供我逐日採擷。東邊隔着三里地的荒原和林地，便是中央山脈，逶迤伸向南去。大武山矗立東北角上，南北兩座高峰巍然對峙；母親叫它南太母和北太母。日腳落在北回歸線上時，這一片田野，每個早晨似乎都落在這兩座山峰的陰影裏。小時候讀神仙小說，看見山腰間一片白雲出岫，以爲是仙人下凡了。隆冬寒流過境，兩個山頭

就蒙了一層凝定的白，大約有半里方圓的雪，可望不可即。那上面據說有個湖，登山家叫它鬼湖，是小時候幻想所注的奇境。南面，對着窗，隔着一小片田野，遠遠地是幾戶人家；都是族親。再過去是磽野一帶，是夏季山洪奔騰而下的馳道；冬季是乾涸的溪床，極目望去，白石磷磷，南接對岸的高岸，西達於海，寬約七里，長則自山腳至海，不下二、三十里。前眺這一片空曠的磽野，後顧那巍峨的南北太母，胸臆爲之豁朗，更無纖塵。北面是一片更遼闊的田野，此去紅塵萬丈，並且那是北風的來處，挾着一股冷，我是南國裏的土生土長，我願永遠朝南，迎那陣陣薰風。頭上是一片藍天，尤其是秋末以後，直到次年的春末，整整有半年的時間，就是你不擡頭，那無盡的藍也要映進你的眼裏。一個小小的家，坐落在這樣闊氣的天地間，不由你不心滿意足。

下午割了屋前兩分地的番薯藤。向晚時起陰，滿天烏雲自西北瀰漫而來，四里外的東北方，不停地電掣雷轟，凌空壓來，威力萬鈞，可怪直到趕完工，黃昏不見人面，竟都不雨。一路上踏着土蜢的鳴聲，不由撩起了童年的興致。摸索着撿起了一截小竹片，選定最接近的一道聲穴，於是我重溫了兒時的故事。

童年時我是鬪土蜢的能手。土蜢是對草蜢而名。在草上叫草蜢，在土裏便叫土

蟋。公的土蟋最愛決鬪。小時候每到此時，家裏總飼着兩三個洋罐的公土蟋。每罐盛幾寸厚的濕土，採幾片葉子，飼兩三隻。若是驍勇善戰者，便一罐一隻，以示尊優。此時笙不多正逢暑假末，整天提着水桶，庭前庭後，田野裏去灌。灌時先將土蟋推在洞口的土粒除去，把洞口裏的塞土清掉，開始注水，快的一洋罐的水便灌出洞門來，此時早在洞門後兩寸許處插了一片硬竹片，用力一按，便把退路截斷，然後伸進兩指，將土蟋夾出。公母強弱，只靠運氣，很難預先判定。要是公的，並且生氣活潑雄赳赳的，便喜之不勝，趕緊放進單獨的洋罐裏，再蓋上一片破瓦片；直灌到興盡纔罷休。然後是向別人的土蟋挑戰。先挖個三指寬半尺長的壕溝，形狀像條船，各人拿大拇指和食指倒夾着自己土蟋的頸甲，用力搖晃幾下，再向土蟋的肚皮上猛吹氣。如此反覆作法，務使土蟋被作弄得頭昏昏，且惱怒萬分，纔各從壕溝的一端將土蟋頭朝壕溝底放下去，於是不等過兩秒鐘，猛烈的

土蟋

決鬪便開始了。敗者逃出，鳴聲不斷發自勝利者的背翅。這是種慘酷的決鬪，往往翻斷肢節，剪光了觸鬚。一場決鬪之後，不僅敗者很難全身而退，就連勝者也不能確保完璧。但土蜢得來還有一法，那是黃昏後兒童的一項樂子。約莫暮靄蒼蒼起自天邊，較大膽的公土蜢便打開了洞門開始振翅而鳴，此時最早不會超過六點。但是這是極大的冒險，伯勞是可怕的獵者，往往就蹲在附近的高處。通常都是六點半開洞門，這時天色雖不會全黑，鳥隻是很少有活動的了。可是在鳥隻去後，公土蜢卻纔出現眞正的獵者。等到七點左右，男童就躡手躡腳地走來了，循着鳴聲的來向，一步一步的接近。鳴聲近一步便有一步的聲量之激增。進入六步之內，耳膜便開始感受到連續緊迫的搥擊，直教人覺得震入腦門，把整個耳朵完全灌滿，並且在耳室裏急劇廻撞；若再踏進五步內，耳膜便覺到更緊的鼓脹；如再逼近，耳室整個就像鼓滿過量氫氣的氣球，即便能不爆破，也不能不立即飛昇；若僥倖可逼到第二步內，則感受立即變質，有似觸電，好在此時若非竹片截住了牠的洞喉，便是牠已警覺退藏於密；總之，下一瞬間電擊嘎地而止，不論得手不得手，都脫了險。這就是夜探土蜢穴口的全部情況。

我那裏能得手，人太大了。兒童輕微的步震牠都能覺察，何況我這體重！一連探了八個魔呪般的聲穴，只得了慣性的耳震。最後只好認輸，跟牠們揮揮手直走回家。沒想到這兒趣眞的也有了限制。

赤腰燕

〔音注〕

翕：悶熱。翕，國音ㄒㄧˋ，臺音hip。

九月四日

天剛破曉，烏鶖便在田邊小溪畔一棵檳榔樹梢上直叫着：「吃酒，吃燒酒！」一早便要吃酒，直是酒鼈！其實烏鶖是種莊重有威嚴的鳥，穿着一身黑色的燕尾服，長長的尾羽，末端分叉，往外反曲，活似一支船錨；在初秋的此時，由於換羽，尾羽往往形成三層對鉤，竟像年輕姑娘穿着三層襇裙，樣子不免有幾分滑稽。烏鶖的嗓門很好，音質宛似片鋼琴，尤其吹口哨，可以說天下無雙。而牠那強烈的地盤觀念，不允許有體積比牠大的外客侵入，倒成了小鳥們的天然護衛，爲一方重鎭，眞教人起敬！因了這樣的性格，喜鵲、烏鴉、厲鷂(北方人叫老鷹)，往往成了牠猛烈攻擊的對象，農人因此視牠爲益鳥，百般優寵，從不加害。水田有鷺鷥，旱田有烏鶖，一白一黑，同爲農莊的象徵鳥。

待晨課已畢，一家六口——包括牛、狗、貓、兩隻雞——都吃過了早飯，日頭早探出了山頭，昇起一丈高了。提了犂，牽了牛，這就開始了今年頭一次的秋收。昨天割好的番薯壠就在牛滌邊，剛一出戶，便踏進收穫場，並且清爽得很，不像水田，平時拖泥帶水，收割時裏外一片粟芒，教人厭惡，這是我愛旱田旱作的無上因由。農夫似

我，快何如之！當然，今天心情格外地好，收成是老天給農人最大的獎賞，怎能不喜形於色呢！

剛套好了犂，烏鶖就停止了叫唱，憑老習慣，我就知道牠們準會飛下來，跟在犂後跳。果然，剛翻開了泥土，牠們早跟在我的腳後跟邊，在啄食蠐螬、螻蛄、蚯蚓之類的土蟲了。

約莫半個鐘頭之後，新翻泥土味吸引來了族親一羣小孩，大約有十個。這是慣例，犂番薯，別家婦孺有卻番薯的權利；薅土豆、割稻也同例，要讓人家撿落米的、落穗的。孩子們見我纔犂了一半，未曾採收，都站在田頭看，算是很規矩。烏鶖們大概都吃飽了，只剩一隻還跟在犂後跳，其餘的早飛上樹梢去了。幾十隻麻雀落在新翻泥土上，一邊吱吱喳喳吵着，一邊在啄食其中的小蟲；幾隻赤腰燕在土面上穿梭廻翔，劃着優美的線條。日頭已到三竿高，照得泥土味越發擴散，對農人來說，這是世上惟一最提神醒腦的香味，吸在肺裏，滲在血中，元氣百倍。

最大的一個孩子，大約十一、二歲，沒有上學，是一位族兄的長孫，要幫我收攏番薯；其餘的孩子也一齊要下來。我答應了，叮嚀他們不能做手。他們舉手發誓，有的說若做手屁股給蜜蜂叮，有的說若做手下次灌不出土蜢，有一個說睡覺時願給七腳林蜈（北方人叫壁錢）壓夢——俗傳夢魘是睡夢中被七腳林蜈正面照着引起的。於是孩

子們七手八腳忙成一團，但是不到半分鐘便吵起來了，個子高氣力大的，劃了一截地段不准別人插手，個子矮氣力小的偏就不聽。最後那個年紀最大的孩子給他們分配地盤，把年紀小的分配到田壠的另一頭去；小的雖不服，又不敢不聽話，嘟嚕嘟嚕的各自去了。不一會兒，只聽見小的在那一頭喊着：「這一縣好大呀！八條，總共八條！十斤，十斤重！」分明是在向大的吹噓。那小的也是一位族兄的孫子，纔不到七歲，那裏提得起十斤重的東西？這些孩子們有種天然的羣欲將他們箍在一起，但是各懷鬼胎，只有完全公平的分贓，纔能教他們相安無事。但是完全的公平是不可能的，故他們隨時隨地都要起內鬨，上一分鐘零點幾的不公平，下一分鐘非得取償則絕無均勢與安定之可言，這是人類社會的一個雛型。

大約過了半個鐘頭，犂完了那另一半，定睛一看，孩子們早將番薯堆成五堆，像五座小山一般。只見他們滿頭大汗，一臉泥土，個個成了京戲裏的腳色，大花臉、小花臉，臉譜之奇特，眞匪伊所思，可謂創未曾有之奇。看到這般模樣，我叫他們歇手，他們卻不肯，說要攻完爲止；他們早已忘記了原先要來卻番薯的事了。

又過了二十來分鐘，孩子們果然攻完了，番薯堆多出了三堆。我叫他們歇一歇，喝喝水。他們一窩蜂跑向小溪，跳了進去，爭着飮上游的水，又吵起來。只見他們往上游擠，擠了二十來丈，大概全都爭到淸水喝了，纔相率跳了出來。這些孩子們分離了不能過活，在一起又不能相安，爭吵是他們的特性，要到長大了爭吵纔會向裏沈，變成彼此禮讓、互相涵容。這又是人類社會文明的眞實歷程。

拿了把傘，綁了竹枝，插在番薯堆邊，搬了一張矮凳子，我坐下來摘番薯蒂。本來這種小工，是婦女的工作，大男人是不屑做的，可是我是例外，沒有女人幫忙，只有自己動手做了。

孩子們歇了不到幾分鐘，便又爭着在卻番薯了。只聽見最大的那孩子在發號施令，號令一響，孩子們各自衝進田裏，手排腳翻，忙着找尋脫了蒂的零薯。不一會兒工夫，個個都有所獲，都拿到一定的地點放齊。一個鐘頭不到，兩分地的新犁地被翻攪得稀爛，孩子們個個都撿到一大堆，紅皮的、黃皮的，間或有白皮的。大都是小拳頭般大小，竟有大似人頭的；說是他們做了手腳，不免有失公正，偶爾那樣大的大薯被看漏了是有的。於是又聽見那個大的孩子在發號施令了，他提議大家同時回家拿畚箕或籠子，在大路旁會齊，列隊進來，以免有人偷了別人的番薯。這倒是好辦法。制度自然是定出來的，小孩們早已有創制的先天能力，否則社會制度怎有可能呢？

果然他們列隊進來，將撿到的番薯搬了回去。

日頭向晡時，已摘蒂的一半番薯，裝在麻布袋裏，共十六袋，疊在牛車上，套了牛，載往鎮上去賣給番薯商。若不是那些孩子們幫忙收攏成堆，單靠我一個人，怕要

忙上一整天，直到日落之前，還未必能收攏好，不說摘蒂、裝袋、載運了。

坐在車前，腳底下的車轅不停地起伏簸動着，心裏有說不出的輕鬆愉快。向晚的西北風迎面拂來，一天的日光熱次第消退，清涼透骨。偶一擡頭，只見滿天披着一層灰雲，勻勻的、薄薄的、靜定的，像一匹久蒙塵埃的絹縑，給人無限寧謐的柔和感。

再沒有比傍晚的天色變得更快的了，天空中似乎下着一種灰黑色的雲末，直把空氣的分子間空隙塞滿，遠處漸漸的看不清了，近處越來越恍惚了，地面更是積落得厚；尤其夾在兩邊高過人頭的蔗田間的牛車路，暗得更快。一舖多路（十里為一舖，合五公里）纔走了一半，看着暮色漸深，不免有點兒睏意，靠着柵板，略微休憩片刻，讓赤牛哥信步前進。說實在的，自從我決心做個農人，除了老天之外，我最感激的，就是正走在我前面，拖着載重兩千多斤硬木車的這一頭赤牛哥。說是人類感激畜生，或有點兒不合常情，但是這是事實。赤牛哥本來完全不必依靠我便可以自由自在無慮匱乏的過活。地面上有的是草，小溪裏有的是水。除非當做老天的用意來解釋，否則牛馬雞犬一點兒也不欠人類的情。俗語說：「一切天注定。」也許這是事實。否則我一分一秒都不敢叫赤牛哥給我服役。雖是天注定，心存感激是應該的。若一切事情都認為當然，未免太沒心肝了。

偶爾有夜鷹從頭頂上掠過，睜開眼睛，只見暝色中一道黑影一閃而逝，大約有

一、兩尺的寬幅。此鳥晝伏夜出，濾食夜空中的蚊蟲爲生，古人誤以爲蚊蟲由牠嘴裏吐出，故叫牠蚊母鳥。

牛車顚簸得厲害，爬過陡坡，便是崙仔頂莊。我急急跳落轅下，一邊呼喝着，一邊幫着推車。赤牛哥使力拖着，蹄甲刮着石礫，卡卡地響；鼻子裏冒着白煙似的，發出風櫃般的送氣聲。上了崎，遠遠的便傳來狗吠，狗吠聲是村夜的特色，不免有幾分親切溫情感。

過了崙仔頂，街市在望。一路經過田野，經過荒原，那遼闊的黑暗之中的孤單落

夜鷹飛過

寞感，此時漸漸地被燈光與市聲所融解，像是從一場昏睡中醒了過來一般。

一進南門，便是番薯街；街路的另一面是一片空地。挑了一家熟店卸了貨，將牛車趕過空地來，給赤牛哥解了軛，拴在轅前，放了一總草；空地上有一個水栓，提了一桶水，放在赤牛哥嘴邊。走進店裏，店主人差不多快磅完了。總共兩千五百四十三斤，每斤行情一元半，共計三千八百一十四元五角。摺好麻布袋，綑成一綑，放在車上。我於是踱到夜市去吃一年裏難得吃到幾回的各種零食。

店舖裏的商品，映着燈光，玲瓏滿目，對於欲望大、虛榮心強的人是一種鼓舞，但也是犯罪的根源。人類的欲望和生活品質，很難得劃出界限，因此這些商品是福是禍確也很難說。沿街瀏覽一過，只當做一場藝術品展覽，不落進實用層面來看，自然是另一種純粹的經驗。

在夜市零食攤上吃了一碟子日月蟶、一碗碗粿、一碗公鱸魚麵，肚子撐得幾乎走不動了。看見新出的紐橙(俗誤寫做柳丁)，買了一斤。回程，出了南門，剝了一個吃，還好，還可以吃。

一路上枕了麻布袋，放頭酣睡，就任由赤牛哥拖回家去罷；赤牛哥路草跟人一般熟了。反正，今夜還得趕夜工，摘完另一半的番薯蒂，大概天也快亮了，好再趕一趟早車。

〔音注〕

襇裙：褶裙。襇，國音ㄐㄧㄢˇ，臺音景。

厲鷂：老鷹。厲鷂，臺音利葉(語音)。

牛滌：牛棚、牛屋。滌，國音ㄊㄧㄠˊ，臺音ㄉㄧㄠˇ。《禮記》〈郊特牲〉：「帝牛必在滌三月。」

卻蕃薯：卻，撿的意思。卻，臺音・ㄎㄧㄜ(輕讀)。

薅土豆：薅，拔的意思。國音ㄏㄠ，臺音ㄎㄠ。土豆，即花生。

林蜈：北方人叫壁錢。林蜈，臺音ㄋㄚˇ鵝。

一縣：一串。縣，臺音ㄍㄨㄚ(帶鼻音)讀下去聲，如提東西的提(本字是「何」字)。

一鋪：鋪，國音ㄆㄨˋ，臺音ㄆㄛ讀上去聲，普讀訴的聲調。

一總草：總，綑。總，臺音ㄗㄤˋ。

日月蟶：海鏡。蟶，國音ㄔㄥ，臺音ㄊㄢ。

鱓魚：黃斑色形似鰻。鱓，國音ㄕㄢˋ，臺音善。

九月五日

爲了愛惜牛隻，凡是拖重載，大抵都是趁早晚趕車，以免炎日。昨夜出了南門，吃過一個紐橙，倒頭便睡，空車顚簸着，睡夢中彷彿在母親的搖籃裏一般。也不知道經過了多久，只覺搖籃停擺了，睁開眼睛一看，早到家了。赤牛哥文靜地挑着車軛站着，只不時揮着尾巴；花狗繞着牛車轉，直搖尾，一邊哼哼作響，表示牠內心裏的歡喜。

給赤牛哥卸了軛，牽進牛滌，放了草，走進田裏繼續我摘蒂的工作。天不知道在什麼時候開晴了，一輪向圓的明月已斜西，屈指一算，今天是八月十一日，還有四天便是中秋了。

土蜢的夜鳴似乎到了尾聲，越來越稀薄，原先把月光震得顫動着似的，此時漸覺定着下來，但卻發覺不知是誰在給整片緩緩的曳着走。

也不知道是否由越來越重的睏意，覺得番薯越摘越多，希望摘完了躺下來睡一會兒，可是番薯堆似乎在自動增息。若是番薯堆眞的在自動增息，對於此時的我，大概不僅不可喜，反而可憎，因爲我此時一心一意，只想着快一點兒摘完了躺一會兒。然而我的眼簾愈來愈朦朧，我的意識也跟着朦朧了起來。最後我放下了番薯站了起來，決定去小溪裏洗個面。這時纔發覺明月早已西墜，怪不得先前眼簾模糊了。

小溪仍舊潺潺作聲，是小溪在夢囈呢？還是小溪徹夜未瞑？不，應說小溪水徹夜在趕路，在囁囁不休。走了幾十步，迎着東北風，聞到一股清水味，睏意早消了。活動了幾下筋骨，沒有下水去，又走了回來。只見一隻大鳥，從頭頂上飛過，模模糊糊，竄向東去，黑黑的身影，覺得頭部格外大，飛得又不快，大概是貓頭鷹無疑。東邊山頂上早轉出了獵戶星座，依月份日期及躔度推，此時大概是半夜過後兩點左右。再過兩三個鐘頭就破曉了，非得再趕工不可。查勘了番薯堆，剩下一整堆又多一點點兒。於是我又坐下來，加緊挽摘。

纔坐下來，遠遠的，南邊便傳來雞啼，我家那隻公雞也應和着啼了。這是鄉下人所謂的雞啼二遍，頭一遍是半夜十二點左右，可怪，我怎麼沒聽見雞啼頭遍呢？也許是心不在焉，也許有所湛思罷！一個中年以上的人，或當午夜夢廻，或徹夜不瞑，總不免感平生於疇昔，有許多往事可堪回憶，雖窗邊雞啼，庭外犬吠，未必聽得見。也不知道我那時是在回憶些什麼？想着些什麼？或是正爲睏意所襲？然而在這麼深的夜裏，聽雞啼聲此起彼落，眞有說不出的滋味。我一向最愛憑聲揣摩聲主的大小形狀與年齡。我自小便愛雞甚於一切。記得一手撫養的一隻小公雞有一夜被老鼠咬斷了一

條腿，經我悉心照顧，居然長大成爲堂堂大公雞，只是拐了一隻腳，舉止有些不便而已。我走到那裏，就跟到那裏；有時牠正跟着母雞羣在一起，只要我呼喚，就會即刻拐着走過來；一天裏我總要抱牠幾回。一天，我放學回家，呼喚我的公雞，不見蹤影。母親走了出來，遲疑了很久，告訴我宰了待客了。我聽了放聲大哭，我恨那個客人，也恨我的母親。這是幾十年前的兒事了，於今猶歷歷如昨。我也愛母雞，但更愛公雞。有一回，我家一隻母雞剛帶大了一窩小雞，小雞勉強剛能自立，母雞中了雞瘟病了。我憂心忡忡，看着母雞發愁，替她照料小雞。就這樣天天看着母雞，愛莫能助。終於母雞死了，我掉了不知多少的眼淚。我自己也是肖雞的，不是爲了肖雞纔愛雞，而是雞天生可愛：雞的形體優美，大小適度。母雞羽色和樣子都令人覺得十分溫馴，純粹是一種典型的雌性美。而公雞則羽色耀人，氣概英偉；尤其那通紅的雞冠和高而流線式的翹尾，完美到極點；而牠那夜間三遍警世之聲：第一次在半夜裏啼，大概是爲了提醒農人和馬夫給牛馬添夜草，且出來巡視周遭，以備盜賊；第二次啼，大概爲了有事早起的人，生怕他們躭誤了正事；第三次啼，則天已破曉，要叫醒普天下之人，莫要落在晨光之後。古人論雞有五德，很久以前讀過，現在都忘光了，大概是這幾點意思罷！

待雞啼三遍，我和赤牛哥早已在路：曉風拂拂，晨光熹微，蹄聲得得，車行間闕，我內心裏感到無限的輕快，反而沒有半點兒睏意。

賣過番薯，辦了一些日常用品，回來人牛都需要休息，因此整整睡了一個下午。及至醒來，天色已暗，土蜢正競鳴得響。一場酣睡，睜開眼睛，看到的竟是夜色，這種晝夜倒置的感覺，雖不是沒經驗過，卻極爲不習慣。往常，睜開眼看見的是一片曙色晨光，滿懷生氣的，準備着出去做活；可是，此時滿懷生氣的，眼前卻不是做活的景色，自然很覺得怪。也好，好久沒有過長時間的夜讀了，這上半夜何不讀個痛快！於是吃過晚飯之後，放了牛草，灌了潘，餵過花狗，在庭中田外蹓躂了一會兒，就進來讀書。讀那一部好呢？最好是挑一本能一口氣讀完的。在書櫥上挑了又挑，很難挑到一部分量這樣適切的書。這一次最好是挑本渴望已久，一直沒有機會讀的書，但那樣的書部頭都嫌大些，四、五個鐘頭那裏能看完？挑來挑去挑不到一本合適的，最後挑了法國小品文大家J. Renard的《紅蘿蔔》，是日譯本，前些時讀了半部，何不續完？Renard的《博物誌》除了極小部分限於當時的觀念，大部分都可稱得是神品，在這一方面，可以說是獨一無二的傑作。前半部的《紅蘿蔔》也是神雋之至，是千古不磨的好文字，後半部當不會不相稱罷！於是我打開了《紅蘿蔔》的後半來讀。

正當我讀得入神，屋瓦間忽卡卡作響，不由習慣地擡頭察看，只見一隻家鼠從樑

椽間鑽了進來，目光烱烱地直瞅着我，我故意屏息靜止，牠卻打算沿着壁溝下來。老鼠這種生物，農家沒好感，讀書人只一個「鼠疫」的病名就不免對牠懷着十二分的嫌惡。於是我又習慣地跺了跺腳，牠便一溜煙地又溜了出去。不看壁鐘，就知道準是十點二十分左右。果然是十點二十五分。平常我是十點正準備就寢，大概十點十分至十五分我就熄了燈，五分鐘後牠就攀簷走壁地溜進來了，很準；今夜大概是發覺有燈光，遲疑了五分鐘。農家照習慣都養有貓狗，但是鼠輩還是我行我素。臺諺云：「做賊一更，守賊一暝。」貓狗能奈牠何嗎？要眞能治鼠，一家最少也得養三隻貓，並且晚上一頓不能餵食，須嚴格執行，否則貓兒吃飽了晚飯，找個舒適的地方呼呼地睡去了。世上懶人多於快人，懶貓自然多於快貓。況且貓兒縱使白天睡夠了，晚上不餵食，大都往野外跑，撲山去了，守在家裏的不多。養了三隻，總有一隻性情內向的，待在家裏，鼠輩就非得格外警覺不可了。但是Renard的《博物誌》裏「鼠」一題卻有很妙的寫法，把讀書人和老鼠的關係寫得再切貼不過，他寫道：

> 在燈光下寫着今天應寫的一頁，有種輕微的動靜傳耳可聞。停了筆，那動靜也停了，再沙沙地動起紙筆，那動靜又繼繼傳來。
>
> 一隻老鼠睡醒了。

我知道牠在下女放抹布刷子等物的暗壁洞洞口走動着。不久，牠跳下床來了。牠在廚房的鋪石上繞着跑了。接着，牠在移近爐竈，轉到水槽，終於鑽進碗碟裏去了。牠如此逐步向遠方偵察而進，便漸漸挨到我這邊來了。

我一擱筆，那過分的靜竟使牠不安起來。我一用筆，牠就覺得或有另一隻老鼠比鄰而在，便安穩了起來。

不久，牠不見了，原來牠已跑到我的兩腳之間來了。牠從這隻椅腳到那隻椅腳，繞着跑；牠刷刷地掠過我的木拖鞋。牠開始啃了，啃那木質；終於爬上來了，爬上了我的木拖鞋。

嚇！這一來我不僅不能稍動一動我的腳，也不能有過大的鼻息，要不然，牠一定會拔腿就逃了。

然而，我卻不能不寫啊！我怕被牠遺棄，落得孤獨枯悶，我先則只給已寫成的文字標點句讀，或只劃劃橫線，然後，一點一滴地，一如牠啃東西的樣子，一筆筆地寫下去。

眞是一段神筆！

「紅蘿蔔把頭上的帽子拿下來，摜在地下，用力地踩着，大聲叫嚷：『沒有人愛我！壓根兒沒有人愛我！』」紅蘿蔔雖即因了有那樣的生母，對他無情無愛，甚至酷虐，但是全書的精神卻是在於隨段隨篇的神雋，把它當一部長篇小說看是錯誤的，《紅蘿蔔》不折不扣是另一本小品傑作。讀完了這部書，正好雞啼頭遍。在此起彼落的半夜雞啼聲中，我滿足地熄了燈，也不看壁鐘是幾點幾分。

家裏下半夜就交由鼠兄做主了，我也沒奈牠何！反正我主白天，牠主黑夜；道並行而不相悖，我主白道，牠主黑道，輪番接班，誰也不礙誰。

〔音注〕

守賊：守，臺音ㄐㄧㄡˋ。

九月六日

農忙時，有時幾乎連停下來換口氣都不能。另兩分地的番薯已不能再躭擱，今天花了一整天的時間，一口氣割了藤，犂開來，攏成堆，待收工時，日頭已落，天色早已暗，土蜢早已開洞門振鳴許久了。

幸好這幾天都或晴或陰，雖或密雲而不雨，要不然，拖泥帶水，是無法收番薯的。看樣子明天免不了有場豪雨，初秋是多雨的季節。後天便是中秋節，只怕惡劣到要在風雨中過，語云：月到十五光明少。但願明天來場豪情的西北雨，把近日的份下盡，好讓後天一整天一整夜日朗月明。

只覺滿身乾燥，粉粉的，臉上、手上、腳上，盡被塵封。人在活動中居然還被塵封，難怪靜物無抵抗，會怎樣被埋沒了。

在工作了一整天之後，在被塵封乾粉了一天之後，跳進小溪裏，在大自然的遼曠中，在無邊夜色的黑幕下，脫光了衣服，袒裸裸地，無一絲牽掛地，躺在從山中林間來的清泓裏，洗除外在的一切，還出原本的自我，是何等的享受，何等的痛快！這裏半里方圓內沒有人。若單就本地域而言，一平方公里密度大約有八十人。依照理想

標準，還嫌太擁擠。最好是一平方公里五人至十人，不能超過十人。只有在這個限度下，人纔有眞正的自由之可言，纔有眞正的尊嚴之可言，一旦超出這個限度，人的自由尊嚴都受到了折扣。聽說一些所謂文明國家，實際密度達到一千五百人以上，那簡直成了豬圈裏的豬，廁所裏的蛆，算不得是人了，眞不知道那是文明呢？野蠻呢？實際上每個城鎭，密度都超過此數，那是自我作賤。故神農氏定日中爲市，那是對的。城鎭平時是一個廢墟般的市地，無人居住，每月定出兩三天趕集，通有易無。過後又是個廢墟，這纔是健康的人世。所謂國家、政府，無非病態密度的產物，或更簡單地說，是密度的產物。故所謂政治、法律，不用說都是人世病態的贅疣。因此有統治、被統治、壓搾、反抗、把持、革命等血腥的事件。老子主張小國寡民，那是透徹的智慧。

直洗到滿足了，提了換下來的衣服，我赤裸着走回家，又赤裸着提滿了一水缸的水。然後穿了衣服，所謂不能免俗，自小穿戴慣了，一時不慣久裸。

不打算今夜摘番薯蒂，這一份工作正夠明天一整天做。

同樣的一種書，版本不合心意，除非不得已，手邊沒有別的本子，就是最心愛的著作，也不會歡喜拿起來讀。比方《論語》或《孟子》，幾乎可算得是不能離開案頭的人類實踐智慧的聖典，但是版式、字體、紙張有一不合意，讀起來便覺有幾分勉強；若三方面都不合意，聖典歸聖典，不止不愛讀，還覺十分厭惡。因此，版本對於一本書極爲重要。不是用紙豪華，價錢高貴，便是討人喜歡的書。一本書討人喜歡不喜歡，除了最基本的條件，是否合於人的視覺生理的要求之外，還有讀者個人讀書史的背景在，更有書本本身的先天模式問題。總之，這已達到讀書三昧的境界與涵養，有時很難爲外人道。我的書櫥裏書架上，單是《論》《孟》便有十多種，只朱熹集注便有好幾部，有的純粹是爲了校勘上不得不備做對照的，有的純然是爲了版式、字體、紙張的特性而收置的，也有全爲實用，便於攜帶常讀，不怕汙損的；也有些我極其不喜歡的本子，只爲備存而已。舉《論》《孟》足以概其餘的一切書。有些書，無論各種角度，都十分令人滿意喜愛，往往只偶爾拿出來把玩把玩，蜻蜓點水般的打開來隨意讀個一頁半頁，生怕汙損，便又隨手收藏起來。若一本書沒有別種版本可得，而條件又很不滿意，卻是急於一讀的好著作，便不免十分懊惱，邊讀邊受折磨。因此一般不夠格的字模工、出版者，常令我傷心，而目爲書本界的豬，徒然蹧蹋一些好著作。有時便是不讀書，在一盞孤燈下，把家裏的藏書，一本本一部部拿下來摸摸翻翻，看看書名和作者姓名，聞聞陳年的或新出的書香，便悠悠然的，有了陶情冶性之功。古人說：「讀書論世，尚友古人。」翻藏書，可在一夜之間，上下古今，精接神通，便覺

無限的充實，無限的安慰。

今夜我沒有讀書，但是差不多把家裏的藏書都翻遍了。熄了燈，滿足地上了床，卻發覺有一隻螢火蟲，幽幽地自在地在室裏飛着。牠腹下的螢光，竟依稀有七、八寸直徑寬的照幅。看着牠在黑暗中緩緩地劃着柔和的曲線，這裏早已是黑甜之鄉，誰還分得出是醒着是睡着呢？

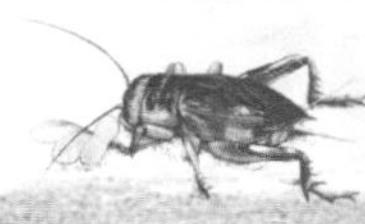

摘了一天的番薯蒂。

下午大雨滂沱，霹靂環起。若非番薯田在家屋邊，近在咫尺，眞要走避不及。低着頭一心一意一定要把番薯蒂趕快摘完，霎時間，天昏地暗，擡頭一看，黑壓壓的，滿天烏雲，盤旋着，由上而下，直要捲到地面。這種情況，在荒野中遇到幾回。只覺滿天無數黑怪，張牙舞爪，盡向地面攫來。四顧無人，又全無遮蔽，大野中，孤伶伶一個人，不由膽破魂奪。大自然有時很像戲劇，像今天這種大西北雨的序幕前奏，可名爲惡魔與妖巫之出世。正當人們籠罩在這樣恐怖的景象中，膽已破魂已奪之際，接着便是閃電纏身，霹靂壓頂，在荒野中的人，沒有一個不是被震懾得氣脫委頓，匍匐不能起的。好在再接着便是大雨滂沱，再看不見滿天張牙舞爪的黑怪，而閃電與霹靂雖仍肆虐不已，卻多少爲雨勢所遮掩，於是匍匐在地的失魂者，便在雨水的不斷澆淋下，漸漸地蘇醒，而閃光與雷聲也愈來愈遠，轉眼雨過天晴，太陽又探出了雲端，樹葉上、草上閃爍着無邊亮晶晶的水珠，一場大西北雨便這樣過去了。你說這是戲劇不是戲劇？

因爲是在家屋附近，又爲了趕工，直待到閃電與霹靂左右夾擊，前後合攻，我纔逃進屋裏。遇到這樣氣勢萬鈞的大西北雨前奏，誰也不能逞英雄，因爲此時在天地間除了它是英雄之外，不准有第二個人是英雄。此時它是無敵的大主宰，任何人都不能不懾服。牛羣在原野上狂奔，羊羣在哀哀慘叫，樹木在盡力縮矮，那個敢把手舉得最高，頭伸得最長，定立時被劈殺。

一場爲時一小時的大西北雨，到底下了幾公釐的水，雖然沒做過實驗，只覺好像天上的水壩在洩洪似的，是整個倒下來的。每一雨粒，大概最小還有拇指大，像這樣大的雨粒，竹葉笠是要被打穿的，沒有簑衣遮蔽，一定被打得遍體發紅。但是本地原是山洪沖積成的沙石層，滲水極快，無論多大多長久的雨，縱使雨中行潦川流，雨一停，便全部滲入地下，登時又見灰白色的石灰地質，乾淨清爽，出得門來，走在堅硬的庭面路上，一點兒也不沾泥帶水；這是我酷愛這一帶旱地，而不喜歡外邊水田田莊的理由。

終於雷聲愈來愈遠，電光只在遙遙的天邊橫掃。太陽又出來了，一片清新的空氣、鮮潔的色彩，彷彿聽見了貝多芬田園交響曲第四樂章牧羊人之歌。

九月八日

昨天所摘的番薯分兩車出，昨日黃昏時出了一車，今早日出前出了一車。今天又辦了點兒貨，還特地買了幾個中秋餅，回來時已將近晌午。

今早一覺醒來，發現天氣晴朗得可愛，一整個早晨和上午，風和日麗，就覺得萬分的快意，但願今夜中秋月圓，萬家千里共嬋娟！可是一過了午，雲翳冉冉而生，不免十分躭心，生怕掃興。平生不知賭博爲何物，此時對於今夜晴陰的關心，卻宛然有賭博感，即一種在未知數之前的焦慮與懸宕之感。不論有月無月，淸除內外總是不會錯，因此徹裏徹外淸掃了一遍，二週前剛淸理過，實在也沒什麼可淸理的。

拿了把鋤頭，在剛犁了的番薯地裏挑了一段地，疃平了，鋪了麻布袋，上面再加了一張草蓆子，我準備在田中央賞月；這裏視野開曠，從東北角的大武山逶迤直到正南的蜈蜞嶺，盡收眼內，任何光體從山後昇起，都出不了視界。

看看已接近黃昏，雲漸漸地收了，發現金星赫然出現在西天邊，依高度看，似乎剛剛出現不多久，但也不會是今天纔出現的，可怪我這些日子來，怎麼都沒留意到？初出的金星，白中透藍，或說是藍中透白，大大的，對着薄暮的田園以及天上的一些殘

雲，格外地顯眼。前人詩云：一星如月看多時。除了初出的金星，更有何星？其實論光色之美，月光大不如星光。而星光中恆星的光而耀，又不如行星的明而映。行星中也只有金星暮西曉東，因大氣層斜距離最厚，星體獨大，具備兩個好條件，既惹人眼目，又可平眺久望，而無強項之勞。故詩人說它「一星如月」（喻星體獨大）而「看多時」（令人留連愛之不能去）。每次遇上這一情景，很少不被久久吸引。生命的質地有所同，鑑賞的內容自然一致；正如一種地質，有一種地質適宜的植物一樣。直望着金星落進了地平上的雲靄裏，纔猛記起，自己原是在慇懃待月出的，可是已遲了一步，明月早已出在東山之上了。

進屋裏拿出了月餅，提了一壺開水；漢朝人大祭用清水，美其名爲「玄酒」，我不飲酒，如今飲玄酒，名稱不也是酒嗎？於是我一個人坐在田中央，和天下之人千里共嬋娟。

中秋節是怎樣起源的呢？一向有種種說法。我以爲將蘇東坡的「月有陰晴圓缺，人有悲歡離合」顛倒過來，說成「人有悲歡離合，月有陰晴圓缺」，那就說對了。老天爺早算出人類爲了餬口，難免外出，或載運穀物，間關百里，上城市出貨；或趕着牛羣羊羣，赴都會出售；或如白居易〈琵琶行〉「商人重利輕別離，前月浮梁賣茶去」。凡此種種，離家是不能免的事。可是出外總是有個期限，若至曠日持久，經年不歸，甚或數易寒暑，杳無信息，則家將不成家，失去人生的意義。因此老天定了個期限，約略以三十天爲期，在天上懸掛上一個向圓的團圓燈，這便是月有圓缺的道理；月缺爲離家之日，月圓爲賦歸之期。能夠永遠不離家，日日廝守在一起固然是好，萬一時或不能不離家一兩次，這是天定的離別期限。在這一期限內，人生種種，尚可勉強維持，一旦出了這個期限，不免百弊叢生，這不僅是老天爺早已計算到，人類本身也已切感。可是老天爺惟一的錯誤即在於給了人類智力，因了這智力，人類社會終於不可遏止地衝破了老天給安排幸福而安祥的藩籬，而落得支離破碎。於是在漫無期限的離別之中，人類終於自己定出了大限；大概這是中秋節起源的最好解釋罷！

中秋月安祥地轉着，祝福的光照臨遍地，我也披滿了一身，雖即背後照出的是孑然的孤影，我仍十二萬分感激地受下老天這亙古的美意。

〔音注〕

疃平：以鋤平地。疃，國音ㄊㄨㄢˇ，臺音ㄊㄨㄚˋ(帶鼻音)。

蜈蜞：水蛭。蜈蜞，國音ㄨˊㄑㄧˊ，臺音吳ㄎㄧˇ。

九月九日

將收成過四分地的番薯藤，犂土蓋覆，花了一整上午的時間。自己撿了不少番薯，可吃上一個月。那些小孩子們一直沒再來，也許都放牛去了。牧童與牛是田野間不可缺的風景。

下午又下了一陣西北雨，沒有前天那麼大的氣勢。在家裏看書，聽雨點密密地打在屋瓦上，嫌過分急驟。雨聲之美，無如冬雨。冬雨細，打在屋瓦上幾乎聽不出聲音，匯爲簷滴，滴在階石上，時而一聲，最饒韻味。

陣雨過後，一隻黃鶺鴒(也許是灰鶺鴒)來訪，在沙礫質的庭中走着，不停地上下搖着長尾，不停地在啄食。不多久工夫，把庭面走遍，只聽得「脊令」一聲，擲地飛起，一個大弧度一個大弧度邊鳴邊進，只幾秒的工夫，早已飛在高空中，轉了一圈，往東南飛去。望着鶺鴒走了，心裏若有所失，很希望牠多留片刻。我愛鳥，但是不養鳥。我這裏，整個田園，就是鳥園，老天養着供我欣賞。有

黃鶺鴒

時在窗內看書，偶一擡頭，看見一隻白腹秧雞在窗外散步——我記這本日記，實在掛一漏萬，像這幾天，常聽見白腹秧雞在遠遠的西面，或許在小溪邊，或許在蔗田裏，koak-koak地叫（沒有春末夏初那樣熱烈）；有時在盛午的時候，鵪鶉也會來到庭面散步；連最膽小的緋秧雞，也會出沒屋角邊。只待在家裏，就有好多種的鳥，輪流來訪。在田園間，更是目不暇給，洋洋盈耳。

雨後的空氣不用說是清新的，我懷疑那不單是大雨把空氣中的游塵洗清了，雨後的葉子似乎更吐着無邊的清氣。一路穿過番薯地，來到番麥田，天已向晚，一隻夢卿鳥（日本人叫番鵑，臺灣人音譯做夢卿）見了我，從番麥梢上緩緩飛起，身上依然是黑色的夏羽。此鳥飛行的緩慢，使人有夢幻之感，牠那柑桔色的翅膀，尤其加強了這種氣氛。番麥生得很好，看着快要吐穗。有些綠金龜在啃食嫩葉，好在不太多，隨手捉了幾隻。在田頭上割了四總草，天色漸暗，日已落，殘霞黃金也似的，格外耀眼。陣陣的燕鴴，在高空上ki-lit ki-lit鳴着，向東飛去，山崖上大概有牠們的巢窠，牠們的本地名因此叫石鷺。牠們原本是海鳥，已進化爲陸鳥，腳爪間至今遺留有一小片的蹼。田園的一天，在燕鴴聲中開始，也在燕鴴聲中結束。兩總一結，我把草總分搭在兩肩上，施施地走回家。

〔音注〕

石鷿：鷿，國音ㄅㄧˋ，臺音ㄆㄧㄚ(帶k收音)讀下入聲，如用彈弓打鳥。

夢卿

九月十日

晨起，大霧迷濛；這樣的大霧原是到晚秋時節纔會出現的，那是冬來的先兆，竟提早了一、兩個月，看樣子今年雨水要收得早，冬天會早些到。回歸線內南國的冬，等於北國的春，天氣是四季之中最宜人的。這一陣大霧激起了我內心的喜悅，不由信步步了出去，順着大路往南走。所謂大路，乃是這一帶的交通孔道，不過是一條牛車路而已，除了中間的牛蹄徑和兩條平行深陷的車轍，路上盡長滿了牛頓鬃草，路邊兩旁茂茂密密的，盡是禾科的草，大都是三耳草，也有白茅，還點綴着一些別科的草，如紫花藿香薊、金午時花等，此時都開着花。越向前走，霧越發的濃，剛走過，後面的路又給霧包了，眞是前不見古人後不見來者，不識前路又斷了後路，只有周身五、六尺半徑的天地，覺得彷彿身上有什麼氣撐開了這小片的霧似的。於是又往前走，又一直往前撐着。小時候，最怕霧，尤其隆冬的晨霧，濃得似乎要把人吞了似的。有時在霧中更會出現白虹，只在幾丈外，粗如牛身，可怕的白，還帶着黑影。小時候一見到這樣的白虹，立刻往家裏竄，不敢出去。後來長大了，膽子也壯了，見了這樣的白虹，想着走進去看看，可是任是怎樣趕快了腳步，還是在前面幾丈遠處，保

持着一定的距離。白虹的位置都在西北方，正跟霧外的朝陽對直。我此時正朝南走，不可能遇見。按時令，此時太陽還不會回到赤道，若有白虹，一定在我身後西北西。我半意識地回顧了一下，它果眞赫然在那裏！這場霧確是晚秋初冬的霧，時令提早了這麼多。戰國末年人寫的〈月令〉一篇，極重視時令，說什麼孟秋行冬令會怎樣怎樣。依農曆算，此時是仲秋，乖舛還不算嚴重。我沒去理會白虹，我又往前繼續走，想着走入霧的最深處，或是走到最淺處；水有深淺，霧怎不會有深淺呢？可是霧到底是一樣的勻的，大概它的中心地帶可說最濃，邊緣地帶是最淡的。只聽見草鶺鴒連珠也似的鳴聲，聞其聲不見其人，但我知道牠準是在不停地抽動着尾羽，認為天地間只有牠一個。不經意地摸了一下臉面，纔知道早濕透了，尤其眉毛上似乎棲滿了不少小水珠；不用說頭髮上一定綴滿了露珠萬顆，若可創個新名詞，很可以稱爲霧浴或霧沐。走着走着，腳底下的土地越來越高，這纔覺察到原來已走上了堤岸。上了堤岸，下意識地不免有登高望遠之意。可是沒有用，天地還是只有五、六尺半徑大小。細聽堤下，微聞流水淙淙，可知水很小。除非豪雨連日，或驟雨崇朝，山洪傾瀉，始有萬馬奔騰的水勢，否則此去萬頃沙原，只有幾條涓涓細流，蜿蜒其間。正困於登高不能望遠，忽覺左斜方漸漸露出白光，原來霧正在散了，朝日早昇出蜈蜞嶺有數尺之高。於是我在心裏出了一個題目：沙原霧散。眼前白茫茫的一片，蓋住了數十里的沙原，看霧罩掀開後，這一片沙原是什麼景象？有好一段日子沒來了，不知道此時是什麼風物？霧果眞越來越薄了，天開了，日光下來了，可是眼前的沙原還是白茫茫無邊的一片。正遲疑着以爲沙原上的霧不肯散，定睛一看，原來是白雪雪的無數茅花正遮蔽了這一片荒原！怪不得，我不是早就將九月定做茅月了嗎？無邊茅月，是這無邊的溪原！茅，臺語叫菅，也叫芒。茅花通常只叫芒花，九月盛開，是一年中，最具特色的風物。五月的鳳凰花雖然顯眼，從來沒有這麼大的景觀。從前臺南叫鳳凰城，街道上盡是鳳凰木，五月一到，滿城通紅，煞是奇觀！只有那樣的景觀，纔足與九月的芒花媲美。

涉過了幾條細流，我走進深深的芒花裏。管它日曆今天是星期幾，我指定它是星期天。這一片沙原，是這一帶最大的沙漠，下游不計，單是這一段，就有兩三千甲的幅員。除了茅是大宗之外，在高地上還有一些雜草和沙漠植物火峰（戀雲）和蕒蔴（龍舌蘭科）。動物則山兔、雉雞之外，有時還可見到山豬或狗熊。最多的是雲雀，大晴日的碧空中，永遠掛着風鈴，這裏那裏地在輕風中響着也似的。還有一種體積極小的旱龜或陸龜，也是這沙漠中的居民，人們叫牠龜蛇，說是難得咬人一口，若不幸被咬，毒性跟蛇一般，故歸入蛇類。大概是好事者所渲染，從來就不曾聽說過有人被這種小陸龜咬過中毒的。

順着沙漠中的細徑走，芒花高過人頭，在朝陽中，絹縉也似的閃着白釉的彩光，襯着淺藍的天色，說不出的一種輕柔感。若說那裏有天國，這裏應該是天國。論理，天國應該是永恆的，但是那永恆應該是寓於片刻之中的。明淨的天，明淨的地，明淨的陽光，明淨的芒花，明淨的空氣，明淨的一身，明淨的心；這徹上徹下、徹裏徹外的明淨，不是天國是什麼？這片刻不是永恆是什麼？

除了想踏踏灰白色的沙地，除了想巡禮這裏的植物羣落，更想訪訪這裏的居民——想遇上一隻小陸龜，想看到雉雞的一家人，想邂逅山豬或狗熊。然而這裏人口稀疏，一個「人」老天平均最少給予數甲寬的地，若除去了恆常在天上的雲雀，這裏確是密度極低的，除非各處走遍，一個星期裏，這裏的居民們未必能互相遇見一次。據說美洲狼平均十英里或十一英里纔有一隻，以體積論，這裏的居民，大約也是這樣的狀況罷！天上的風鈴儘鈴鈴地響個不停，只要仔細瞭望，總可看到四、五隻雲雀浮懸在半空中。但是地上的居民可就難得一見，也許是怕生罷！

不覺走上了高地，高地上儘長滿了火峰和蘋蔴，空隙處有幾株山嶺枚，果實或靑或綠或黃：黃的早給鳥隻啄食過，沒有一個完好的；綠的脆而甜，最好吃，隨手摘了幾個，坐在一塊巨石上，邊吃邊眺望眼前這一片景色。沒有一絲雲，天色有淺藍的，有藍的，也有綠的，直垂到地平，東邊則蓋過了蜈蜞嶺，直透到太平洋。何等遼闊而完整的天！記得在都市裏待過一段日子，看見的天，儘是剪紙殘片似的各種大小不規則的幾何形，懊恨之極；尤其那長巷裏一線似的天，更是令人忍受不了。宰割了的，那裏是天？天是完整的。頂着完整的天，立着完整的地，纔有完整的生命，你說是不是？

有時靜待比走尋更能有所得，宋人詞云：眾裏尋他千百度，那人卻在燈火闌珊處。吃過了幾個山嶺枝，貪看這一片景色，忽一顧望，看見一隻雄雉走上高地來。顯然山嶺枝樹和巨石幾乎遮蓋了我。雄雉羽毛眞美，加上通紅的臉面，赳赳的神態，

雉

實在美極了！一隻雌雉，也從草叢中跟了上來。不多一會兒，雄雉領着雌雉翻過了高地，走進另一面的草叢中去了。受到這意外的鼓勵，我決心多坐一會兒，反正山嶺枝樹遮掉了大部分的陽光，坐久了也不覺得熱。

機會總不是有節律的，坐了許久沒再看到什麼，只多觀望了這麼久的藍天和芒花。遠遠地望見南面芒花盡處一個小盆地裏有個村莊。那是這一帶最古老的村莊，有三百年以上的歷史，名字叫糞箕湖，住着馬來種的平埔族。我決心到那裏去，不耽擱地走還要走三、四十分鐘，若是信步而行，大概要一個鐘頭。

下了高地沒多遠便有一條溪流，比先前涉過的大些，但也不怎樣大，最深處纔有一尺多水，還算清澈，掬了手飲了幾口。在一塊石頭邊，居然發現一尾苦臊魚，很小，大概是迷了路，從山澗裏溜下來的。我踩了幾腳，把牠趕向上游，大約趕了五十弓遠。只要牠努力一直游上去，一、兩天內可以到家，否則順流入海，絕無生理。

經驗告訴我們，沙漠中的水窟、河流，是動物聚飲之處，時間多在晨昏和中午。只要再守望一些時候，這裏的居民定會露面。若是帶了照相器材來了，或許我會在溪邊再耽擱幾時，既非有此必要，便隨興之所之，太刻意又未免執著了。

再向前走，又涉過了一條細流。走完芒花地，一條較大較深的溪，環繞着沙漠邊緣。對岸是一條高地，高地下去便是糞箕湖了，一個狀如糞箕的盆地。

村莊不大，約有四、五十戶。正是炊煙裊裊的時候，女人們都在廚間裏忙着，男人們則多在廳間、樹下吸煙，小孩子們在戶外嬉耍。棕黑色的皮膚、深目，是他們的特色；操的是不變調的閩南話，他們的母語早失傳快兩百年了。他們一律姓潘，這一帶自蜈蜞嶺至大武山西麓有幾十個村莊，都同取用潘姓。相傳是跟某個潘姓縣老爺姓的。這情形正如我們的陳姓。閩南陳爲大姓，閩南人大部分是越族，當年大概也是跟着某個陳老爺整族盡姓了陳，纔有那麼多的陳姓。

一進入村莊，便受到熱烈的招呼。主人們以爲我是牛客，來買牛的。他們聽我說是對岸鄰村來的，都笑了，說只隔一條溪都不認識，眞是失禮。問我抱孫未？我說都還沒娶，那來有孫？他們都笑了，說從來沒見像我這樣的人。於是附近幾家男人都集攏了來；小孩子們也擠着來看生人，瞪着大眼睛，大部分都赤身裸體，連褲子也沒穿。

男人們各邀我到他們家吃飯，爲了禮貌，還是留在主家吃。一大鍋番薯簽飯，一盤半煮炒的番薯葉菜，一碗公蔭豉煮鮹魚，外加兩個煎蛋，是款待客人的。吃飽飯，各人舀碗番薯簽泔喝。這是農家家常吃食。

聊到了下田時間，我告辭回家。我答應他們，除夕前過來替他們寫門聯。

這些馬來族，純樸善良，最大的好處，是不動腦筋。據我所知，他們不爭不鬪，

連吵架都不會有，真可稱得是葛天、無懷之民。人類的好處在有智慧，壞處也在有智慧，兩相權衡，不如去智取愚。智慧是罪惡的根源，也是痛苦的根源。愚戇既不知有罪惡，也不知有痛苦。

〔音注〕

菅：國音ㄐㄧㄢ，臺音肝(語音)。

芒花：芒，臺音夢(語音)讀國音第三聲。

火峰：峰，臺音ㄏㄤ。

蘡蔴：蘡，國音ㄑㄧㄥˋ，臺音虹(語音)。

苦臊魚：澄清湖水面常見此魚，乃山溪常見之魚。臊，國音ㄙㄠ，臺音ㄘㄜ。

一弓：六臺尺。弓，臺音經。

泔：煮米汁。國音ㄍㄢ，臺音暗讀國音第四聲。

一早打開門，出去給牛放草，新奇地看見一隻鷽橛鳥(藍磯鶇)，停在牛滌上，見了向我敬禮；不細察就知道是雌的，果然腹下沒有赤狐色。此鳥據往年的觀察，差不多都在中秋節的時候到，且是雌的先到，雄的總要遲上十天八天。牠們是很有禮貌的鳥，任何時都可看到牠們在向四周圍鞠躬，母的全身灰色鱗羽，微帶藍色；公的腹下有顯眼的赤狐色，頭背粉藍鱗羽。美洲種的，公的像亞洲種的雌鳥，腹下沒有赤狐色；雌的全身斑褐鱗羽。還是亞洲種好看。此鳥性最近人，喜歡人家屋頂，夜間即在人家屋簷或屋角橫木上棲息，差不多棲息在固定的一家。天還沒亮，東方剛透出一點兒魚肚白，就在簷下窗前撲食早蚊。往往搧得窗格子卡卡響，農婦們被打醒，正好趕上煮早飯，因此視爲司晨鳥，而懷着很大的好感。白天裏，農夫在犂田，牠就停在附近木橛上，活像從木橛上暴出來的，故叫牠鷽橛。農夫犂出了蟲類，牠就飛過來啄，再回到原位，吃下了蟲，不停地鞠躬向農夫致敬。母的倒不怎麼惹眼，公的那一身粉藍加上腹下顯眼的赤，委實不能不教人喜愛。鷽橛的歌唱很美，只嫌太細。要知道牠們是多禮的鳥，牠們一方面想唱給人聽，又怕打擾了人家，因此只在嘴裏低吟淺唱。

果眞有一天，讓牠們引吭高歌，大概沒有一種鳥唱得過牠們。牠們不分雌雄，都能唱。

另四分地的番薯，也到了非收成不可的時候。上午割了兩分地的番薯藤，下午原打算犁番薯的，卻爲驟來的天氣所吸引，放下了犂頭，到曠野中去。上午還是風和日麗的好天氣，剛一到午，便驟然變了，白雲氣瀰天漫地，天地忽然變小了，籠罩在濃

藍磯鶇雌鳥

厚的白雲氣之下的，只見到幾個村莊而已。驟然令人覺着冬天居然到了，無怪昨天有那一陣濃霧。小時候看見起這種大雲氣，便害怕着不敢走出庭外一步。的確，至今看了這厚厚的白，仍不免覺着一種壓迫。如今儘往無人處走，想赤裸裸地將自己投進這大蒼茫裏。氣溫是驟降了，空氣雖似靜定着，但隱約有北風的氣息。那低厚乳白的天，正像新纏的繭，蘊孕着一番造化，當那大雲氣揭開，重見碧藍的大天空時，便已蘊孕出了另一季——南國裏最美好的冬天。

〔音注〕

鷰㰌：國音ㄅㄨˋ ㄐㄩㄝˊ，臺音・ㄅㄨ（輕讀）ㄎㄧ（帶t收音，乞讀日的聲調）。

穡頭：稼穡。穡，國音ㄙㄜˋ，臺音失。

九月十二日

昨天下午從曠野中回來，趕犁了已割藤的兩分地番薯，昨晚摘蒂摘了一車份，今早一早趕往鎭上出貨，回到家已是頂半晡，又摘了另一車，向晚前再出一趟貨。

上午晴，下午陰，涼甚，氣候確是在轉變。

晚上自鎭上回到家來，只見黑暗暗的屋簷下，有一星點般紅紅的火，花狗伏在庭尾，直等着牛車進了庭，方纔起來搖尾蹦跳，還汪汪的吠着。停了牛，紅火點往上浮了起來。這月黑星暗之夜，簷影下黑壓壓的實在看不淸。正納悶着，聽見叫我名字的聲音，原來是一位族兄，怪不得花狗伏在庭尾，見了我還吠，就爲簷下有人。

卸了牛，推開了門，點了燈，問族兄這麼晚了有什麼事找我。說是老家鄉有人寫信來，要我替他看看，是什麼事。原來是族兄的一個堂叔下個月要娶孫媳婦，一定要他們一家人回去熱鬧熱鬧。族兄囑我回了信，又談了一些家常事，就回去了。我對村裏好處雖不多，看信寫信是我的專責。族裏人只有我們一家人識字，若不是我歸隱田園，族親們看信寫信都得到鎭上央人了。一般農家生育蕃，餬口且不足，還能供小孩子們上學？因此村裏人老老幼幼，全不識字。前年一個外姓的人名叫臭腐的，出外做工去了，他的老母央我寫信給他，我說怎麼寫，她說慘的多下些，倒把寫信當開藥方似的。其實也眞的可憐，她這個兒子名雖出外做工，因性情懶，一個月做不到半個月的工，自給且勉強，那能時常寄錢給他的老母？難怪她老人家要我慘的多寫一些。

花狗剛兩歲，算得是乖。一向我喜歡獨來獨往，不願意牠跟着我。我要牠也像我，獨來獨往，不要當奴才。這個家算是我和牠共有，各自當家。因此，我在家時，牠或許也在家，或許自己去玩去了。我不在家時，牠也不一定在家，但總是在家的時候居多，牠伏在庭尾瞪着不速之客，也許牠是對族兄煙斗上那一星點的火紅感興趣。總之，不論如何，我總覺得牠是條好狗。客人走後，第一件事就是弄點東西給牠吃；當然貓是沒份的，夜間貓照常例不餵食。

九月十三日

一整天裏把剩餘兩分地番薯給割、犂、收了，踏進家門，早已不見人面。

幸喜這一、兩天都沒有下雨，自今晚起下雨也不礙事了。這一季，番薯的收成還算順利，價錢也不太壞。明天再出兩車貨，這個月份便沒事做了，可以好好地到外面去走走，或是去訪山或是去訪海，不然在家好好地讀幾十本書，寫點兒什麼。

剛放下了碗箸，便聽見一隻貓頭鷹在西邊牛滌旁的老楊桃樹上叫。說是叫實在不對，我們的語彙實在太貧乏，叫是吵人的，聲音很尖的，貓頭鷹只能用鳴字來形容。古文用雞鳴狗吠來表達，可說各得其所；現代人雞也稱叫，狗也稱叫，這兩種生物聲音相差實在很遠。況且同是雞，也有啼和鳴的分別，母雞下了蛋，只能稱鳴，不能稱啼，公雞司晨，可稱爲啼也可稱爲鳴。語詞約定俗成，自沒話可說，如啼字，本來是痛苦悲哀之詞，公雞鳴，卻叫做啼，也是很不當的。不論如何，我們的語彙愈來愈籠統，欠分別。貓頭鷹白天幾乎看不到，但是一入晚，家屋附近的樹上牠常來。牠的鳴聲很特別，一聲ㄍㄨˋ——大概要停八秒至十三秒，然後再一聲ㄍㄨˋ——。在寂靜的夜裏聽來很有詩意。本來想出去給牛放夜草，去餵花狗，這一下卻不敢出去了，一出去必定飛了。反正聽見貓頭鷹的鳴聲，照例看書時放下書，洗滌時停了洗滌，躺着之時停了思惟，一心只沈迷在牠那聲音所開出的深邃之境，乃是我的老習慣，赤牛哥和花狗只好委屈幾分鐘了。大約鳴了十來分鐘，牠走了，換到較遠處去了。

一天裏，只要有一樣惬意的事物入眼入耳或入心，便覺得很滿足。惬意的事物總是有的，或是一片藍天，或是一絲冰晶雲，或是一段鳥音，或是一章好書，總有一些惬意的事物入我耳目心中來，因此我每天都很覺得滿意。要挑一挑有那一天，我不滿意，似乎挑不出來。

領角鴞

九月十四日

今天早晚各出了一車番薯，今年番薯的收成總算完畢，這八分地就讓它空着，好歇歇地力，待明年春雨來時，再耕種了。下月底或下下月初再收了另甲二地番麥，可就跟松鼠一樣，儲足了糧草，好過冬了。

下午在摘番薯蒂的時候，有一對長眉鳥（鳥書叫小彎嘴畫眉）來到牛滌後那一帶灌木叢中，一前一後，相隔大約幾丈遠，互相呼應，在前的呼兩聲ㄍㄨㄧˊ——ㄍㄨㄧˊ——，在後的就應兩聲ㄍㄛ——・ㄍㄛ—— ㄍㄛˊ——ㄍㄛ——・ㄍㄛ—— ㄍㄛˊ——。我試着學那前面的一隻呼，可是後面的一隻卻不應，大概我學得不像，或者那裏有破綻，給認出來了。這種鳥，無論形狀鳴聲都大有森林味，很難得一見，永遠藏在茂密的叢雜之間。我最愛聽牠們呼應，尤其那應聲，幾乎把整個森林即刻搬了過來了似的，大有置身密林中之感。住在都市中的人養鳥，聽籠裏鳥鳴，而不覺得彷彿置身在林中野外，單只覺得好聽，便眞是白養白聽了。聲音之能幻化，無如鳥音。

在這樣的鳥音中工作，那裏會疲倦？

這幾天天氣都一樣，上午晴，下午陰，涼；今天下午只是薄陰，但氣溫還是涼。

傍晚，看見好幾隻雨燕。雨燕很像木刻的似的，好像沒有羽毛，樣子很滑稽，飛得高些；有大小兩種，大的看來比在人家做巢的赤腰燕都大，小的很小。雨燕因其木樣光禿狀，雖飛行術奇妙，總不免有機械感。眞正的說，還是赤腰燕飛得好看。另有沙燕，我叫牠風燕，剪風力很驚人，總是匆匆趕路，平飛時，因體積小，也不見得好看。

長眉

九月十五日

上午犂土覆蓋番薯藤，撿了不少番薯。

下午巡看番麥，捉了一些綠金龜，損害不大，都在吐穗了。若雨季就此收煞，轉入涼天，這一季的番麥就不會有好收成了。最好照常態維持到十月半，即便小雨也好；過了九月，也只有小雨，少有豪雄的西北雨了。很久沒有牽牛出去啃草了，一向倒寧願趁午間空隙或早晚割幾總草回去按時餵食，人大了牽了牛出來，總不如兒時成羣結隊感到活氣。兒時放牛，等於是到野外玩耍，成人放牛可就全不對勁兒：第一，平時和牛在一起時，總是在工作，一旦跟牛在田頭野外閒着，不免有反常之感；第二，即便牛在一邊啃草，拿了一本書在旁邊看，一向讀書養成了作劄記的習慣，沒有案桌固然不大礙事，有時要查考他書，就不可能了；第三，即便不看書，坐着閒眺，也只能坐着，少能隨興之所之，信步他去。在一般農人，牧牛可以說是受罪。農人長年勤勞慣了，空閒着不活動筋骨是很難過的，看他坐着也不是，站着也不是，那無聊的神色，簡直是囚犯。小孩子就不一樣了，就是獨個兒出去放牛，沒有伴，因爲赤子之心有的是想像力，一點兒也不會無聊。

爲了以上所說種種理由，一年中難得幾回把赤牛哥牽出野地啃草。今天因要看番麥，順便牽了牠出來。初時捉金龜，再後割了幾總草，然後沒事了，就坐下來看我的風景。一連五天了，都是上午晴，下午陰的天氣。陰天大抵不好看，雲的散佈大都是雜亂無章的；只有一種陰天是最好看的，滿天的雲都在同一水平面上靜定着，這樣的陰天也很吸引人。今天下午的陰是屬於不好看的一種。天既不好看，就看地罷！地面上幾甲地的作物連緜着，有番麥、有番薯。番麥翠、番薯青；番麥花黃，番薯綏紅。沒有耕作的野地則遍生原蒿、野塘蒿、蕭、樸骨蕭等草，高與人齊，呈現着褐、綠的混合色。長條的大石堆，灰白的，散撒着旋花科的藤蔓，好

烏嘴鵞（白腰文鳥）

像碧波中一尾白鯨著了網。草鶺鴒是這裏最好的歌手，牠們載歌載舞，從這株草翻到那株草，不足半兩重的身軀，有時居然會把一枝狗尾草壓得垂到地面。文鳥科的烏嘴鵐、赤鵐、灰鵐，六、七隻成羣，也是這一帶的居民，牠們的羣飛，樣子很像曲譜上上下跳動的小音符。珠頸斑鳩或水平地飛過番麥田、番薯地，或從附近的樹上，撲撲地沖天飛起，然後筆直地滑向一里外的地面。伯勞雖是過客，此時牠是田園間的主鳥之一，到處可見。陰天裏雲雀是不高興的，從來很少聽見牠們凌空歌唱。

遠遠地看見一隻鵪鶉帶着四隻小雛，毛絨絨的，大概出殼還不到整二十四小時，在鄰田番薯地裏覓食。看準了機會，我站了起來，扮演了博物學家野外生態調查的角色。母鵪鶉看見我走近，慌了起來，發出了信號，集攏了小雛，一心想將孩子們帶進番薯藤的密葉中躲藏。小雛沒有母親預期的警覺，母鵪鶉顯得十分爲難，卻不驚惶失措，這對於小鵪鶉有種鎭定作用。我接近到不到一公尺時，小雛們還沒能躲好，見了龐然大物的我，反而零亂了起來。母鵪鶉看了，轉頭向我，把翅膀鼓得圓圓，豎起頸毛，衝向我的赤腳，看來好像眞的發動了攻擊似的。一隻鵪鶉，還不及一個拳頭大，竟就要攻擊人。母鵪鶉在我的腳前約一尺之地停頓了攻擊，大概經過考慮，沒有把握罷，於是轉了策略，從我跟前疾速跑過，竄向我身後的番薯藤裏去了。顯然的母鵪鶉想把我引到小雛所在的相反方向。我在內心裏受到同靈性的感動，也感到了一個博物學家獲得自然觀察的滿足，緩步地走開了去。

幾年前觀察過一隻母白頭翁鳥，這位母親，帶着新雛習飛時遭遇了困難。一隻小白頭翁落入樹下的茂草中去了，二耳草有一尺來高，小白頭翁一落進去，不可能有機會飛得出來。母鳥一直在樹枝上喊叫，小鳥在草中哭泣，看也看不見。我散步到了那裏，好意想幫幫忙，母鳥誤以爲「將不利於孺子」——以爲我要捉小鳥，先是急得喈喈嚷，後來竟發出受傷的慘烈聲，裝着跛腳跛翅的樣子，從我的前面半飛半跌，跌到另一方的地面上去，那裏沒有草，可以很清楚的看見牠。我知道牠想拿腦容量那麼小的小動物來騙腦容量大的人類，故意要逗逗牠，於是追了過去，裝着要俯身去抓牠，牠便在百分之一

鵪鶉

秒間完全痊癒了，輕易地又飛上樹了。鳥類爲了保護幼雛裝跛是常有的事。這證明了牠們和人類同靈性，一樣是靈性的生物。老天創造了物質，又創造了靈魂，靈魂具備着地球上生存必知的一切智識。爲了照顧下一代而有母愛，母愛中自然的就具備了這些裝跛的智識。動物受傷之後行動不便，難逃被追逐，這是跛智識的先行智識，那隻母鵪鶉母白頭翁都不藉經驗而知道這個智識，故能進而成立其先天的跛智識。舉一反三，候鳥飛行遷徙，獸羣陸行遷徙，大海洋中的水族游行遷徙，路途往往不下萬里，一來一往，儼然有一定路線，不差不忒，這自然是出於靈魂具備了地球上生存必知的一切智識的緣故，不然何能致此？這不止證明了靈魂的存在，也證明了物類與人類靈魂是同一的，靈魂或許眞的是輪流轉着的。

驚嚇了鵪鶉母子，自然是罪過，但是得到確定的野外生態觀察，更加明朗了一些形而上的信念，鵪鶉母子的一場虛驚，不也是很値得嗎？

成人放牛惟一的好處，就是牛吃草質，人聞草香，這是無限的享受。除了放牛，那裏能整天或整半天聞個飽呢？

陰天天暗得更快，母鵪鶉匆匆地將孩子們帶回家去了，而天也暗下來了。將草總分披在牛背上，我也施施地和赤牛哥一道走回家。暮空中不時傳下來燕鴴的鳴聲，牠們也正在趕回東邊的家去。

今天起有一個多月的農暇，若不是耽於要看看書沒有旅行去，恐怕一整天儘在外頭㴉雨了。整天下着小雨。小雨是令人喜愛的，屋瓦上的雨聲細碎得一點兒也不覺得嘈雜，而簷滴則淅瀝分明。一頁書十數行的字，彷彿是一面簷霤十數行的水滴，越發覺得窗外窗裏，渾然相應。滴了一整天的簷滴，翻了一整天的書。一整天下了幾公釐的雨？讀了幾公釐的字？

近午時，一個族兄家端了一碗公油飯來，那是新生嬰兒滿月向戚友鄰里報喜的方式。照例倒出油飯，要壓以同量的生米爲回報。晚上吃過飯，少不得到主家去賀喜一番。自己也曾經是嬰兒過來的，可是看到嬰兒那麼小，覺得要養到長大成人，那簡直是不可想像的一樁艱難事業，只看了一眼就生出萬難的畏退之心，好在生孩子養孩子是女人的事，大男人將何以堪？回家的路上想着，這回有機會到市鎮大城市去，多買些嬰兒玩具，此後看嬰兒滿月，不要再空着手去，對嬰兒來到世間，初回見面，這個樣子未免太沒有一點兒表示了，不論如何，總要對他們來接棒表示歡迎認許之意。

〔音注〕

潃雨：淋雨。潃，國音ㄑㄧㄡˊ，臺音ㄒㄧㄨˇ。

九月十七日

一覺醒來，簷階悄然無聲，雨不知道是什麼時候停了。公雞在低聲咯咯着，似乎帶了母雞剛下地來。照例是公雞起得最早，不論曙光怎樣稀薄怎樣掂手躡腳地溜進冥色中來，牠都能覺察得到。可是當牠跳下地來之時，牠還是在夜盲之中，大概還得待十幾分鐘，纔稍微辨認得出近身之處。此時牠一直在那裏低聲咯咯着，還不曾走開。屋裏還是烏黑黑的，只有向東的窗邊透着一點兒白。摸黑洗了臉面，打開門走出去，蜈蜞嶺上剛透出一小片魚肚白。山嶺有似一道黑牆，正圍在庭東似的。較遠處還看不見，可見的近處景物則宛似從濃黑中浮出來的一般。果然，公雞和母雞浮出在牛滌角邊，赤牛哥則全身還沈沒在濃黑裏，只浮出了個臉，沒有角。但是東方的魚肚白越發地擴大了，眼前的景物越發地浮了出來了，一分分一寸寸，終於都全露出來了。

花狗不知道那裏去了，大概是撲山去了。正說着，牠回來了，滿身霑透了露水（或是宿雨珠）。拂曉略野，是牠的固定活動，極可能是原始本能——拂曉狩獵；可是從來不曾見牠捉過什麼獵物回來，大概早昇華成了一種純粹的活動了。

雨後的早晨沁透的澄靜，連空氣都似乎因吸飽了水分，重得漂不起來了似的。

吃過早飯，看過一段書，牽了赤牛哥，到番麥田去。赤牛哥沒草吃了，不得不出來。在番麥田四周圍割了十總草，披在赤牛哥的背上，赤牛哥也啃飽了，太陽也出得很高了，叫赤牛哥自己先回去，我留下來再看看番麥上有沒有綠金龜。還是有，幸而很少。這裏荒地多於耕地，蟲害自然的少。有朝一日，荒地盡闢成耕地之時，蟲害就不可屏當了。金龜子一向在鬆土中產卵，若盡闢成耕地，金龜子產卵地就漫無限制，爲害之地也就漫無限制了。現時牠產卵地有限，爲害地無限，耕地纔得到保護，否則就不堪設想了。

說是農暇，實際上農人永遠有事做。看着季節的轉換，也該準備換種一、兩畦冬季菜蔬了。南臺灣的氣候，一年可大別爲兩大季，一爲夏季，一爲冬季。夏季幾乎沒什麼特別的菜蔬，一到冬季，則菜色便多了。莞荽是最令人想念的，其次蒜是冬季裏最大的口惠；這兩種菜蔬，單是挼挼葉子，聞聞葉香，便教人十二分的滿足。再如冬蒿、菠稜、甘藍、花菜等等，不僅是冬季的異味，也是冬季特有的形色。

種菜是我的餘閒活動，平時薅草、沃水大概多在讀書之餘，教我將種菜當做一種正式的莊稼經營，那就剝奪了我的興致了。我總覺得種菜是農家莊稼之餘一種調節身心的情趣活動。第一，菜畦形式小巧可愛；第二，菜色更是玲瓏可人；第三，既非種來出賣，用不著規模性地從事。憑這三點，我一向便這樣主張。

就連聖人也應該有情趣的生活。若勞動只單純爲了生產，生命便成了奴役，人生就毫無意義了。除了兩畦菜蔬之外，我還種了兩畦野草，只要我覺得可愛的草，我就採了種子回來種，漸漸的草畦比菜畦還更長了。如今草畦早已收集得幾乎完備，大抵都是小本品種，只差一種，我夢想着有一天能夠補種上去，那就是蒲公英。聽說北臺灣春天一到便可看到，南臺灣走遍了，一直沒發現過，大概山上草坪上應該有的。

下午我把全部時間用在菜畦和草畦上，覺得很快意。

午後陰，向晚至黃昏小雨。

九月十八日

我很懷疑我自己，沒有雞啼聲，是否能夠生活得下去？夜半夢迴，沒有雞啼聲，將是怎樣的一種落索！晝日漫漫，沒有雞啼聲，將是怎樣的一種慵懶！對我來說，實在不可一日無此君！比方今天上午，臨窗讀書，公雞帶了母雞來到窗下喔喔地啼，只隔着一扇窗，啼聲金聲玉振，響遏行雲。或如下午，牠帶了母雞在空田中啼，啼聲悠然邃遠，不由闔書諦聽，心爲之傾，神爲之引。若有人問我，在禽類中，最愛那一種？我將毫不猶豫地答道：平生所愛莫如雞。孔雀美嗎？美！畫眉好聽嗎？好！但是公雞更美好。孔雀不及公雞的英姿煥發，畫眉不及公雞的高唱入雲。

單記錄公雞的啼聲是很不公的。老楊桃樹正站在窗外西北角，枝條直伸到窗邊，每天至少有青苔鳥（綠繡眼）羣來過三、四回。手把一卷詩，樹下聽青苔鳥的細碎鳴聲，比波斯詩人奧珈瑪艷的詩卷加麵包、酒、美人還更寫意。

八月末以後，青苔鳥羣中往往插有一、兩隻細眉鳥（極北柳鶯），一樣筆頭般大小，不仔細看，不大分辨得出。細眉通常只發細微的單音，宛轉的鳴囀是極稀有的。

老楊桃樹上，一天裏有好幾種鳥來去，青苔、細眉之外，白頭翁是常客，鳴聲也

很美，只是到了多雨的秋季很少歌唱。藍鶲是秋後的漂鳥，特色在起落迴旋飛掠之美，而不在鳴聲。

西窗秋晝耳狩目獵，所獲大略如許。

黃昏時滴了幾滴雨。

細眉（極北柳鶯）

九月十九日

昨夜爲貓聲吵醒。貓之好鬪過於狗，強者往往橫行四至，入人境域，逼迫地主，不分公母，都有此性。貓的決鬪爲時極短，大率不出三、五秒，但對陣架勢，嘶聲威嚇，往往相持一、二十分鐘，實在不成比例。貓的威嚇聲大似棄嬰啼母，又似鬼物夜號，一陣尖似一陣，排濤倒浪，自黑暗中襲來，淒厲恐怖，令人懾慄。白日裏是那樣溫馴可愛的小動物，半夜裏居然會變得妖巫惡鬼般淒厲，眞令人不解。因此入黑夜遇見貓，總有妖氛鬼氣之感，尤其是黑貓，一股陰森之氣，教人肌寒骨冷。有白日便有黑夜，有上帝便有撒旦，貓可視爲太極的分化，晝則爲陽，夜則爲陰，只有這樣去了解，此外能對牠抱什麼態度？每次夜裏被貓聲驚醒，總覺得很不快，要說我現時的生活有那裏不滿意，那就是黑夜的貓。論理，夜色以無邊的規模把人籠罩，人應該覺得恐懼惴慄，但是除了婦孺之外，大男人一般是無所謂的。其所以如此，是黑夜對婦孺雖有質感，在大男人卻覺得只像一襲黑霧，輕飄飄的，幾乎可以說是沒有質感。但是黑夜無邊的黑，若轉換成聲音，則它的質感就很可觀了，半夜淒厲的貓叫，大概就是黑夜的聲化罷！

田裏有事做的時候，倒不覺得割草飼牛是種負擔，如今眞的坐在書桌前，下功夫看書，纔覺得是件大麻煩事。一本書正看到深刻處，又到近午了，不出去割幾總草，下午就非得牽了牛出去不可。牛哥老是在家裏待着，也許會出毛病，不得已，午後牽了牠出去，沿着小溪向東而進，很久沒到山腳下的林子裏去了。於是穿過荒原，直到了林邊。將牛哥放在溪邊吃草，信步走進林子裏去蹓躂蹓躂。這座林子的可愛，不僅在它幾百年的古樹，更在其不知年數的古藤，粗如臂，繚繞屈曲，如蛟似蟒，意態萬千。當年族人墾荒，沒有還在林邊搭屋建莊，就爲迷信古林多怪，寧願揀個遼曠之地，以陽剋陰。若非格於眾口，不願違俗，我早遷居此處，與林木比鄰了。林中植物，除古樹古藤本身之外，女蘿是最顯明的，有稀疏如帶的，有成匹如縑的，更有整面如帷如帳如幕的，彷彿那是林妖的戲臺似的，正不知幕後排的是什麼戲齣，只等幕起，便有樹怪草精，婆娑起舞。

天地間的精英，向來大都是被人閒卻着的。人間裏的天才往往是最被冷落的，自然界的奇葩奇卉，何嘗不如是！所謂深谷幽蘭，是生長在深谷中的幽隱處的啊！一旦人類熱切地想發掘天才，搜求稀珍，世界的精英就不復有餘蘊了，那時也差不多就是世界的末日了。林中有的是最美麗的各種蘭科花卉、山蘇、海金沙。農家是沒興趣的；商人是錢鼠，自然對此全然無知且離得遠；這些無上的造化，是專屬讀書人的。

但是當世界末日到了，天才被尊重了，這些老天原有意閒卻在世界最隱蔽的角落裏的造化，或許將被熱切地搜求，被那大多數的俗物蹧蹋了，或被浪子們傾家蕩產時當做最後一批家珍賣掉。林中的鳥類和田野有異，烏鴉、喜鵲、老鷹性喜居高，森林是牠們理想的家園。意外地看到一隻大蒼鷺和虎鶇；可巧碰上白眉鶇

虎鶇與蒼鷺

過境，一羣大約有兩百來隻，在白樟上喧騰不休。小溪流穿林間，是這座森林的腹地勝景。或兩岸古木對抱，女蘿成簾，下拂溪水；或叢薄乍啟，草地臨溪，明光旖旎，自爲洞天。密菁滅徑，深草蔽蹊，溪岸容足，則攀條附幹而行；逼仄難通，則涉水溯流而進。蜿蜒迴旋，五步殊境，十步異世，迷而不返，樂而忘歸。是這般迷人的一座森林，一直連到山。平時很少進入，總覺幽境天然，偶一涉足，容或可許，若迭至紛擾，無乃罪過。大率春秋各造訪一次，其餘則只在林外眺望瞻仰而已。但每日飲食洗滌，全用林中流出的溪水，說來受惠實在多而又多。

直留連到林中漸暗，方纔出來割了十數總草，由牛哥馱着，愉快地在暮色蒼茫中，在疏落的小雨中，緩步走回家。

九月二十日

近午時澎湖的載了醬油來。前回寄三罐，纔用了兩罐，一罐油面生白，澎湖的調換回去，再加了兩罐，給了兩罐的錢，仍是寄三罐。澎湖的也不知道姓甚名甚，他是澎湖人，舉家遷來溪州做醬油。先前是他老爸一、兩個月，踏車載了玻璃瓶裝醬油，挨家挨戶寄放，大口家一次寄一打，中口家寄半打，像我這樣的獨身漢家，則只寄三瓶，下回來時照實再給錢。澎湖人口音重得出奇，因此大家只叫他澎湖的。後來他老爸老了，輪他載，人們還是叫他澎湖的，姓甚名甚，誰也不問。自溪州以東，福佬莊，無不吃澎湖家醬油，也沒有別人載來競爭。農人們即或上城鎮去辦山貨海貨，從來就不會辦了醬油回來，因爲家裏有的老澎湖家醬油，價錢便宜，而又方便。一年裏難得聽到外地人的口音，澎湖的一來，大家都覺得格外快活，只要他開腔講幾句話，空氣就變得更新鮮似的，一直提高人們的興致。

也有些農家自己做蔭豉、蔭油，但在這一帶旱田區，因爲本身不產烏豆，此事便交澎湖的一家人辦了。就爲不產烏豆、白豆，也無法自己做豆腐。早晚總有溪寮的客家人踏車載來賣。溪寮的客家人豆腐做得眞好，在別的地方從來沒吃過那樣好的豆腐。那客家人純用烏豆做，不憚煩地先去殼，只這一道工夫，別的豆腐匠就不願意做。再是純用鹽露凝固，不用石膏。而且水量又下得恰到好處，不過濃也不過稀，做出來的豆腐吃起來不覺得有水，又不覺得堅，實在好吃。別地方的豆腐用白豆做就算是上等貨色了，那有烏豆做的？一般生意人爲了省本錢，全用八米豆，做出來的豆腐不止有怪味道，水量還下得多，夾都夾不起，幾乎會流走，簡直不能吃！等而下之，還有用別的豆類做的，簡直只有個模樣，吃不得。烏豆、鹽露、適量的水分，這樣的豆腐蘸着蔭油吃，那眞是人間天上，沒話

喜鵲

說！多年前，一個好友河北人幾回南來，沒別的款待，就是這烏豆、鹽露、適量水分的豆腐蘸着蔭油請客。我的這位好友回北部去，也要他的母親如法炮製，買來豆腐蘸醬油吃，就是不好吃。他母親調侃他，你什麼都是老陳好，就不曾聽見豆腐蘸醬油會好吃到那裏去！此事困惑了他直到現在，現在他已不幸住進精神療養院裏去了。我等於失了一位好友，每次想起天涯知己，不由心酸！

孔子初回訪衛國，衛靈公第一句話便請教孔子戰陣行伍的事。孔子要救人，衛靈公卻問殺人的伎倆，實在太不相值了。今天下午我也遇到了這一類的事。有個捕麻雀的人，腳踏車兩旁各夾了一綑雀羅，踏進前庭來，要向我借空田張羅捕雀。通常捕雀人借空田，田主很少有拒絕的。照例是將羅張好（形似網球網），等着傍晚雀羣歸巢，飛到羅前上空的一箭之地時，捕雀人口啣隼笛，吹出雀隼的鳴聲，雀羣一聽見隼聲，便恐惶地往地面俯衝，隻隻著羅。一次著羅，大約有一、兩百隻，絕無倖免者；只有著羅著得淺的掙脫兩三隻而已。於是捕雀人便趕緊走過去，一隻隻掐死在羅上，回頭一隻一隻地收。一個傍晚至黃昏，捕上千隻並不算稀奇。但是一定要在村莊邊的空田上，纔捕得到。因雀羣眼看到了家，警戒心自然放鬆，不注意地面，纔會上當；否則若在半路上，牠們老早就看出詭計，繞道而行，騙不了牠們的。捕雀人滿載準備回去之時，捧了二、三十隻送給主人家，這是定規，有時主人家嫌少，須得向捕雀人買，大概少幾個錢是有的。這位衛靈公的同路人教我窘了半晌，眞不知如何回答他好，要說不好嘛，不近情，要說好嘛，我做不到。最後我只有咬了牙根，跟他說：「老兄，我這兒是有點兒不方便。」捕雀人眼睛瞪得大大的，一直四下的看。「空田裏也沒什麼妨害的，沒什麼要緊啦！」我不得不尋思片刻，找個什麼理由好搪塞。可是有什麼理由好搪塞呢？要說我是吃素的，騙不了人！要說是下過誓不殺生，又不免古怪！「別人都送三十隻，我送您四十隻，總使得了罷！」倒是他搶了先機，我盡在下風。「是這樣啦……總之，也不便說明，還是請您老兄委屈委屈！」那捕雀人平生大概是第一回被拒絕，很是不高興，嘟囔嘟囔着走了。謝天謝地！好在那捕雀人還算乾脆，換個死纏活賴的，眞不知是何局面！

捕雀人走後，日也向晚了。站在庭中，向空田望去，雀羣正一羣羣地回來，看着心裏有無限的安慰。記得小時候，小溪北岸上，正對牛滌和屋後，有一排木棉樹，高聳入雲。每天傍晚，雀羣自西邊水田區回來，黑壓壓的，幾乎遮蔽了半面天空，襯着晚霞，成了一面奇景。大約雀羣要費半個小時的時間纔斷，每株木棉樹上，約略估計，最少有三、四千隻，五株共計一、二萬隻，煞是奇觀。早晚只聽見痲雀的嘈雜聲，幾乎什麼也聽不見。經過一、二次超級颱風，木棉樹差不多只剩半截，光禿禿

的，村莊裏再沒有烏鴉落腳處，烏鴉不來了；再沒有喜鵲、老鷹築巢處，喜鵲、老鷹也走了；尤其那半個鐘頭不斷的雀羣，多麼令人懷念的木棉樹啊！記得那年鐵風颱，屋瓦掀了，雀羣避風雨，盡飛進屋裏來，天亮一看滿屋的麻雀，屋後簷下凍死了五大麻布袋。縱使教科書上怎樣的教人麻雀是害鳥，別人如何的不喜麻雀，我和麻雀自小便有着特殊的感情：那晨昏大片的吱喳，滿樹的跳躍，那半個小時纔飛得盡的大景觀，那是我小心靈的一大部分。

〔音注〕

鹽露：鹽滷，臺語叫鹽露，很美。

九月二十一日

酣睡中醒來，聽見貓頭鷹在窗外老楊桃樹上鳴。貓頭鷹的鳴聲一點兒也不吵人，相反地，有種靜謐感，可加深人的酣睡，但是我還是醒來了，可見貓頭鷹的鳴聲如何地吸引我！既聽見貓頭鷹的鳴聲，興致便來了，不想再睡了，於是起來點了燈，壁鐘噹、噹、噹敲了三下，纔只有三點鐘，管它幾點，飢來食倦來眠，一切視需要。

不久貓頭鷹走了。洗過了臉面，坐下來晨讀。櫥下傳出唧唧蟲鳴，那是竈雞，通常聚在竈邊積柴下，入夜即鳴，我叫牠爲詩蟲，因爲牠是詩人夜裏惟一的知友，鳴聲很美，和外邊草中的鈴蟲聲，構成最美妙的音樂。覺察到竈雞的細鳴，不得不放棄了書本，此君比書本還吸引人。通常總因習焉不察，聽而不聞，一旦覺察過來，任何事情都抵不過牠。此蟲惟一的缺點，是會啃書，但無論牠對書本造成多大的傷害，我都不忍傷害牠。聽貓頭鷹是一種味兒，聽竈雞是另一種味兒，而外邊草中的鈴蟲聲，又是另一種味兒，各有千秋，可是都同是夜裏的美音。田園之夜雖說是靜謐的，卻穿挿着一些細微的美音，就像森林中暗穿着涓涓的細流一般。

一燈如花，一室如斗，一蟲如泉，一士如僧，歐陽修自號六一，我若自號四一，

還勝他二贅。但名號自來是文人的把戲，太上無名，何用名爲？我是森林中的一株樹，小溪中的一滴水，原野中的一棵草，田園中的一根苗，天地間的一個生物，我融溶在整體中，安用名號分別爲？

竈雞停了，換雞啼，天差不多要亮了。不久燕鴴聲劃破了長空，越過屋頂，由東南向西北而去，東方大概早已魚肚白了，看了看壁鐘，五點二十四分，早起的鳥兒！大自然裏的生命力，永遠是剛健不懈怠的，沒人催，沒人逼啊！鷺鷥也撲窗了，草鶺鴒也鳴囀了，麻雀也吱喳着了，田園的一日又啟幕了。

近午出去割草，見到一處野地，生滿了刺莧和烏莧，忽強烈地渴想吃一盤野莧羹，於是效婦孺蹲下去採，比割草還費時費工夫。摘了一片芋婆葉包了，擔起草總，掛在笐擔前端，意興勃勃地回家來。

遠遠地聽見花狗狂吠，猜想一定是見了什麼動物，不會是生人。花狗不會吠人，見了生人只會緊盯着，把守門戶，如此而已。及至到家一看，大白天正午，庭中居然跑出來一隻大老鼠，忒是奇事。這種大型鼠，母親一向有專名，叫大山豪。北方人「豪」字訛成「耗」，老鼠一概叫「耗子」，眞是大岔！對付老鼠是貓的事兒，花狗居然越俎代庖。只見花貓也在一邊張牙舞爪，難兄難弟倆就是不敢接近。大山豪騰起前肢，齜牙裂齒，嘴裏不停的嗤嗤作聲威嚇，果然嚇住了兩個死敵。管他的，這是他

們貓兒狗弟哥兒倆的事兒，犯不著我去揷手。將草總放在牛滌後，我逕自進屋去料理我的野莧羹去。也不曉得後來是怎樣的下文，既未見着花狗口啣死鼠，中午的飯，花貓還是照常吃；大概是給護送回鼠洞裏去了。

一頓野莧羹飯比什麼都好吃！人只要興來就有味，興不來山珍海味一樣索然如同嚼蠟。其實田園原野間，就是不種菜蔬，野菜原蔬是採摘不完的。野莧之外，龍葵（烏甜仔）、溝蕨（蕨貓）是農家最常吃的野味，此外野木耳、草耳、草菇、雞肉絲菇，都是美食品；而果實則龍葵之外，苦藏（泡仔草）、桑葚、野莓類、山嶺�及其他藤蔓草本的果實，隨處可見，隨手可摘。一個人生活在大自然的綠園中，只要仍舊照着原始以來鳥獸般隨處覓食，就地而飲，雖不耕不種，可不虞飢渴。大自然不止是個大礦藏，也是個大穀倉，不然那麼多的生物，怎能生生不息呢？

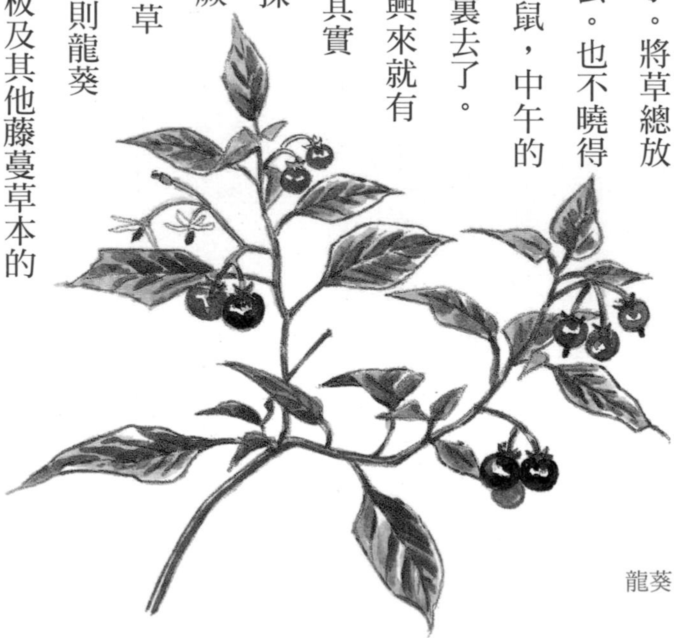

龍葵

〔音注〕

竈雞：即促織。

笘擔：竹製兩頭削尖的挑棍。笘擔，國音ㄕㄢ ㄉㄢ，臺音籤ㄉㄚ(帶鼻音)。

雞肉絲菇：即雞塳。

九月二十二日

今日是月尾，一早，賣魚太平仔便來收賬。太平仔是東港人，在這一帶賣魚足足有四十多個年頭了。他每天天還沒亮，就去魚行喝一、兩尾串仔魚(鮪)，踏着腳踏車，款乃款乃的望山腳這邊載來，挨門逐戶，視人口多寡，切了一片，或薄或厚，稱好了，掛在人家門楣邊，然後在卡紙上記上日期價錢，悄悄的來悄悄的走。近午時，農家從田裏回來，拿下串仔魚片，或捋鹽煎，或煮蔭豉薑絲，三、五碗番薯簽飯，兩三小塊魚，幾粒豆醃，三、五分鐘，塡飽了肚皮，再飲下一、兩碗番薯簽泔，便一切無缺，不羡萬錢食，不慕方丈珍。太平仔固定每月月底收賬，主家很少對覆，太平仔總計多少就給多少。長年如此，只當過年過節，爲了祭祀，纔有豬肉、雞肉上桌。豬肉照例是瞞了官府，宰了家裏飼的豬，全村分配。但官府查得緊，私宰漸漸的少了，於是城鎭上賣肉的就下鄉來了，嘴裏叨了個大海螺，ㄅㄨ——ㄅㄨ—— 的吹，那是賣肉的號角，人們聽到這種和法螺近似的聲音，就知道賣肉的來了。清代宦遊者，對臺灣賣肉吹螺，有很感人的記述：「賣肉者吹角，鎭日吹呼，音甚淒楚。冬來，稻穀、糖、靛，各邑輦致郡治；車音脆薄，如哀如訴，時與吹角若相和然。」(《臺海使槎錄》)

「賣肉者沿街吹角，如塞上高秋時，難勝淒楚！」（《海東札記》）

於是海螺聲成了年節祭典歡慶的預奏，海螺聲等於宣告節慶的來臨，成爲鄉村裏的一個特色，和城鎮是不一樣的。

鄉村裏有時也有賣什細的人來。腳踏車後頭載了一個小玻璃櫥子，玲瓏滿目，儘賣婦女的化粧品，手裏拿着一個小銚鼓，兩邊轉着打擊出聲，另是一種風味。

此外鄉村裏再沒有訪客了，農民們就像土撥鼠般，永遠守着這一片野地。

〔音注〕

喝：唱價。國音ㄏㄜˋ，臺音˙ㄏㄨㄚ（輕讀）。

捋鹽：施鹽。捋，國音ㄌㄨㄛˋ，臺音˙ㄌㄨㄚ（輕讀）。

銚：音搖。漢儒鄭玄用鞉字，讀陶，讀陶是大鼓。

九月二十三日

今日是秋分。今日太陽回到赤道上，明日起，太陽進入南半球。一想起太陽離開了北半球，心裏面就覺得很快樂，不是我憎恨太陽，實在是太陽因位置之不同，而有着性格上的大差異。太陽在赤道這一邊時，它是暴烈的，就像人當青壯之時，血氣方剛，不免盛氣寡恩；反之，太陽到了赤道那邊時，它是和煦的，就像人當老大之時，血氣既衰，自然慈愛仁善。我總覺得人類比鳥獸差了一大截。鳥獸，特別是候鳥，一年遷徙兩次，一往一復，永遠跟着一個慈愛仁善的太陽公公走，牠們不肯愚蠢到像人類，待在固定的地點上，任太陽公公愈來愈兇惡，受其凌虐。人類也是動物，動物之所以可貴，厥在能動，可是人類卻變成了植物，釘根在某一定的地點上，放棄了他做爲一個動物的優特之性，你說比起候鳥，人類顯得多愚蠢啊！若要數一數地球上的優秀生類，鳥類實在應數第一。

秋分這一天，我總會歡喜得不知所措，手舞足蹈，呼嘯歌謳，無法在家裏坐着。我牽出了腳踏車。花狗見了，一直搖尾繞着我跳，知道我要出去。腳踏車對牠來說是新奇的玩具，每回我踏車出去，牠無不跟着我蹦跳競跑，已成了不具文的協定。這腳

踏車是特地爲着蹓躂購置的。太陽移進南半球這麼大的日子，無論如何得出去蹓躂蹓躂，以表慶祝歡欣。

出了莊，花狗早知道我要走向西的路。這是一條順坡的路，平均坡度每百公尺爲兩公尺半，這裏出發點海拔五十三公尺。將朝陽背在背後，放輪向西滑下去。空氣剛孵出葉脈，還帶着葉液未乾的味兒，散發着蔗葉香、薯葉香、番麥葉香，甜甜的，迎面撲鼻而來，而蔗葉綠、薯葉青、番麥葉翠，田園的主色配着難以計數的微妙間色，好像一闋小提琴曲，在主題貫串之中悠揚着不盡的變奏。輪子輕快地滑轉着，一點兒也不費力。從今天起，太陽有半年的時間在南半球上，要等到半年後，亦即明年的三月二十一日或二十二日，太陽纔會回到赤道來。再過些時，北極圈將淪入永夜之中，南極地將陷於永日之下。然而南臺灣將有最美好的氣候與天色，有夜略長於晝，供人們有充足睡眠、適量活動的時間。一年裏有半年的無上天寵，還往那裏去尋？這裏簡直是仙境！

轉了一個小彎，看見一隻褐毛野兔坐在路上洗臉。一條牛車路，一天裏難得一輛牛車經過，難得見到一、兩次人影，你說這裏，田野裏的老居民們——各種動物們——會不將路面當閒坐場散步道嗎？除了雨天，任何晝日，每一百公尺的路段上，任何時都可見到斑鳩或鶺鴒在踽踽閒步。田野裏的路是有生命的，若車水馬龍，路就給輾死了踏僵了。

雲雀是晴日的風鈴，是任何時都可聽到的。路南、路北的天空上各浮懸着一隻，過了這裏，那裏又昇起一隻，大晴日的田園裏說是會斷了雲雀的歌聲，那是不可能有的事。

路一直往西傾瀉，宛似一條小溪流，朝宗於海，不論怎樣的轉怎樣的斡，總是朝西瀉去。花狗先前領路，到後來就落在車後了，好在牠落在車後，不然野兔便不免被追逐了。打擾了人家閒坐，委實是失禮之至。野兔見到我，連忙逃入蔗田中。花狗纔瞥見了影子，汪汪的吠，追了進去，卡得根葉切切作響，我只好停下來等牠。怪不得野兔選在這裏曝日洗

野兔

面。路邊照例都留有空地，各有五、六尺寬，南邊是番薯田，北邊是蔗田。蔗欉高過人頭，將整個北面遮蓋在後頭，成了寬厚的樹籬。番薯地再過去，南邊是溪，對岸有個村莊，叫南岸，是客家莊。這番薯地實在是一片隱蔽的境域。東北風從路北的蔗梢上溜下來，弱得吹不動路南的番薯葉。對於小動物而言，沒有比這一段路面更好的閒坐場散步道了。將腳踏車拄好，坐在車上，把自己投入這一片靜謐中。宋人詩云：萬物靜觀皆自得。眞的，這裏幾乎沒有一件事物是不自得的。蔗田、番薯田，透過空中，落在這一切之上的陽光，以及天上的薄雲，甚而隱藏在葉下地中的一切生命，即連人類的我，我也和這裏的任何物一樣，心無一事地在安祥地眺望着。只有野兔受了一點兒打擾，但那也是自然界無足掛齒的事。此時牠或許早到了另一頭去繼續洗着臉面了。而花狗在蔗田中鑽着，假想着原始本能的狩獵，也是極其自得不過的事啊！

不久，花狗落空地走了出來，意興勃勃地，鼻孔裏直噴着氣，有點兒打噴嚏似的。好罷，走罷！於是路又把我和腳踏車向海的方向傾瀉過去。不多久，遠遠地看見一並排南北向的路樹麻黃，那是通往臺灣南端的惟一大道，由北邊的潮莊，經過這裏的打鐵莊。既見了大通道，我便勒住了車，轉回頭，循原路騎回去。方纔一直是順坡，現在換成逆坡，車再不自動的跑，但踏起來仍然十分輕鬆。不見眼前矗立東方的太母山，北太母西側斷崖直削兩千六百公尺，世界第一削山正擺在眼前，一百公尺兩公尺半的陡坡算得了什麼？太母山百看不厭。李白詩云：相看兩不厭，只有敬亭山。那眞是小巫見大巫。令李白生於此地，敬亭山永遠入不了他的詩。孔子自云：登東山而小魯，登泰山而小天下。那也是小巫見大巫。泰山只有太母的一半高，纔只有一千五百四十五公尺。太母不止是高，它擎天筆直起於海平面，照臨千里，那纔是它偉大之處，世界上沒有一座山可與它媲美！朝着海傾瀉，固然不費力；朝着這偉大的世界第一削山轉進，由於受到激勵產生勁力，反而比朝海輕鬆。對我來說，一條朝着太母山而進的路，永遠是順坡的，腳底下有的是無限的勁力。

看着太母兩千六百公尺的斷崖削壁，只有滿心的讚歎，眞美！世界任何險山奇峯無不被登山家征服過，即連聖母峯也早已失去了她的權威，但登山家無人敢於動征服太母西側的念頭，兩千六百公尺全線近乎垂直的高度，遠非人類的體力精神力所能到。幾處山褶，清晰得可看到幾乎是垂直的澗水，整條都是白的，與瀑布無異，只在褶縫裏隱沒一段，出了褶縫又是一長段的白，一段大約有兩三百公尺，遠遠看來像一條雪溝，凝結着，在秋陽下異常的耀眼。

被太母吸引着，沒看路，幾乎連人帶車跌進番薯田裏去。索性停了車，在番薯田畔坐下來看個足。溪邊一棵苦楝樹上，一隻畫眉正引吭高唱，鳴聲響遍四野。此地可以終日，有山可看，有鳥可聽，飢來有薯，渴來有溪，秋分的斜日，清新的空氣，靜謐的釉綠，遼曠的田園，無邊的藍天。前人詩云：偷得浮生半日閒。說是偷來的閒，多可憐啊！

〔音注〕

斡：轉彎。國音ㄨㄛˋ，臺音˙ㄨㄚ(帶t收音，輕讀，即上入聲)。

九月二十四日

農閒屈指過了整整一週，本來打算好好兒讀點兒書，實際上多半時間還是在田園裏走。不論田園裏有事沒事，田園好像老要我出去，和她在一起。其實，我住的平屋就在田園的正中央，滿屋子浸透了田園的氣息，縱然不出去，仍舊在田園之中。我出去，是一種生命內裏的渴求，想拿腳底去親親田園的膚表，接觸接觸泥土、砂礫、草葉，充一充生生不息的地氣；想隨着無邊的藍天舒展開我的眼眸，莫要像石塊下的草芽，令眼眸鬱而不伸；想承受一點兒陽光，見見四野的風，好打開全身的毛孔，任光熱氣流通暢地左右穿透；想成爲一隻野兔、一隻野雉、一隻野鳥，恢復原始的自然生命；是田園呼喚我，也是我自發的回向自然。

讀了一整個上午的書，下午出去巡看番麥，捉了幾十隻金龜，割了幾十總草，想一勞永逸。一隻草鶺鴒向我抗議，儘對着我疾鳴，還跟了我一段路。大概那片地是牠玩耍找蟲吃的好地方罷！也許牠並非對我抗議什麼，只是在展現歌聲，試覓知音罷了！當然，我是牠最熱烈誠摯的知音了。可是我總覺得人類就是再怎樣地克制，對於別的生類，一向是侵佔者，甚至是迫害者。草鶺鴒熱烈的歌唱，反使我自感歉疚，有

了抗議的想法，但願我是過分敏感！我向牠舉手致敬說：你的歌唱眞好，你是這一帶最出色的歌手！草鶺鴒是這一帶最可愛的鳥，很親近人，見人不畏怯，筆頭大小的身軀，舉着一把更長的尾羽，永遠抽動着，多半時間尾羽都是垂直地舉着，跟小身軀形成一個直角，灰綠帶褐，和青草枯葉的混合色是一致的。草鶺鴒也叫裁縫鳥，鳥巢大都縫合兩片樹葉而成，宛如婦女穿針引線，將兩塊布綴成一個袋子一般。

〔音注〕

草鶺鴒：鳥書叫鷦鶯。日本沒有鶯(黃鶯)，以報春鳥爲鶯，剖葦科叫鶯科。臺灣學界援用日名，造出不倫不類的鷦鶯一辭。

草鶺鴒

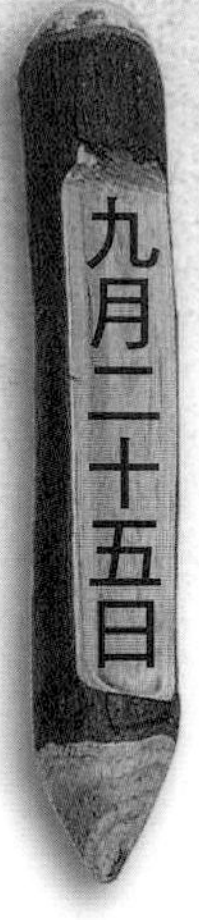

以我的年齡，孑然一身，我倒時時愛拿起《顏氏家訓》來讀。此書辭旨懇切，包括立身治家處世爲學各方面，讀來彷彿侍坐父兄之側，勤聆教誨；又如與老友話家常，論古今，共抒人生眞際，學問實況，侃侃娓娓，不知日之將暮，不識夜之且旦。

人不識字固可以懵懵懂懂過一生，合乎老莊所主張的自然主義，免於文明病。但是人類若眞的自始不發明文字，不進展到有著述，則且不說智識、經驗、史事無法確切記述流傳，單是古今心靈無法溝通印證，對於已過慣了文字生活的人來說，那將是不堪想像的事。孟子說：尚友古人。這是讀書人異於一般人的最大好處。

下午天氣變了，細雨霏霏，看樣子這幾天內，將籠罩在陰霾下；秋越發的往深處移了。

入晚後沒聽見土蜢鳴，也許是下雨的緣故。好幾日來一直沒注意土蜢聲，也許土蜢早歇了，人們說：白露，土蜢爛肚。白露早過了半個多月，土蜢或許都僵死了，可

憐的鳴蟲！農曆分一年爲二十四節，半個月一節，一節有一節的氣候。聽覺敏感的人也許單聽雨聲的變化，便可聽出節候的轉移來；也許嗅覺敏感的人，聞都聞得出來；或者視覺敏感的人，單看天色的深淺，也可看出來。以半個月做爲氣候變化的一個單元，那是合理的。就我個人的經驗，節候變化的顯明，無過於天上的雲；一節有一節的雲，形態既不同，性質也有異。粗淺地說，天氣越熱，雲越低；反之，天氣越冷，雲越高。雲越低越黑，越高越白；越高越凝結，越低越擴散；最高者爲冰晶雲，最低者爲雨雲。冰晶雲是自然界最令人激賞的景物之一，雨雲也有潑墨之致，惟有不雨的夏雲，棉花狀的，到處散飄，襯着藍天，零亂得最惹人厭；那是自然界裏我所不喜的惟一景觀。我所以不喜歡夏天，不止它熱，天天看着那樣的雲，令我極端不快！春末一出現這種雲，就使我感到絕望。不必感到熱，感到陽光加熾，單看到這種雲，就知道南國美麗的日子過去了。

土蛞聲的消逝，表示初秋走了，仲秋眞正的來了。但願還能聽到幾天尾聲！不然要再聽到那精力飽滿的振鳴，還得挨到明年的夏末秋初，那將是將近一年時光的契闊啊！再會了，我童年的朋友們！

九月二十六日

整天下着霏霏細雨。這一次澍雨，大概是今年南國裏最後一次的天澤，十月中旬以前，縱然還有雨，只當維持地表的濕度，以保護這最後一次地下的含蓄罷了。田園在吸足了這最後一次的天澤之後，將進入年末休眠期。就爲這一道理，我不主張種第三期。一般農人這一期大都種豆類，因此臺灣一年有三期作，三次收成，雖然天時地利允許這麼做，總非長久之計。看着一個人勞碌終年，沒有休息的日子，旁人都會難過，何況土地之於農人，在休眠中鞭策它，於心何忍？南國裏這個休眠期很是明顯，樹木停止發育生長，這點可從年輪的鬆密看到；果樹儲蓄足量的糖分，爲來春開花結實。最最顯明的莫過於苦楝樹，落光葉子，看來好像完全僵死了，一到春天，便迸出滿樹的花，結出滿樹的籽。

有一股極強烈的力量，很想冒雨在田園中走走。強按捺住在家讀了一整天的書。

白鶺鴒

九月二十七日

今早再也無法坐着讀書，吃過早飯，戴了大寬邊斗笠，走進雨中的田園。見着阡陌間草葉上綴滿了雨珠，令我大起感動。不論天氣再乾渴，農人永遠也不會給這些草灌溉一點兒水。這些草在這地上沒有主，無人關心，無人愛護，有時還受人排擠戕殘。原來它們的主是在天上，此刻它們正承受着自天上澆下來的水，活潑潑的，多有精神啊！我的身上也正滴下天上的水，我的赤腳和手，甚至斗笠下的臉面，在仰視那不可見的上天時，也沃足了天上的水，原來我也是這田野裏的一株草！

來到三里外剛斬了蔗種，蔗肄新出不滿半尺的空田，三匹相連，共有十甲寬，在細雨中，露出原本是溪床地的石塊砂礫，乃是糖廠的植蔗區。一眼望去，白磷磷的一大片，上面頗有些溪浦澤畔海濱的鳥(即涉水禽類)：有白鶺鴒和黃鶺鴒，在沙地上走着，上下擺動着長尾；有小環頸鴴(即千鳥)，也不停地低頭來回走着，在翻掘礫石間的蟲類；還有大體型的斑鴴和黑胸鴴，或走着，或安祥地站着；另有一、兩隻燕鴴，偶爾飛起，耀出尾筒雪也似的白；更有長嘴短尾的田鷸，也許是針尾鷸或是大地鷸罷，靜靜地蹲着；此外另有一種疑是流蘇鷸，顯然早已換了冬羽。一眼看見了這麼多平日罕見的鳥，我感到了無限的滿足，無怪有一股力量引着我要冒雨出來；尤其那小環頸鴴和流蘇鷸，居然來到離我二丈遠處，一點兒也不見外，我狂喜得幾乎要喊出聲來。在這些涉水禽中，還有小雲雀穿梭其間，牠們走過班鴴或黑胸鴴身旁的時候，相對地顯得異常的小。

坐在阡陌邊一塊石頭上，也記不得觀看了多久，直到覺得眼花撩亂，實在無法再睜着眼睛，這纔閉目靜坐，讓細雨勻勻的下着，輕輕地洗滌露在大斗笠外的手、膝、脛、腳。田園在細雨中這般安靜，十甲地寬，大小數百隻的鳥兒，除了燕鴴飛起，偶爾叫發一聲之外，沒有一點兒聲音，連雨也沒有出聲。我願意和牠們一起坐到天黑，纔各自回家。

斑珩

轉回來，經過番麥田，番麥綠油油的，在雨中呈現着十分的活氣，不由滿懷感激。以爲雨水是自然現象，而認做當然的事，表面上似乎有理，其實是愚蠢的。

〔音注〕

蔗肄：蔗芽。肄，國音一ˋ，臺音一ˋ（帶鼻音），圓讀國音第四聲。

一覺醒來，曉天灰濛濛的，是薄陰的天氣，也許一分鐘前還下着細雨，也許一分鐘後就有細雨下，是這樣的靜定薄如蛋膜的陰天；大約雨是過去了。

今天是孔子誕辰，這一位了不起的先師，不是讀書人的最好榜樣，還有誰是呢？洗漱過後，換了一身清潔衣服，奉出了家藏一本最好的《論語》擺在案上，焚香拜了三拜——家裏所以不藏孔子像，因爲那是後人想像畫的，比起《論語》來，自有道里上的一段距離，因此我寧願直接拿《論語》當孔子來拜。拜過後，正襟危坐案桌之前，自〈學而〉至〈鄉黨〉，高聲朗讀一過——前半部可知道是初編完本，可靠性自然高，因此我只朗讀前半部。說來奇怪，別日讀《論語》未必有孔門躍然紙上的感覺，今天每讀一章，都有如在其左右，如在其上的靈應。

一年三百六十四日日日都可以是讀書日，惟獨今天不止可以是讀書日，而且一定要是讀書日。臺諺有云：無冬節都得糬圓囉，冬節那有不糬圓？自然我要坐在書桌前，痛痛快快地看一天書；當然不一定要有關孔子或儒家的書，只要有益精神的書，那是孔子所允許的。可是纔讀了不多一會兒，我這裏一向無外客來訪的，居然來了訪客；一個老友帶了幾位先生來。那是少小時代的老同窗，如今過着粉筆生涯，趁着孔誕，心血來潮，特地來看看田園及田園裏的詩農我。老友們一向稱我爲詩人，如今歸隱田園，自然免不了給我詩農之號。管他呢，名號原是人設的，我自己不是常自稱是詩人嗎？老友帶了客人來，我自然十分歡喜，只是中饋無主，又野蔬簡慢，中午這一頓飯眞使我爲難萬分。但老友聲明不爲吃來，要吃街市館子有得吃，跑這麼遠來做啥？來田園，即使要吃，也要吃個別致的，最後指定吃野莧糜，說是無價的上品菜，還要跟我去一起採。拗不過，大夥兒七手八腳，不一會兒工夫採了一大堆回來，這頓野莧糜之好吃，自不待言的了，只要糝一點點兒鹽，不必任何人間調味品。

吃過了飯，人人滿意。老友興發，伸手索詩。我說那裏有詩？老友不肯放過，說專程來就爲看詩，詩人而沒有詩，還成什麼詩人？我說生活在詩中反而寫不出詩，都是實話。老友不信。看來交不出卷子來，似乎難於罷休，不得已只有將日記捧了出來。老友打開九月一日頭一天來讀，邊讀邊點頭，口裏說：倒是實話，人在詩中寫不出詩，也是眞的！但是這本日記看來就等於一部連篇詩卷。說着挾在腋下不肯還。遇上任何人都好說，遇上少小的老同學，就不好說。人與人間相知之深，往往可至超越你我的界限，予不是施，奪不是取，這裏就有理說不清了。最後我解釋道：還差幾天就寫滿一個月了，寫滿了再寄去。老友覺得有理，纔將日記遞還我。我補充道：可不許流傳！老友不同意，說：若是天地間的好文字，不令流傳自然也會流傳；否則即或強令流傳，也傳之不遠。一切順其自然，何必執意！說得也有理，文字是公器，原非作者可得自有，況且作者們下筆之時，無不有想像中的讀者，說這本日記下筆當初沒有想像中的讀者，我自己也沒有十分的自信。

又談了些往事及新近的時事，到各處走走看看，老友就帶了客人騎了腳踏車回去了。

〔音注〕

糬圓：搓湯圓。糬，國音ㄙㄠ，臺音ㄙㄜ。

糝：加味。國音ㄘㄢ，臺音參（參加之參）。

流蘇鷸

田鷸

小孩子們走路喜歡踢小石頭，我小時候也有這樣的習慣。近年來我對路邊小石頭也懷有敬意，它們個個都比我長久得多。有時看見路中央、車轍裏有小石頭任由人踏車輾，很覺不忍，都給隨手移走。住在磽野裏，到處是石頭，對石頭自然也有一份特別的愛，家裏收藏了不少各式各樣的標本。下午在庭中散步，看着庭面上的小石子各得其所，熨熨貼貼的，維持着同一個平面，不覺興起了踏訪路石之懷。於是一路的走了出去，牛車路中間、兩旁，這裏那裏地有大石的頂端伸出路面，就像冰山伸出海面一般，多半是青灰色的，蟠着一、二兩條白線。這些路石是少小以來的老相熟，位置、形狀、顏色，無不熟印在腦海裏，踏訪着有着無限的親切感，往往還可憶起過去路上的種種。

往北走了一段，折回來往南走。路東荒原上，到處可見高與人齊的巨石，隱蔽在荒草間。不覺走上了堤岸，一眼望去，芒花雖依舊白茫茫的一片，但色澤已衰，沒有先前的光艷耀眼，看來已開始零落紛飛。溪水雖下過兩天的細雨，經過昨日整日，今日半日，已看不到增漲之跡，水色依然那麼地清。整條溪床，是由大小石鋪成，見不到一丁點兒泥土。岸邊巨石，大如茅屋，頂端有平如砥石的，可容數人平臥圍坐。使阮籍獨立石上，西向呼嘯，聲隨流水，傾注入海，也是人生一大痛快事。

坐在巨石上眺望這一片大小石的羣落，有雲的詭形譎狀，而無雲的虛幻變滅。平生所愛者多，溪石即其一。一時舊習復起，不覺指癢，於是沿溪巡禮，刻意採拾。不多一會兒，已聚得二十來個，不下五、六十斤。多次經驗，採拾愈多，帶回者愈少，往往只空得一場採拾的歡悅，終究只有將所採諸石一一放回原處。看着眼前這一小堆採得的美石，不覺暗笑自己過而不知改。將各個石塊約略放回原處之後，在水邊踱着。偶然瞥見水中有塊石塊，形狀酷似臺灣。伸手探下去拿，發現還有個底座。出了水面一看，我興奮得捧着直跳，跳進水裏，又跳了出來，連聲高喊。曾經採拾過昆蟲化石、舊石器時代的石斧，固然興奮異常，從來沒有今天這樣血液沸騰過。在天然石雕中，看到祖先開闢出來、世代生息其間、自己生斯長斯老斯的臺灣，怎能禁得住生命全部感情的洪流呢？就這樣大約在極度興奮中過了十幾分鐘，然後我坐下來仔細端詳：連底座大約有兩寸厚，一尺多長，約半尺寬，是水成岩的石灰石，本島薄薄的浮出底座，有如實際浮出太平洋一般。全島與空中照相大體脗合，只有些微的出入，如北端看似寬了百分之二、三，高雄、東港一帶多吃海一、二公里，如此而已。眞是個奇異的天工！把玩着把玩着，不由想起了她血淚鑄成的整部歷史，但願像此刻已出了

水深之中，今後永不再有征服者；民主既經人權思想的浪潮推到了本島，希望此後過的是堯天舜日，而永不再有禹王朝；願當年英勇拓荒者的孝子賢孫們，能夠愛惜這塊土地保護這塊土地，能夠自己站立起來，莫辜負了先人流的血汗。

回來天色已暗，將臺灣石圖安置在書桌右角上，我要將它當座右銘，雖然上面沒有刻上半文隻字，那裏卻含蘊着山海全部的靈秀、先人磅礴天地的拓荒精神以及三百年來苦難的歷史。

夜鷹

南邊族親有一家去年母豬產了一隻五爪小豬，鄉人傳說五爪豬是惡魔的化身，既飼不得，也殺不得。待斷奶後，那家族親就將那隻五爪小豬帶到山腳下放生了。誰知道這隻五爪豬居然還活着，此時已有一百多斤，近日在南邊番薯地一帶肆虐，一夜之間毀掉一、兩分地的番薯，連續幾夜，攪得族親們家家不安，一方面痛心番薯毀損，一方面深怕中了魔道，將有大禍降臨。中午時有幾個族親來找我，問有何計可施？既然飼不得，又殺不得，實在也無計可施。要將番薯地設了柵圍，偌大的一片地如何圍起？我問他們設了陷阱沒有？齊說那隻魔豬惹不得，誰還敢捉牠？這實在難倒了我，教我能出什麼主意？最後我問他們，我帶頭，大家列成橫隊，吆喝着，將五爪豬趕上山去，敢不敢？他們說不得已也只有這麼辦了。於是問明了五爪豬的所在，召集了全村壯丁，總共二十個人，婦孺和狗留在家，我們列隊出發。

村人的迷信是很可怕的，我則平生沒曾殺過那麼大的生物，踏死螻蟻，捺死金龜雖即不是沒有，都是在不得已之下做的，教我特意去殺死一隻豬，起碼在此時我還無法下手。

五爪豬在南邊小溪裏洗過浴，此時正在溪邊茅叢下納涼。大夥兒吆喝着從西面掩過去，我一竿當先，其餘的人分成兩翼橫列前進。五爪豬見來勢洶洶，拔腳向東奔跑。跑了一段，我揮左翼趕前截住東北角，生怕五爪豬向森林中竄，那樣的話就前功盡棄了。五爪豬被截，竄向東南，沒多久，竄上了堤岸。大夥兒身上掛滿了蒿、蕭類的草籽，腳底下的石塊有的尖利如刀，若不是長年赤腳，生有半寸厚的繭皮，早割破了腳，沒奈牠何了。上了堤岸，五爪豬早渡過了第一道溪水，岸上視野瞭然，我叫大夥兒休息片刻。五爪豬見沒人追了，踽踽的朝東而進。溪原中茅草稠密，雖視野好，處有迷失，片刻後我又叫大夥兒列橫隊出發。茅芒和蔗芒一樣，利如鋸鐮，大夥兒臉面手臂開始受到無情的刺割。五爪豬姿勢低，大得地利。趕了三里路，終於將五爪豬趕進了谷口。兩個山地人看見我們大夥兒趕着一隻肥豬，又不是要獵殺的，顯着困惑的臉色。當大夥兒往回走時，背後傳來那兩個山地人歡呼之聲，回頭看時，那兩個山地人早從山徑上溜到谷地，將五爪豬往更深的谷地趕去。「那兩個傀儡注定要觸霉運了！」一個族親輕輕地說。

不知道那隻五爪豬能夠逃過那兩個山地人的追逐否？但願牠能逃過這次厄運，在山中成爲一頭自由自在的山豬！

雨燕

〔音注〕

螻蟻：螞蟻。螻，國音ㄌㄡˊ，臺音ㄍㄠˋ。

挼：用兩指搓，也寫做挼。國音ㄖㄨㄛˊ，臺音ㄖㄨㄝˇ。

傀儡：指高山族，乃Kalei之音譯。臺音ㄍㄚ ㄌㄝˋ。

九月三十一日

九月原本只有三十天，那來三十一日？但是孔子既經推定出生於九月，九月就非大月不可，這是本日記有九月三十一日的緣由。我想世界通曆今後九月應加一天，以顯示這個月份人類出過怎樣的大人物！不用說，孔子是一切大人物中最最偉大的一位！

平生沒寫過日記，這次興來開筆，居然寫滿了一個月。今天從頭讀起，發現總算將田園的生涯寫出了一點兒。回想當年決心回歸田園，只爲在路邊看到一朵小小的藍色草花，如今想起來大概是鴨舌草的花罷！一朵小小的草花，猛烈地使我覺醒過來自我遺失之已深，給我那麼大的力量，掙脫羈繫着我那麼長久的機栝。一個人活着，若不能將自己當一包強烈的炸藥，把世途的轆軻炸平，好讓千千萬萬的人們有坦蕩蕩的道路行走，則套在人羣中的一切行爲都是出賣自我、遺失自我的勾當。對於此時的我，人生只能有兩種生活，要不是將自我炸成碎片，便是保有全部的完整自我，教我將自我零售，或委屈自我，降爲世上的一件工具，我再也不能忍受，因爲自我永遠是主體啊！

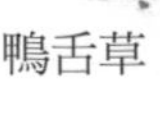
鴨舌草

仲秋篇

十月一日

兩天來，天氣又變了。前天午後趕了五爪豬回來，天便逐漸靄了起來。傍晚時，開始下雨，直下了一夜，又下了昨日一整日昨夜一整夜，幾乎沒有停過，只是雨勢不大。今早一覺醒來，開了門，觀望天色，天仍是鉛般的沈重。天容雖多變，地面卻是永遠含笑着的。

經過多日的生息，小溪邊有的是草，將赤牛哥解了索，任由牠自己去料理早餐。空田上早已長出了半尺來高的雜草，再過一個月，這八分地就是一塊上等牧場，赤牛哥再不必在牛滌裏吃宿草了。屋東也是一片草地，一向不許赤牛哥吃那兒的草，有意讓洪荒直連到屋邊，煮飯炒菜時，對着它，不是鳥兒，就是蝶兒，窗外有的是天然的景致；而草萊本身更有着種種的形色，爲着防止路過的牛隻敗壞了這一片草地，我在靠牛車路邊插了一排竹籬，種了瓜豆。此時皇帝豆(教科書叫萊豆)早莢已飽，正盛開着點點白花。

晨讀過後，去看赤牛哥是否吃飽了？倒不是躭心牠會走到番麥地去，只怕溜出屋東路上，跟過往的車牛牴觸。看看赤牛哥腰窟滿了，這表示牠已吃得十分飽，牽回牛

滌拴了。

信步行到籬邊，仔細捏了捏皇帝豆早莢，確已飽了，回屋裏拿了一個小竹筐，滿滿的採了一筐；午飯可就吃得到秋新了。偶一擡頭，見籬南路口邊麻黃樹的線葉竟也長得十分煙青，尤其那披麻似的樹皮因吸飽了雨水，顯得十分鬆軟。一時心裏癢癢的，有一股衝動，想爬上樹去。因將竹筐放在路邊，一躍攀着下枝，手足一齊向上一縮，翻了上去。也許這半個月來一直沒有活動，身上的筋骨要舒活舒活。這一排麻黃樹，獨得天年，枝葉暢茂，略無折損，約有瓦屋的三間高，見過的木麻黃，算是頂高大的了。很想種一排亞杉，據說亞杉最高可達一百二十公尺，但縱然種了，最快也得幾十年後纔能成林，幾百年後纔有那樣的壯觀。我身匪石，怎得如許長久？並且平地氣熱，這種世間美木，恐怕不是隨地能活的。有這樣完整的木麻黃，已足可慰懷了。

攀到樹梢，看見北面路上有一個人騎着腳踏車踽踽而來。看來好似被後面的茫茫雨陣趕着，向南奔竄。北半天正瀰漫着薄灰白色的雨雲，節節漫漶而至，大約不出十分鐘，雨就會到。距離還遠，看不清是誰，但一身的綠色，可斷定是郵差。希望是本村的信，莫要是過溪那邊的，現時山洪正湍急，眞不願意郵差去冒險。

樹皮的鬆軟十分誘惑，爲了一路踩着的那種感覺，我又溜了下來。下到地面時，又想攀上去；於是又攀了上去。大概筋骨的活動還不夠量罷，一共攀登了五次。第六

次想再攀上去時，一隻陶使不偏不倚的正飛來停在本棵樹的頂端，一面高聲鳴唱。這陶使是另一種草鶺鴒，形狀跟脊令脊令囀的草鶺鴒幾乎完全一樣，只是裝束有點兒分別；頭頂黛灰色，眼上沒有白眉，腋下柑橘色，全身毛羽十分整飭，尾羽顯得更長；沒有脊令脊令囀的草鶺鴒親近人，平時最愛登高高唱，十分的是草原之聲，近聽時聲音多變化，不可比況，遠聽時總聽得牠唱着：歸去來噢！歸去來噢！因此我叫牠陶使。這兩種草鶺鴒都令我心醉，田園裏若沒有牠們，就要大大失色了。既然是陶使來鳴，那是千載難求的機會，我怎敢再攀上去？我站在樹底下，昂首看着牠喉頭一鼓一鼓，長尾一頓一頓，熱烈地唱着，那鳴聲實在嘹亮。纔有四公分大的身軀，最多只有半公分大的肺，氣囊鼓滿了頂多兩公分直徑，可有這麼大聲量，跟細眉能飛越重洋一樣不可思議。

陶使越鳴越起勁，我輕快得幾乎要漂浮了起來似的。可是不巧，雨到了，陶使像一粒小石子一般，從樹杪上倏地擲向路東的荒原，歌聲一下子斷了。小鳥們在繁殖期的四、五月，任是整天下雨，還是整天歌唱，一點兒也不畏懼濡濕，此時就不一樣了。歌者既然走了，雨也到了，我再沒有理由站在那兒淋濕，於是提起了小竹筐，急急走回屋去。

剛放下了小竹筐，便聽見有腳踏車聲進庭來，出去一看，只見郵差已到了簷下，

早下了車，右手抓起腳踏車虎骨，用力一提，將車提上了簷階。「這樣大雨天，還勞您送信來，罪過！罪過！」「說那裏話，這是我的份內事兒。」郵差說着摘下了頭上的匏稾殼，然後脫下雨衣掛在車上。這是我們的老習慣，每回送信來，總要坐下來聊上十幾分鐘，有時甚至於聊上半個鐘頭。有一回，那是我初回來的第一個月，因久別重逢，竟聊到了中午，我留他吃午飯，他也不見外，我們兩人在廚房裏連手煮了那一頓飯菜。這裏信件極稀少，通常兩三個月見不到他一次，有時候半年纔見到他一次。這一次算是最密接，上個月剛送過，這個月初又來了。他掛在車前的郵袋雖即不小，裏面往往只有一封信，大概這裏是最後一站。過溪餉潭、糞箕湖都是千年土着，也沒有人出外，根本就不會有信，只怕有一、兩個外地人進去，或要勞他涉溪冒險。果然他打開了郵袋，裏面只見一封信。他遞給我說：「屏東寄來的。」我接過來看，是那位老同窗。

延郵差在廳中坐下，泡了一壺茶，便天南地北談起來了。我說這條山腳線眞是勞苦了他。他說那是他的樂事，這一條線，天爽朗，地也爽朗。我說現時滿天雨，滿地濕，那裏有爽朗？他說就是下雨纔見出這一條線爽朗，任雨再大再長久，路面永遠不積水，也不成泥濘。我說熱天呢？他說這一條線熱天是熬煉好漢，熬得過證明確是一條好漢。總之，他愛這一條山腳線。他說他初進郵便局第一次送信就是這一條線，正

是大熱天。那時他纔十八歲，初時腳踏車踏進這石頭埔地，眞是熱不可當，他不相信這裏有人住，可是郵袋裏明明有一封此地居民的信。他到了這裏看見有個村莊，居民活得好好兒的，令他大感動，激勵了他的精神。此後他便被固定分派了這一條線，他愈來愈愛這個地方。他久久纔得有這裏的一封信，每次局裏交給他這一條線的信，他就快樂。他說他是出來踏青，出來看看這裏的居民，好激勵精神。我問他在這一條線上多久了？他說那時我纔四、五歲，問我今年幾歲？我說記不確，不是四十二，便是四十三。他說就是這麼久了，他現年五十六，再一年就滿四十年了。

外面雨還一直下着，約莫坐了半個鐘頭，郵差說他要走了。我說待雨歇了再走。他說這雨一時怕不會停。見他決意要走，我進廚房提出了那一小竹筐皇帝豆，倒進他的郵袋去。「這是家裏摘的，順便帶回去，吃吃看！」我說道。「怎好叨擾又叨賜？」郵差謙辭說道。「老朋友了，還見外不成？」我說道。

望着郵差的背影消失在雨籬外。矮瘦的身材，給這一條山腳線傳遞了將近四十年的音信，不是一條好漢怎麼可能？

進屋裏打開了信看，原來老友惦記着日記，要我明日親自送去，叮嚀不得郵寄。幸而他記得，我早忘記了寄日記的事，差點兒失信。可是他要我親自送到，又是什麼用意呢？除了請我去館子裏開懷大吃一頓，還有什麼？

下午雨停了，天似乎要朗開來的樣子，明日或許就會放晴。
割了十數總草，供赤牛哥明天一整日吃。

〔音注〕

靄：臺音盒(ȧp)，國音轉為ㄧㄚ，寫成「壓」，如黑壓壓。

陶使：使，國音ㄕˋ，臺音賽。

匏槖殼：近世通行於熱帶，晴雨兩用的硬帽。臺音ㄅㄨˇ・ㄌㄛ(k)・ㄎㄛ(k)。

十月二日

一早起來，雨果然收了，天已見青。一家子六口都吃過早頓，我摸摸花貓的頭說，中午沒得吃，或者去找隻大山豪，不要又讓牠回洞裏去了？將日記本放在袋裏，掛在手把上，花狗要跟上來。我跟牠說，我不在，你當家，你要照顧牛哥！我指了指，花狗領會了，哼了哼，走到老楊桃樹下伏在那裏，鼻子正對着牛滌，將下顎放在前腳上。我曉得牠努力想當好家，可是牠這個姿勢保持不多久，不消半個鐘頭，就看不到牠了，可是牠總在附近某個地方，這便是我的好夥記——一隻公花狗。

踏出了牛車路，穿過早晨的空氣，空氣中散發着濃烈的青草味，覺得十分輕鬆愉快，不由擡頭深深地吸了一口氣，這纔仔細看見天色的分佈：東半天罩着靜定的灰雲，直蓋過山嶺，高過南北太母，雲隙處時而露出上層的白，顯然太陽已經出來了。西半天天壁上這裏那裏的抹着薄而漫漶的白雲，到處可以看見天壁的青，極西接近地平線處，天色由藍蛻爲淺綠，透着遠處晨光的金黃味。東半天的灰雲，不待下午回來，必定早已悉數收向山東去了。正觀看着這雨後初晴的晨光，天宛似花苞初放，正要綻開大晴日的花朵，路東忽一隻陶使飛起，停在蕭草梢上，豪情地歌唱；也許是昨日那一

隻。這陶使熱烈地迎迓十月，就將十月稱做陶使月罷。我跟牠揮一揮手，逕向北轉進。

遠遠的，看見一對雉雞，在北面的路面上做晨間散步；近處有另一對鵪鶉，正沿着牛蹄徑相隨而行，每行一步，牠們那精緻的頭部便向前一伸。這裏那裏可聽見各種鳥鳴，有草鷸鴿的連珠聲，有烏鶖的哨聲，有夢卿的聿聿嘓咯聲，有雲雀的風鈴聲；更有夜鷺的聒聒聲，零零落落的，向東飛去，在靜定的灰雲下，看來好似漂浮着似的。

我心裏覺着很快意。我原本就愛騎着腳踏車，在田園間徜徉閒轉。何況這條北去的路，正和頭頂上東西兩半天的分界上下對直平行，眞是奇景。而右手的東半天地好像方始微明，左手的西半天地卻早已晨光斑爛；倒彷彿令人產生朝日反自西出的感覺，因而加強了它的奇幻味。尤其身在灰雲的陰影下，眺望西天的晨光，格外覺得鮮艷明麗之至，沒有任一絲光色逃得過我的眼目。我這腳踏車也是眞好，沒有一點點兒聲音，只清晰聽見輪子在路面上輾過，擦動了細砂礫的沙沙聲。若時光能靜止，我願意這樣轉一整天。

過了新舊莊，車輪順坡滑進幾百年前是力力溪的舊溪道，這裏遍地是茅，芒花經雨，洗落得一絮不存，花梗黃蠟蠟白赤赤的舉着，截然的果眞是九月的花。往年，沒

有風吹雨打，曾經看到花架直著到十二月，那是極稀有的現象。

中間的兩道泉流，直截過牛車路，新雨後，泉源旺盛，有一尺多深，不得不脫了鞋襪，提了腳踏車涉過。

這整條力力溪舊溪道，小時候上下學，一天裏要經過兩趟。全路程都是遊玩着經過，上學的一程雖即不無有一點兒時限的暗影，仍是優哉遊哉的輕踏雙輪，東張西望，主要是觀鳥顧兔，有時候還下車追逐；下學的一程簡直是玩耍着到家，除了跟西北雨競走，被迫着飛起雙輪。而這一段約莫兩里路的舊溪床，廣袤千餘甲，牛車路兩邊，放眼望去全是荒野，沒有半寸人家田地，即使閉起眼睛，橫衝直撞，只要不被茅草叢絆倒，永遠也不必顧慮着會踩壞了誰家莊稼。這裏有一種住民，我格外喜愛，那就是綿鴝。家裏那邊不是沒有，卻不常見。在這裏，只要你進入舊溪床，牠就在那兒，永遠在那兒，任何時刻都可看見牠。一種小而又小的鳥，褐白底褐縱條紋，只尾羽比青苔鳥長一點點兒，展開了像一把扇，近末端處有一帶白。繁殖期整天在荒原上兜着大圈子，高速的一圈一圈不厭倦的飛，不停地發着唧唧的單音。

景物依舊，年事已非，不由的猛記起少小時的情景。

到達屏東，老友早在家等候多時，說是學校月考，托人代監第二節課，專趕回家候我的。剛一踏進門，老友便伸手要日記，隨即交給大嫂子拿出去影印。茶几上早泡

好一壺上等凍頂烏龍茶。我素來不喜茶，有客來家，硬忍着陪飲一、兩杯，這回當客人，老友硬要我品茗，違拗不過，啜了一、兩口，還是家裏的白山泉好。眞不解世人這麼多這麼深的嗜好，剛從草葉樹葉間吐出的清新空氣多沁人肺腑血液，竟要吸煙？山泉多甘冽，竟要吃酒、茶、咖啡？

中午在一個王姓醫生家聚餐，一共六個人，我之外，其餘五人都是屏東本市人。下淡水溪以南文風不盛，似乎纔只有這麼多。除了老友，全是初見面。一見面介紹過之後，老友便將日記的影印本一一分送。大家一面飲飯前茶，一面談話，一面閱讀。沒有例外的，得到座中諸文友的謬許。做爲作者，自然一面感到安慰，一面又感到慚愧；慚愧的是將個人的生活來褻瀆別人，好像赤裸裸的立在人前一般，不免自羞，又覺得太過於失禮。原來這便是我們的作品發表會。座中文友，據老友介紹，皆已有作品，如王醫生早已於十五年前寫成一部長篇小說，還一直在修改，務要修改到不可再改的地步，纔肯發表；其他文友或寫詩，或寫散文，或寫戲劇，無不如是。相形之下，我的日記剛寫好了纔滿一天，便急急拿了出來，實在太草率了。老友事先也不會說明，實在都是他的罪過。

飯後繼續閒談和閱讀，大家仔細推敲我的日記。這算是一番嚴格的評定。

日記評定過後，大家天南地北的闊談起來，主要還是談論文學史上一些大文豪的

著作及其逸事；也談論到較小作家寶石般可貴的作品，這一部分是我所格外喜愛的，如法國的 Emile Souvestre，美國的 Sarah Orne Jewett，英國的 George Robert Gissing，他們一向都被看成第二流的作家，其實他們是眞正的第一流作家，從前Henry David Thoreau也被看成二流的作家，現在他時來運轉，已駸駸凌駕第一流的 R. W. Emerson。鍾嶸寫《詩品》就將陶淵明置在中品，眞是有眼無珠。自宋朝以後，再沒有比陶淵明地位更高的詩人了，蘇東坡是何等天才，將陶淵明的詩集逐首和過，李白、杜甫都沒有這份榮耀。

一個掮客來找王醫生，要掮王醫生買一塊田宅——王醫生已有些積蓄，想退休到鄉下去過完全的文學生涯。那個掮客見我們在討論文章，提議送到報紙上發表，說他閒來無事，常看副刊。王醫生數說他，只懂得生意，那懂得文學？王醫生說，報紙是新聞，昨日發表，今日就過時了。文學不是新聞，文學是永恆的藝術。只有沒生命的文字纔會在報紙上當新聞給人逐日看過逐日扔了。王醫生叫他改日再來，現時這個會不合俗人來也不合談俗事。這幾位文友都十分嚴格，因着這個掮客的出現，纔知道座中沒有一個曾經在報章雜誌上發表過文字。

下午三點半，我向諸文友告辭，都堅持要我留下來住一宿。我說在家住了這兩年，早已慣壞了身體的脾氣，就像一隻野鳥，見着日頭向西，一定要朝着故林飛。我這個

比喻解釋了大家的堅意，大家會心一笑，一齊拱手放了我。王醫生說，他很快就要成爲第二隻野鳥。其餘文友及老友都說，他們早晚也要飛回故林去。

走過一排店面，不記得當時是在想什麼，只覺得有一個人擋住了我的去路，我直覺地向右閃，那人又向右擋，再向左閃，又向左擋，定睛一看，原來是個熟人。「莫非中了獎，行路這樣出神？」熟人說。我說明了來屏東的原委，問他因何在此地？熟人說，這間店是他經營的，因延我入內。客廳前吊了幾籠鳴禽，擺了幾盆花卉，廳壁上掛了一大幅田園畫。我問他喜歡田園和鳥？他說，人是從大自然裏出來的，誰能忘得了綠色和鳥聲？我聽了內心裏大受感動。城市像牢籠般將人牢籠着，人就像囚犯般渴望回到牢籠外的自然世界，這是都市人的命運。都市人要看一片藍天、幾片綠葉，聽幾聲鳥鳴都成了奢侈。要看整片藍天、整面綠地，聽鎮日自由來去的鳥鳴，那就成了夢想了。他們把藍天綠地的影子用畫框掛在廳上，以畫餅充飢；把鳥兒用籠子吊在簷下，聽失調的鳥聲。只有大富豪之家，纔可能關幾許地的花園，用巨額的資財買得極有限的自然。愛爾蘭小說家 James Stephens 的一本小說 *A Charwoman's Daughter* 敍述住在都柏林城裏的一對貧賤母女，做母親的因喘不過氣來的貧困，時常摟着女兒遐想，假想她的兄弟從美洲發了財回來，或是某人遺贈她們一筆大家產，那麼第二天一早第一件事，便是搬進一所大宅院去，宅後有花園，花園裏滿是鮮花、滿是鳴禽。這

一段卑微的敍述，讀過一遍，久久難忘。依着失卻自然渴望自然這個意義說，都市人一概都是貧困的，大富豪有後花園是貧困，常戶掛圖籠鳥更是寒酸。然而我竟是居住在無限的花園裏，居住在圖畫中，我是多麼富有，多麼幸福啊！

騎着腳踏車回來時，天果然全晴沒有半絲雲了。空氣中可感覺到含着幾許水氣，晚照靜靜地返照着這一片田野，薄薄的散撒着一層紫，南北太母及其向南北延伸的山嶺著色更濃些，尤其南北太母的削壁染得最濃。南太母一向無人測過，對照着北太母兩千六百公尺的斷崖約略推測，大概至少也有兩千三百公尺的直削，這兩座山實在沒話說，永遠吸引着我，令我仰敬。一羣燕鴴背着晚照，ki-lit ki-lit 地鳴着，從後面掠過我的頭頂上空，向家那邊飛去，數了數，約有五十隻。對着這一切的景致，猛憶起，此時我是在畫中行，心中不由產生出不可言喻的感激。

〔音注〕

綿鴝：臺灣鳥書，自第二版以來，全誤成錦鴝。可查看陳兼善《臺灣脊椎動物誌》。

綿鴝

十月三日

昨日回到家時，已是黃昏，剛從牛車路斡進家來，居然看見花狗仍在早上我離開時那個位置，還保持着同樣的姿勢，眞奇怪！花狗一聽見腳踏車聲，回頭看見是我，便蹦蹦跳跳地跳到我的跟前。下了車，摸摸牠的頭，我稱讚牠今日可眞乖！趕緊提了一桶水，讓牛哥自己去飲。發現牛滌內草棚上有一個蛋，大概是雌雞下的。想留在那兒做媒，又慮或會被山獺蛇吃了，躊躇了一會兒，還是讓那一個蛋留在那兒。先前飼的雌雞老了，再不下蛋，一個族親來要，說是老母雞吃久年風傷最有效，我自己不吃雞肉，不給又不好，咬着牙根給了，族親送了一隻新雌來，這是牠的第一胎。一向山獺蛇時常出沒牛滌內外，老母雞不下蛋倒是省事，這新雌下了蛋，卻爲難了我。吃好呢？孵好呢？若幸而沒被山獺蛇吃掉，孵出一窩小雞來，反而是操心事。首先得給牠們母子做一間木造雞滌，得有一扇小門，夕閉旦啟，以防山獺、山豪；其次，天上有老鷹盤旋，又得當護衛！想了想，還是吃了好，自明日起，一天有得一個蛋吃。

實在說，人是種霸道的生物，像這隻雌雞，若我吃了牠的蛋，說什麼理由，我都是霸道的。

就寢前，給牛哥放了剩餘兩總草。農家通常是有田事時纔放夜草，我一向一例放，沒有分別的習慣。放過草，忽記起了那個蛋，探了探，發現雌雞正伏在那兒，公雞蹲在牠旁邊。通常兩隻雞都棲在橫杙上，這分明是母親說的好母。看着這光景，我心裏頓覺得不忍吃牠的蛋。可是要任由牠孵呢？除了上述兩點麻煩事之外，將來這一片地定成了大羣天雞之鄉了。那景象固然是我所喜的，然而莊稼本身的不能經營不談，牠們本身還是難免要成了族親的口福。有生便有死，盡其一份兒活着，盡其天年而死，這是出生且活着的意義。若活着不能盡其活着的份兒，死時不是盡其天年，則出生便成了殘酷的罪行，活着便成了囚役，死便成了極刑了。我一向不敢想像出生的事，能夠活着盡其份兒，死時盡其天年，就不會畏死，但人們很少不畏死的。推着這一點，我一向總覺得製造生命是一種罪過。要我做人父母，我一秒鐘都不安心。禽獸沒有自覺，生死無謂。但若要出自我的意志之下，則我實在一樣的負荷不起，小雞小孩一樣是生命啊，大雞大人一樣也是生命啊！

今早，上半晡時，雌雞從草棚上跳下地來，咯咯的猛叫，在向四周圍一切有聽覺的生物報喜。我正在屋內看書，不由將書本闔了，走了出去。我望着雌雞，微笑着說，恭喜你！我已決定不吃他的蛋，要硬着頭皮負荷這份艱難。走進牛滌，將昨日生的那個蛋拿回屋，留着今日下的蛋做媒。

剛吃過午飯，一個族姪來借牛。說是家裏那頭公牛上晡犂番薯還好端端的，此時膨肚倒在地下。母牛又是順月了，不便使用。我說是不是吃了臭香番薯了？族姪說就是他二姊烏短仔粗心，給牛吃著了。烏短仔，人如其名，又烏又短，沒有男家來提親，今年三十歲了，還未出閣。烏短仔一向就是那副性子，時常出差錯。「有沒有挨你爹打？」「挨打了，打得躲進眠牀下去。」聽了不由皺眉。「有沒有去請牛醫？」「大哥去請了。」「稍停我自己牽去，反正閒着，別人不知牛性，還是我自己駛好。」族姪唯唯諾諾回去了。

連日雨乍晴，牛往往會駛過卦，縱然已是十月初，一貪工，往往造成重大損失。有蟲蟄着的番薯，不知何故，時時造成牛腹鼓氣，重者至死。再兼過卦，大概是凶多吉少。

歇了一會兒，看着天陰起來，心裏不由暗喜，赤牛哥停了半個多月不曾做活，最好是陰天下田。又過了一會兒，牽了赤牛哥往南邊去。牛醫剛到，正在給病牛打針。看樣子，沒多大希望。我跟族兄說，不論結果如何，看在我的面上，千萬不要再打烏短仔。族兄直咬牙，虧得是我出面，否則烏短仔難免一場大災厄。

犂了兩分地，下起小而疏且緩的細雨來，赤牛哥顯得全不在乎。於是改套了車，拖着未滿載的番薯，上市鎮去。纔行了一段路，雨又停了。

到南門番薯市，三家貨已滿，不肯再收，而天色已暗，要兜街零售，實在不可能，殺了價要求一家好歹收了。順便辦了一點兒日常用品。出了南門，族姪憤憤地埋怨着，怨恨做農命苦，出的汗多，入的錢少，差點兒一個錢也賣不著，給人家殺了價，還得向人家說謝。族姪說，他寧願做任何其他行業，就是不願意耕農。我開破他，人世間不是勞力便是勞心，或有勞力兼勞心的。勞力再苦總歸是勞力，賣不到好價錢，只要節省些，總熬得過，做那一行業都是一樣。若是勞心就不一樣了，吃不成吃，睏不成睏，不論發達不發達，都一樣的苦，比勞力的人苦上不知道多少倍。其實勞心的人，最難過的，是念念牽涉天理良心，這纔是重負。昧了天理良心，自己心頭可是明白，沒有一個是好過的。你看他或許表面上好過，其實他內裏並不自在。還是吃力不吃心的好。

回到家纔知道牛死了，賣給屠牛的，載走了。我要馱兩綑番薯藤當今夜的草料，族兄說，早割了一大擔草，送在牛滌內了。

農家沒有牛力一切都做不成。族兄打算將母牛跟兩歲大的小公牛賣了，買進一頭大公牛，待明年甘蔗收成，再買一頭母的。現時我只夠自食己力，實在愛莫能助，也只有任族兄自籌自理了。

不論一天裏在外頭做了多少工作，回到家來，料理好了家裏的瑣事，在一盞油燈下，展書靜讀，是最安慰快意不過。見着族兄損失了一頭大公牛，心裏不免戚戚然，此時手裏拿着一本書，更是可以忘憂。

家燕

十月四日

番薯行貨滿的消息驚動了南邊所有族親，南邊番薯地正要陸續收成。有兩家族親抽出了正在糖廠農場蔗田中培土的兩頭大公牛，天未明，我們載滿了三車，將昨日犂出的番薯全數運出兜售：一車向新埤、林邊，一車向打鐵、溪州，一車向潮莊、萬巒。我分配到潮莊一條線。

兜售番麥已成慣例，這一帶市鎮還沒有番麥市，我這兩年來也兜售過兩回，而兜售番薯卻是第一次。事不經過不知難，每句成語都是由事實積鍊而成。今天一車番薯兜售了兩地，幾乎費了一日，昨夜還開喻了族姪，今日我幾乎贊成了他的想法。我們先在潮莊一個街角停了車，兩人一起沿街挨家逐戶問，一條街上約略合計問出百來斤就回到停車處，兩人對扛一大袋，還得另一手對提着大量椎連着大量錘；好主顧一次買個五、六十斤，就得背着跟在買主的屁股後，送到家；有更好的主顧一次買一大袋，兩人對扛着不止送到家，還得依買主的指示，扛進屋裏，一路要閃閃躲躲，避免碰着了或卡着了貨櫥店貨或家具陶磁器；有的住在小巷子裏，一個大肚女人就不好通行，扛着一大袋番薯就有得瞧了，彎彎斡斡，幾乎卡在中途——既已送到家，還得倒入

眠床下，一個薯都不許落在床限外。這那裏是農人幹的？怪不得族姪嘀咕！

潮莊銷了半車，到萬巒又銷了半車，回到家已是下半晡。好在一到午，天就陰了，不然牛哥未必受得了。

吃過晚飯，躭心南邊族親番薯出貨的問題，忽記起上個月托我寫信的族兄，或許這幾日要回鄉去，家鄉一向有番薯商大量收購，何不叫族兄順便去接洽？於是信步向南邊行去，天飄着微雨，滴在手腳上，不比霧粒大多少。路徑兩旁草叢一片蟲鳴聲，鑽着寧謐的蟲聲行走，是平生一好，頃刻間幾乎忘了番薯的事。

正巧族兄夫婦倆打算明天一早動身。於是召集了各戶當家的人，將我的想法告訴了他們，大家都表示贊成。隨即將細節當眾說明，由族兄全權處理：第一，價錢只要不低得過分，就可承諾；第二，要問明出貨量，一天出多少，是逐日出或間日出等等。出貨分配，回來後大家再商議安排。大家都沒有異議，就決定這麼辦。

安排了這件事，心裏面就覺得輕鬆了；我直覺得有十成的把握，此後本村的番薯或許可永久依賴這一條銷路。

回家時雨歇了，一路又踏着滿地的蟲鳴聲。行到庭中，站立了一會兒，正要轉身入內，忽聽見土蜢的鳴聲，像發條極鬆了一般的弱，可聽出擦翅的每一片段單音。心裏面不由受到一震，全身也受到一震，好久沒聽到這親密的聲音了。正待要多聽一會

兒，鳴聲竭了，就像發條全鬆了一般，前後計算起來，似乎還不足十秒鐘。又站立了一會兒，等待第二聲，竟就沒有了。這是老友最後的道別，眞眞是向我說一聲珍重再見，不免一陣悲思襲上心頭，我向黑暗中揮一揮手，爹戶入屋，點了燈，照照壁鐘，是九點三十五分，方纔剛好九點半。我不看報紙，世界發生了什麼要緊的事，我幾乎全然不知；可是像貓頭鷹來鳴，燕鴴劃破曉空，土蜢最後的一訣，我卻要記入我的日記，這是我的世界大事。

拿起書來讀，居然讀不下去。想念這批老朋友，想念那永逝不復返的童年，想念人生眞如白駒之過隙；有種悲愁落寞無奈之情瀰漫在心頭。我不是不快活的人，不是不開朗的人，可是世界人生雖即十分實在，其托置在無可如何的迷惘之上卻是事實，再快活再開朗的心靈底下，無不投映着這個陰影。只是我們是生活在現平面之上，我們看見世界人生是多麼明麗光彩，因此人們理應快活開朗。可是人的眼珠生來雖常平視，卻能左顧右盼仰觀俯察。也許人們本應僅僅平視所生活的平面，向上看向下看都是越了界。萬有原是一種設計，人們應該信賴設計者。然而人畢竟是有情的生物啊，不是藉着感情將一切網絡在一起，人的一生不就零落不成整體了嗎？再怎樣的硬漢，也應允許自己爲逝去的知友灑淚，爲一往不復的歲月咨嗟一聲的啊！

〔音注〕
奓：國音ㄔㄚ，臺音ㄑㄧㄚ，推的意思。

報春

十月五日

番麥米越來越飽了，大概二十四、五起就可陸續擇收。甲二地要分十天的工夫，這樣妥當些，免得到時銷不出去，得曝穗乾。

多日未曾巡看，發現竟有野鼠齧損，約在齊土處將番麥梗齧斷。這番麥田離家不遠，只隔着空田，而花貓似乎從來不曾涉足到這裏。縱使花貓肯到這裏，大山豪幾乎有花貓大，一對一且未必有勝算，若是二對一，花貓怕只有敗走的份兒。四周圍查看，沒見有鼠穴，眞是狡猾得很。好在損失並不大，不値計較。試想想農民們，自食其力，日出而作，日入而息，〈擊壤歌〉明明唱着：帝力何有於我哉？而政府卻平白要征田賦，那纔是眞的碩鼠啊！這裏原是野鳥野鼠的地，吃農人一點點兒莊稼，也是合情合理的事，怎得趕盡殺絕？就算是奉獻給大自然的一點兒微意；或反過來說，是大自然開征的一點兒賦稅，名目是正正堂堂的啊！除了大自然，農人並不依賴誰，也不虧欠誰，農人自始就不須任何人間組織，任何人間組織加諸農人都是無理的強制。我自己當了農人，出生農家，熟睹農人的一切，農民根本就是野地生物中的一種生物，是英語所謂的wildlife，除了自然律之外，不應受制於任何他律。就自然律而言，

農人與其他wildlife之間的生存競爭，是自然的事體，本來無可厚非，但人是自覺覺他的生物，其生存競爭的行爲，略受愛物之情的壓抑，也是應該的。平時捘殺綠金龜時，往往苦於無法兒理直氣壯，除非達到危害自身生存的境地，行爲的依據總是脆弱的。

昨日買了一些冬季菜蔬種子，下午在屋後溪邊種了蒜、芫荽、甘藍、花菜、菠薐，還特地爲報春鳥重新種了一畦小土白菜；任其抽莖開花，招花蝶下卵，生青蟲。早的話，到了十二月末或年初，就可搬一張椅子，坐在屋後屋影下，看報春鳥在花莖上翻上翻下，映着金黃色的冬日，欣賞牠那小巧秀美的身形，那細喙細眉，那淺綠褐的背色、淺褐乳的腹色，聽牠不停地唱着ㄏㄛ—ㄏㄛ—ㄏㄛˇㄍㄝˊㄍㄧㄛ，熱烈預報春天即將來臨。二月中旬以後，三月一整月，我一向總愛睡得晚起些，不是爲的五更春夢格外的美，而是貪那每日早晨在報春鳥慇懃的報春鳴聲中甜蜜的醒來。

這幾日的天氣，總是上午晴，下午陰，或細雨，或微雨，看來雨在收煞。

十月六日

人們在生存歷鍊中早養成了專注的習慣，一些不關生存的事物，往往視而不見，聽而不聞。大約地說，天地間的萬事萬物，人們所經心的不過萬分的一、二罷了。因此，世界的絕大部分，對於單獨的某一個人來說，或許自始就不存在的；這個人活了一生，天天見着聽着覺着，至死去時，卻宛若未曾有過一次接觸，單是想像起來都教人不敢相信，實在不可思議。事實上，人們並非時時都落在嚴酷的生存事態中的，可以想見原始人當其吃飽了獵得來的野獸肉之後，生存事態的嚴酷逼迫便一下子完全解除了。但後人卻在心理上將生存事態給無限化，不厭不倦地沒進這一事態的假象中去，使得目珠死盯着正前方，而無法左顧右盼。只有一些能保持原始人態或超越原始人態的人，纔有擺脫生存事態的時候，纔能自由轉動他的目珠，見所即見，聞所即聞，覺所即覺。這樣的人，通常被稱爲詩人；詩人是個總名，分別說，包括藝術家、音樂家。這些人是天地間的眞有睛者，其餘絕大部分的人，幾乎是接近全盲的。整個天地萬有待這些人而後有光有聲有形有質；換言之，整個形色繽紛的世界是因有這些人而後纔存在的。就這個意義說，兒童可以說是天生的詩人，兒童就是文明時代的原

始人。但眞正的詩人是超越原始人態的，他是全時轉動着目珠的人，即令生存事態咬他咬得最緊的時候，他的目珠還是自由的；也就是說，眞正的詩人的生命在於超越生存事態以上的心靈，而不在於其血肉之軀。

說來慚愧，我被目爲詩人，也自許爲詩人，卻有許多事物，視而不見，聽而不聞。比如我時常在小溪中提水，小溪邊的叢藪我是全見着的，可以說，那裏的一點一滴，我無不熟睹無遺，可是我卻遺漏了約略已出現了半個月的美麗景色。昨日整個下午，我更是全在小溪邊活動，也不曾覺察到。其實那景色就赫然在那兒，眞的是照眼明呢！今早起來放了赤牛哥在牛滌西小溪邊吃草，我心無一事空白的踱到昨日下午剛播種的菜畦那邊去，又信步踱到小溪邊，對岸便是木棉樹，左手是連堵似的灌木叢，外面披滿了雞屎藤，綴滿着千萬朵紫白色的小花，美極了。我突然看見了這景色，彷彿我的眼光照落的同時，一剎那間出現的。隨便在那裏，這世界都展現着它的美，只是人們視而不見罷了。雞屎藤是九月半以後開花，整串的，像珠簾般，總是在人們最不注目的角落裏。十月初時盛極，直開十月一整月。過了十月，花勢稍殺，全冬季都有花，只是再沒有這十月的盛況，尤其這十月初，眞是美得難以形容。眞不知道自己這半個月來，怎會一直不曾看見？這就證明我不是眞正的詩人。

踱回來之時，聽見老楊桃樹上有烏嘴鸀雛索食的siuh siuh聲，這聲音昨日好像也

聽見，只是一樣聽而不聞。牠們是何時築的巢，我更是毫無覺察。今日是何故，我竟這樣虛靈，什麼都看到聽到了？母鳥啣食到巢時，這聲音就響一陣子。據我所知，烏嘴鵯雛的嗓門蓋過羣類，三十弓外就聽得見。我常爲牠們捏冷汗。每次有這樣的聲音，花貓就在樹下逡巡不去，有時還奮勇爬上樹去，若不是牠對細枝椏拿不穩，早成了牠的點心了。母鳥一日間要餵食數百次，你說這烏嘴鵯雛豈不是整天慣siuh個不停？不知道蛇有沒有聽覺，有人說沒有，若有的話，那也是極可躭憂的。

不知是啥原因，今天早上我確實虛靈得透，剛發現那不可言喻的雞屎藤花，接着便聽見窗外有這一巢小兄弟姊妹誕生，纔走回庭來，又聽見鷩槭當頭歌唱。擡頭看時，只見那隻雌鷩槭正在我的頭頂上盤旋着，襯着有絲量的薄白雲的藍天，緩緩的，就像漂着一般，身影和歌聲一樣的輕盈。牠這樣盤旋着，大約有五分鐘之久。我知道牠今天心情格外地好，因此對準着我這個好鄰居，從天上散下祝福的美妙的歌聲。

鷩槭有強烈的地盤觀念，牠的地盤不准別人闖進。牠每年去了又來，都回到固定的老地方。初回來時，往往有新鳥會闖入，據我的觀察，一旦有別的鳥闖入，驅逐的行動就即刻開始。往往看見牠們一前一後，高速地繞着圈子飛。闖入者也驚人地執著，寧願被追逐，不肯放棄。有時要纏上好幾天，最後當然是闖入者撤去。雙方都執著，而地主則更執著。

下午下了一陣細雨，入夜月卻大明。天空的變化，二月和十月是最不可測的。看了日曆，是舊曆閏八月十四日，明日又是望日，轉眼中秋已過了一個月了。

趁着月光，我走了出去。蟲聲和諧而柔細，隨處皆是，像是大地的催眠曲，所有的植物，無論木本草本，都靜靜地垂着，似乎是在草蟲的奏鳴中甜蜜的睡着了。走過老楊桃樹旁，親切覺得樹上那一窩烏嘴鷽正睡得熟；此外該還有幾隻青苔鳥，一定是相偎着，或許夢見了黃熟甜香的嶺枇果。每當曙色伸到西窗外時，總有一隻青苔鳥在老楊桃樹上ㄐㄧˇㄐㄧˋ—•ㄐㄧˇㄌㄧˊ—ㄐㄧˇㄌㄧˊ—地報曉，幾分鐘後就有一、兩隻青苔鳥用平時的細鳴相呼應。走過牛滌，彎下身去，便見到那隻鷽橛的身影，襯着牛滌外的月光，分明的棲在屋脊下的橫木上。空田在朦朧的月色下，平坡坡的，西面的番麥田就在那一邊。白天裏下田巡田是日常事，夜間在我則從來不曾踏進莊稼地。很想去看看，自己一手栽種出來的莊稼，在這月夜裏是怎樣的情景。信步向前走去，花狗不知道從那兒竄到我的前面來。大約牠也早在一邊觀看月色，見我走過了牛滌，以爲是尋常例行的事。等到我跨出了那一步，在牠的腦子裏那裏早已劃了一條界限，這一步是界限外的一步，於是牠就竄上前了。當然，這是牠的專有權利，不論白天夜間，略野是牠的天賦權利，我自然不能拒絕牠跟上來。只要是走路，牠永遠領前，這是牠的氣概，也是牠的天職，牠似乎很在意這一點：牠是先鋒，牠要開路，有好玩的牠先，

有危險也牠先；讓朋友冒了險，牠不敢想像這樣的事。

出了牛滌，沿着小溪，在空田中走着，覺得格外地涼，那涼好像是月光撒下來的，正如日光撒下熱一般。隆冬時人們喜歡陽光，在這個時刻，誰都不會不喜歡月光了。

接近番麥田時，隱約聽見野鼠格鬪之聲。花狗先是停了腳，聳了耳朵聽，及聽得眞切，回頭看了我一下，便逕向前奔入番麥田去了，一聲也沒有吠。只聽見田裏面一陣奔突之聲，不多時，花狗竟啣着一隻野鼠鑽了出來，眞是出人意料之外。大概這隻野鼠原正在番麥株末梢上，一時下來得遲，纔遭遇了這厄運。

沿着番麥田邊往南走，花狗啣着野鼠仍舊領前，不時回頭搖尾。我叫牠先回去，牠不肯。不得已，只好往回走，讓牠回家，好好兒去玩玩牠的獵獲物。經過這一次花狗意外的收穫，番麥田裏野鼠的損害或許就會戢止了。除非是下雨天，誰能消得了花狗的夜獵興趣呢？

待花狗在庭尾播弄他的獵獲物，我又走了出去。

經由麻黃樹下向南走，明月正在左手，可惜山嶺有雲，正像一條長棉被，勻勻地蓋着整條山稜；山正擁被而眠，沒法兒看分明。過了木麻黃列樹，路口上是一蔀刺竹，竹枝高過木麻黃，那最上面，有隻伯勞正在安息，雖然看不見，大略可指出牠的

位置。每天黃昏，正當夜色像一襲黑紗似的，從四面掩來，就看見一道暗色流影，一閃而入，擲向竹䈄梢，幾秒鐘後，就爆開聒耳的喈喈聲，伯勞便向四周圍宣言牠已回家，那裏是牠的家園，不許任何人侵犯。我很喜愛這隻伯勞，一年裏有三個季節，牠是我的好鄰居，牠的黃昏聒噪，我百聽不厭，那大嗓門，眞夠勁兒！夏季一整季，牠跟那隻鷺鷥槪都到北方避暑去了，我百般好羡慕！若我有翅膀我也走，或是若我有錢我也走！不是我不愛自己的家園，趁着酷熱的夏季，到外地去遊歷一番，不也是應該的嗎？

走到竹䈄下，我折而向西。這裏有一條小牛車路，右邊便是空田，再過去便是番麥田；左邊是南邊族親的番薯田，也有番麥田。竹䈄以北，木麻黃列樹以西，有一長條的銀合歡地，有幾株埔薑；那是我的柴薪所出，不足的用額就取自路東的荒原。我所以要折向西，就爲要走回頭時，好好兒對着明月，剛纔還就花狗，沒能走上這條牛車路，更向西去。

這一條路白天就罕有人行，夜間從來沒有人走。平時是我的割草地，有時也放放赤牛哥。路長只有兩百弓，末尾在一片荒地上截止，是一條最可愛的路，尤其日出前，日落前後，以及月夜，非常可愛，可以說是我的私有散步道，只有鶺鴒、斑鳩、雲雀和我共用，每次我在這條路上散步，總遇見牠們。靠近路的末尾，有一棵枝條完

整、樹體秀美的苦楝樹，有一隻畫眉時常愛停在那兒高唱。我走到那兒時，看見樹上有一隻大頭鳥，月光照得牠滿面滿胸，兩個眼珠兒反射着貓眼光，一看就知道是貓頭鷹。貓頭鷹見我走近，頭胸上下一頓一頓，似乎在猶豫着，拿不定主意，不知道起飛好，不起飛好。最好是不打擾人家，我於是轉身往回走。從路的盡頭向路前端看去，景色就好形容了。最東邊是一道山嶺，路頭一排木麻黃和一蔀竹，兩邊是莊稼。夜色方褪，晝光未染時是一種景色；須臾，朝日探出山頭，對直的撒下金光，又是一種景色；現時，銀光滿地，山影朦朧，木麻黃和刺竹在番麥田後面向天高舉，月光羅紗一般籠罩着全樹。走過番麥田，左前方便是我獨居的平屋，安祥的在月光下熟睡着，老楊桃樹、牛滌有一半在陰影裏；右手是一片番薯地，番薯地盡南，可見着幾戶人家，依稀可聽見，族姪輩在月光下角力的吆喝聲。這條路，寧靜而且有着溫馨感。

讓月光對直照滿身，獨自靜靜的在自己和族親的土地中間行走，領略此情此景，不負此景也不負此身。

〔音注〕

埔薑：正字埔荊，正式名稱黃荊。

上午大晴，是接着昨夜一直晴下來的。鷚橛跟昨日一樣，興致洋溢的在晴空中漂唱着，看牠這樣快樂，我自然也跟着快樂起來；何況濕潤的大地之上是碧藍無盡的晴天，有什麼更好的條件令農人滿心歡喜的呢？

下午薄陰，我正在籬下採摘皇帝豆的飽莢，那回鄉吃喜酒的族兄嫂，不知幾時悄悄的來到竹籬的另一面，即東面臨路的一邊，我站起來的時候，正好面對面，差點兒嚇着。農人一向言語少行事多，大家習慣了，膽子都壯了，不然一天裏定要嚇着幾回。我問族兄是剛回來？族兄說剛到。夫婦倆手裏還提了一些「等路」。問番薯的事有無眉目？族兄說有了。我要他們夫婦進屋裏去，詳細說。夫婦倆卻寧願站在那兒。原來老家鄉番薯業盛，價錢也好些，每斤起落在二元六角至二元八角之間，族兄跟番薯商講定，運金買方自理，在潮莊包貨，每斤鐵定二元五角，每日約出二萬五千斤，連日出貨。待回來覓好交貨地點，電報聯絡。族兄要我晚上到南邊去。天剛黑，十五夜反而無月，山頭上雲稍微積得厚，越向西越薄，西邊近地平線又厚些。

族兄家正在吃飯，桌上有一樣菜吸引了我，大約有二十年不曾吃到了，那就是草

耳。心裏打算着，明早一早到溪邊去採，中午吃一頓痛快。

大家吃飽飯後，會集商議。族兄將詳情述說了一遍，大家都贊同族兄的決定。最後一個問題是，本地通道小，運貨大汽車不能直達，一定要在外面找個起落貨的地點。大家的眼光不約而同都轉向我。我自然樂於爲族親效力，不待他們開口，便提出了一個地點，就在潮莊街上潮州戲園左側，乃是父執所有，一直是片空地，儘生着草。於是大家推我明日出去一趟，一來接洽起落貨地，二來打電報回消息。剩餘的便是出貨問題，一日出二大卡車份，要相當多的人力。這一問題商議的結果，是南邊所有族親合力同工。我被除外，他們敬重我，說不差我一個人，他們那邊儘夠了。採收由失了牛的族兄家起手，半個月全部收畢。

藍磯鶇雄鳥

回家時，仍不見月。但這裏那裏總有流螢，雖然照不亮全路面，片段片段的，竟然連接到家。春夏秋冬，四季有螢，這是南國之夜的特色。

〔音注〕

等路：家人歸來，或親友來訪，爲小孩子們隨手帶點兒吃的或玩的禮物，臺俗叫等路。等，臺音ㄉㄢˋ。

十月八日

一早，日未出，我已經在溪邊採草耳了。這幾日沒有什麼雨，昨日上半日又是大晴日，草耳見日便消，只有茂密的茅叢下，水濕地纔有。草耳樣子跟木耳相似，但綠色透明，大約半個手掌大，貼地而生，稍一失手就化開了，幾乎飽含了百分之九十五的水分。採了一小竹籃，擡起頭來，山頭日剛要出。今早看來又是個大晴日，碧藍的天壁無限延展着，有幾處抹着不成形狀金色的薄雲氣，將天色襯得更好看。日頭剛出山頭之時，一隻雲雀也冉冉昇起，歡快地唱着早晨之歌。光的世界曉了，聲的世界也同時曉了。不是嗎？聲的世界不也昇起了燦爛的朝日嗎？

J. Renard寫雲雀寫得很妙，他說：

> 我還不曾見過雲雀，就是剛拂曉起來也還是徒然，雲雀並不是地上的鳥。雲雀是棲止在天上的，而天上的鳥，也只有牠纔以遠居人間的歌聲歌唱。

Renard患近視，令他寫出了那麼美的文字。我跟Renard正相反，我有望遠鏡般好的

雙眼，不論雲雀飛得多高，我都看得見。因有這樣的超級好眼力，纔讓我聽見且看見聲的世界冉冉昇起朝日的奇景。

朝日初出的剎那，纔發現這片溪野隱藏着那麼多數也數不清的露珠。但也只有這偉大的光，纔能無有孑遺的，將億萬粒露珠同時照亮，使之閃出億萬點各自的光彩。

滿心愉快地提着小竹籃走回家。斑鳩筆直的從身前飛掠而過，草鶺鴒就在近身脊令脊令的鳴囀着，遠遠的聽見陶使在高唱歸去來噢！村裏傳來母牛喚犢聲，大約是牧童們正趕起牛羣出了庭，要向草原上放牧去。

回來在屋後挖了一塊仔薑，將草耳炒了麻油薑絲，一竹籃吃掉了半竹籃。早頓罕有這麼大的胃口，像遇見了闊別二十年的老友，自然是開懷之至了。

吃飽飯，騎了車到潮莊接洽了交貨地，又打了電報，鐵定明日午前交首批貨。族親們早在日出後不久，便下田去了。

下午到南邊番薯地去，看看採收是否趕得上。滿田幾乎盡是人，族親們幾乎全到了，只有男童被遣去放牛。男童活潑，在田裏待上個把時辰還能相安，時間久了只有妨礙的份兒，乾脆放他們自由去。我要下去幫忙，族親們就是不肯，他們奉我若神明。臺諺云：掠秀才擔擔。意思是叫讀書人做粗活，那是對智識的大不敬。我歸隱田園，族親個個心裏不甘、痛惜。前天我替那個族兄家犂田、出貨，族兄家沒有選擇的

餘地，我固執要做。今天族親們人牛都派出來了，說什麼他們都不會答應的。

這兩天沒有下雨，菜畦要天天濕，下午沃了水，小白菜已出芽了。

〔音注〕

掠秀才擔擔：掠，捉的意思。臺音ㄌㄧㄚ(下入)。擔擔，上字唸平聲，下字唸去聲，發音同是ㄉㄚ(帶鼻音)。

一覺醒來，聽見一陣牛車的轟隆聲和駛車人的吆喝聲。睜開眼，只見西窗外一輪圓月正在牛滌頂上，掛在老楊桃樹南枝末端，銀光透過窗，照得我滿身。心想大概是南邊族親趕早出貨，遂起身到靠東窗邊探看。只見月光下，一排重載牛車，自木麻黃列樹外直連到籬口，正在向北行進。數了數，一共十車，這是南邊族親盡有的車數。望着車隊一車車轟隆轟隆走過去，此情此景，深深的印入我的心裏。聽得車聲呼喝聲逐漸消失在北去的田野間，我開了門，走到路口，北面是茫茫的一片月色，南面也是一片茫茫的月色，只有路面上兩條深陷而齊整的車轍發着嶄新的黑光，向南向北筆直的伸展過去。

大約半個鐘頭後雞纔啼曉。晨朝像花苞一般迅速開放，在我忙着煮早食的時間內，早已開成了燦爛的白晝。

吃過早飯原想牽了牛哥到南邊去。去也沒用，反正不會有人讓我下田。又想踏了車到潮莊交貨場去看看，因想起某件事，就打消了去意。白白的在晨光中忙着煮食，實在太無謂了。有些事情，總非到臨着實行，無法兒獲得眞確的判斷。人一生中浪費在

無謂而徒勞的誤斷中的終究不少，能夠在臨着實行之前一刻戛然截止，還算是好的、幸運的了。

這半個多月來，零零碎碎的讀了些書，跟原先預定的功課不止差了一大截，還走了樣。番麥收成前的這半個月，應該好好兒有系統地讀一系列書。讀書，大概取決於當時的心境，硬限定某時間中讀某書，就把讀書當一種工作了。讀書應該是種藝術行爲，這是我列了功課表，而十次中十次失守的根由。頭幾天下了好大的決心，認眞依着功課表讀着，十分驚訝自己果然如此就範，就在驚訝的那晚上剛過了的第二天早晨，書桌上不期然的就換了另一方面的書本，等到自己發覺，重新拿起昨晚的書打開來的時候，心境怎樣也對不上了。有時讀着一部大部頭的小說，十大卷已經讀了七卷，夜裏做了一場夢，醒來時不讀《莊子》就覺得全般不對勁兒了。有時竟只爲聞到空氣中一絲薄得幾乎難於覺察的氣味，或竟只爲鼻子裏浮出了過往老遠日子裏的某一氣味，那氣味可能是孩童時的，也可能是什麼時候經歷的，就把手裏拿着的書，一下子褪落得全無彩色，非要拿起G. Gissing的《四季隨筆》來讀，心裏就覺得難過。似此景況，如何立得出功課表呢？有時偶然擡頭看到窗外的樹、田裏的草，就渴望即刻拿起Laura Ingalls Wilder的《森林中的小屋》或《草原上的小屋》，光陰竟然倒退了幾十年，回到兒童時代了。這就是我的讀書概況，依一般標準看，實在糟透了。然而我竟

能透過這樣捉摸不定的心境讀了許多方面的書，大部頭的哲學書也讀過一些，想來自己也不敢相信是事實。

上個月裏我規定自己讀德國的哲學書，現時我卻熱中於英國的詩歌了。我一輩子也成不了學究，我永遠是書本世界裏的逍遙客，不是定居一地的住民。

現時我是讀上個月規定的德國哲學書好呢？還是讀英國詩歌好呢？讀了二十年康得，不曾將康得讀完。單是叔本華的《意志與表象世界》，二十年來何嘗眞正通讀一過？這簡直是我的恥辱！羅曼羅蘭的一部《約翰克利斯多夫》，讀了幾次，沒有一次讀完過，至今還不曉得故事的結局。可是實在不能太過責備自己，莊子不是早就說過了嗎？「吾生也有涯，而知也無涯，以有涯隨無涯，殆已！」算了，還是歌唱我現時熱中的英詩罷！於是我讀了一整個上午的英詩。

我的書櫥裏英詩不多，像W. Wordsworth的集子渴望已久，就是無從入手。我手頭有一本八百多頁的*The Oxford Book of Ballads*，網羅大部分英國近世早期的歌詩，只讀了一部分，像漢詩一樣的純樸，我極爲喜愛。反而我不喜歡莎士比亞，不論他的詩或戲劇，我都不喜歡，莎士比亞太浮華，總覺得有市井流氣。

一面讀着古樸的歌詩，窗外時而傳來烏嘴鷽雛索食聲，時而藍鶲的輝輝聲，有一陣子是雌雞產下了卵的報產聲。田園裏一片的靜，這些聲音成了靜中的紋理，像湖面

上的漣漪。不多時，又聽見一陣空車的廓落聲，是車隊回來了。經過籬邊、木麻黃列樹，向南邊去了。我沒有出去，只在書桌前諦聽這親切的車聲。

出去將赤牛哥牽進牛滌，撿了卵。擡頭看看天，實在藍得太可愛，一直到地平線，沒有一絲雲。東邊的山嶺嶺線起伏分明，山色深厚，穩靜的在那兒。大概陶淵明飲酒第五首「採菊東籬下，悠然見南山」，一定是像我現時所見的山，一種穩靜厚重的山。居住在大自然裏，時時都會想起造物主，天的藍，地的綠，透明的空氣，若看不出是造物的設計，不止是瞎

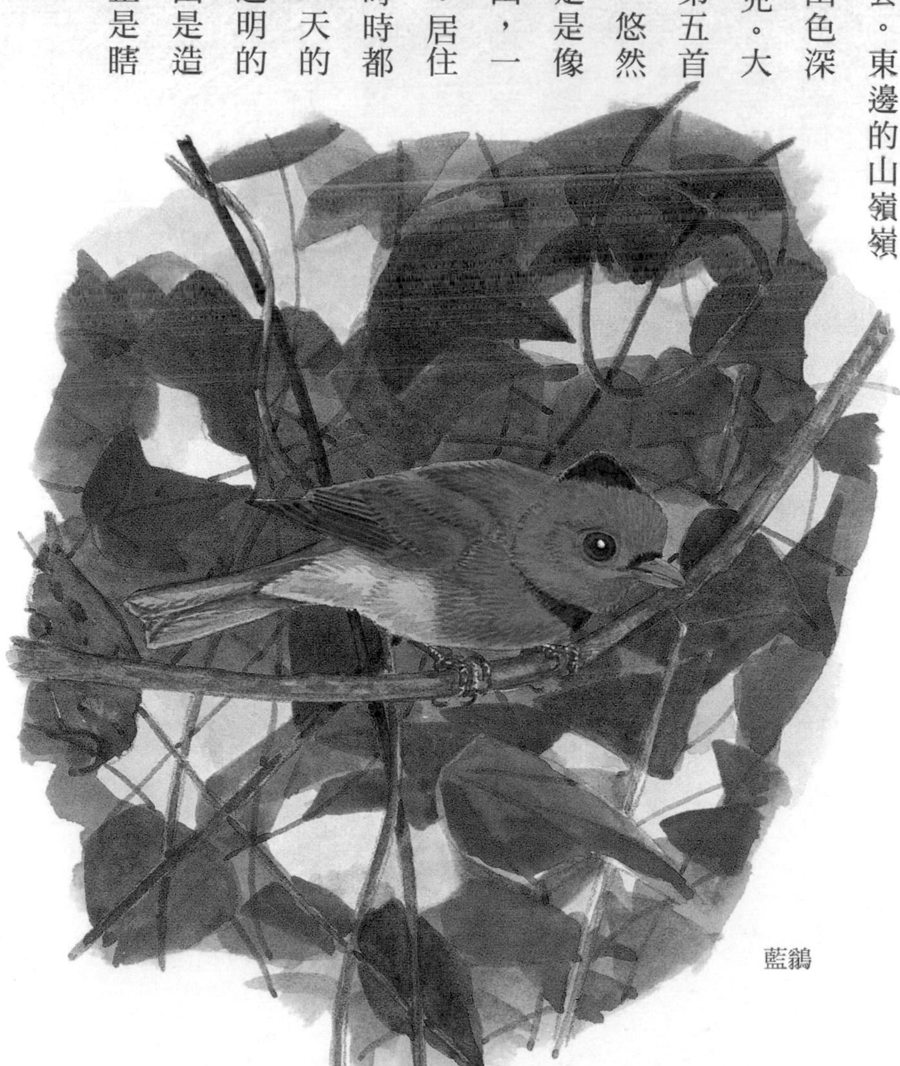

藍鶲

了眼，還盲了心。不論人多麼渺小，在這點上，人總該是造物主的知音。一切莫非奇蹟，一舉手一投足是奇蹟，開口出一聲也是奇蹟，若不是設計，這一切就不可能了。古人人人都能切實體會這層事實，今人漸漸的不能了，人類的心靈逐漸的在失明，到了那一天人類的心靈完全瞎了，這個天地對於人類就成了漆黑的永夜了，人類只有在絕對黑暗中討生活，這樣的生活是怎樣的情況，是可想而知的，到末了時，是盲人瞎馬落進不見底的懸崖下去。

老楊桃樹花信旺起來了，滿樹的花，幾乎綴滿了枝條。楊桃樹是全年開花結實的好果樹，但一年裏有兩個旺季，大約五月和十月是它的花本季。

傍晚時看見一隻斑鳩新鳥——大概出巢還不到一個月，小得近似紅鳩，來老楊桃樹梢上密葉間歇宿。我正在庭邊看桂花樹，在自言自語，希望桂花樹早點兒開花。自初夏以來，不再聞到桂花香，每到黃昏周遭恬靜，中情就切切，格外想望。忽聽見一陣拍翅聲，擡頭便看見這個來客。老楊桃樹可有些住戶了，光是鳥兒，如今確知有了三種。說來我頗不寂寞，四周草地上有鈴蟲，樹上有鳥兒，屋頂上有麻雀，壁間有壁虎，檐下有竈雞，還有公雞、母雞、赤牛哥、花貓、花狗，簡直自成一部落。單是同這一幢屋瓦下，便有不少住民，大概至少也有三十戶。然而就是再多一隻斑鳩來與我結鄰，我還是極端渴望的。這兒的鳥隻、蝴蝶，若是牠們肯，通通來，讓老楊桃樹、

木棉樹、麻黃樹都棲滿了鳥兒，讓我這屋頂都棲滿了蝴蝶，這多愜意多溫馨啊！爲怕小斑鳩驚飛了，我兀然呆立在桂花樹邊不敢動，努力着從桂花樹葉吐出的氣息中去聞出桂花香味，讓黃昏從地裏輕輕地冒出來，然後黑夜從天上輕輕降下。忖度着小斑鳩必然睡着了，即使偶然睜開眼，也決看不見我移動了，我這纔走進屋去。若今晚留不下這位新芳鄰，我一定會十分懊喪！

九月裏貓頭鷹時常來，入十月以後，整整九日，都還未來過；至少這幾日，我不希望牠來。今晚幸而沒聽見牠的鳴聲。

十月十日

這兩日的天氣，跟同一個版面印出來的兩頁書一般，大概都是半夜過後，雲氣盡收，讓子夜的太陽(月)帶着涼光把這片田野照得透徹的涼，再讓溫熱的太陽照耀同樣長久的時間，中午截然雲氣瀰漫而起，整個下午天色是不透明的灰，勻勻的，好像只換了個灰色的天幕，一樣是沒有雲的大晴天，而這樣的晴天是白日與黑夜的混合，因此沒有日也沒有月。

今天的曉音給伯勞搶了先，此君入宿啮鳴是例行公事，出宿則未必盡行。只聽得牠劃破一切的鳴聲，便知道曉天破出的是怎樣的景致。過了片刻，時鐘方纔敲半點，看了看，是五點半。

這連日來，每當上半晡陽光將藍天晾透，將綠地晞鬆，那隻鷚㶉就漂起在半空中歌唱。今天熟睹牠的飛鳴，令我吃驚，牠簡直就是雲雀，漂浮像雲雀，翅羽的寬葉和顫動全像雲雀，鳴聲也像雲雀，斂翮突降更像雲雀。也許牠在這雲雀之鄉待久了，不覺就習成了雲雀的模樣。從今天起，牠應贏得另一個新名，該叫牠藍雲雀了！

撿了雞卵，算一算一共已經生了九個，大概最多再生五個就要孵了，這一、兩天

內得將雞滌造好。想了想，木條欠通風，竹片好些，最好是四面圍鐵紗。現時家裏沒有鐵紗，總歸要造，不如上街市去剪幾尺回來，再砍一枝熟刺竹，夠造間架、偃瓴、覆瓦了；並且也好去看看番薯交貨的情形。

剛將腳踏車踏出去，便遇着車隊回來。族親們雖是辛苦，精神卻顯得格外好，個個嘴邊眼角都自然的掛着笑意。

到了潮莊，先到交貨場去，正趕上大卡車在裝載。跟司機談故鄉的種種、番薯的行情。偶然談到番麥，說是故鄉幾乎沒人種整塊地的，有之一壠半壠，大概都種在田畔，孤單的一行，幾十株而已。司機答應回去問問番薯商，是否一起收番麥，有的話，多少價錢，出貨量多少等等。看着今早出的貨，全數裝上二大卡車運走了，心裏面很覺得愉快。

費了一個下午將雞滌造好了。三尺半高，四尺寬，二尺半深，四腳離地一尺半，屋頂是剖半的半竹，一仰一覆交連而成，棲棚是竹片疏縛，雞屎可直接落地。看來相當好，一股生竹味，很是好聞，而又青青的很好看。搭造中曾經一段時間，心裏覺着極端矛盾，只怕將來成了天雞之鄉，怎麼辦？可是一想起到處是紅紅的雞冠，耀人的羽色，雄壯的啼聲，以及雌雞溫馴的形體與色澤，就教我快樂起來。反正只要我肯吃蛋，繁殖量還是操之在我，是不是？於是我便熱心而無虞的將雞塒一口氣造好了。

放在那裏好呢？牛滌東嗎？雞屎味卻不比牛尿牛屎。想了想，還是放到牛滌西去，那裏上午有牛滌遮日，下午有灌木叢遮日，也許母雞還更樂意在西面呢？

一切弄停當，在暮色中打掃竹屑，猛一擡頭，纔記起小斑鳩來。我一直佔着老楊桃樹下，小斑鳩怕不敢來停宿了。不知道牠今夜棲寄何處？不免有一絲絲的掛念！

〔音注〕

上半哺：上晡即上午。

上半晡，大約十點鐘以前，日出以後那一段時間。晡，臺音ㄅㄛ。

伯勞

十月十一日

通常寫日記，是記錄作記者個人的日常生活狀況，以及環繞着作記者本身四周圍的人與物的種種。這本日記寫的是我自己的生活，十分單純，幾乎每日都是一樣的。在外人看來，這樣的生活實在也沒什麼好記的，即使記下來，總是千篇一律。這是實話。不過，我自己卻覺得每一個日子都很新鮮，永遠有着嚐不盡的味兒。這其中的關鍵是生活者的心活着，只要是心活着，日子就是怎樣重複都是活日子；否則，若是心死了，日子便跟着死了。田園的生活確是每日同是一樣的，這一點在我覺察過來之時，令我吃驚，我怎會在無盡的重複中覺着不曾重複呢？一種同一的味道怎能對同一的舌頭產生永遠新鮮的刺激或感覺呢？我所驚訝的是人的心靈與感官的差異，這個差異可眞大啊！

這個令我想起了糖果之於兒童，若兒童對於糖果會起厭倦，就不再是兒童了。田園的日子，像一粒粒的糖果，對於我永遠是那樣的甜！

我個人的生活是如此。至於我周遭的人與物，南邊族親入我日記中來的機會並不多。我幾乎是離羣索居的，反而是自朝至暮，永遠出沒在我的耳際視野的鳥類，當我

再一次檢讀我的日記時，我發覺我的日記幾乎成了田園鳥類生態記了。這使得我要寫下今天的日記之際，頗感到躊躇，今天要寫的竟全是鳥類。可是這實在也不足怪，我寫的是田園生活啊！況且一個離羣索居的人，在田園中，豈有不把日月星辰、風雲雨露、草木蟲鳥當友伴的嗎？而田園除了莊稼，除了日月星辰、風雲雨露、草木蟲鳥，還有什麼呢？尤其鳥類是田園最活躍的居民，是我接觸最頻密的鄰人，寫得多些原是事實使然的啊！

讀了一程英詩後，先是聽到木棉樹上有樹鵲聲，緊接着聽見麻黃樹那邊有黃鶯的鳴聲。這兩種鳥並不是天天可看得到的，我自然即刻趕了出去。一眼便看到了一道黃影在木麻黃末梢一帶穿梭，多鮮艷的黃色啊！又轉到後門看樹鵲，見牠在那兒傻傻地玩着。

稍停二鳥都走了，我正要去牽赤牛哥，忽聽見高空中有馬鳴，那是厲鷂(老鷹)。擡頭看時，果見一隻厲鷂約在四、五百公尺高的空中盤旋。若世上眞有天馬，天馬就是牠。厲鷂的鳴聲酷似馬鳴，非常好聽。可是今天我聽見厲鷂卻覺得滑稽；昨日剛造好了雞屋，準備飼小雞，牠今早便在我頭頂上直叫我休休，這箇直是威嚇！我正擡頭望着厲鷂發笑，好了，奇景出現了。有四隻烏鶖從西面飛起，一層又一層的往上竄。起初厲鷂並不在意，照樣慢條斯理劃牠的圈。我也不以爲烏鶖會竄上那麼高。誰知烏鶖執

意堅決，竟然逼到了，厲鷂只好落荒而逃。

讀博物學家的記載，鷹類獵鳥的場面極其兇厲，一爪搭下去，野鴨、野鴿登時裂頸墜落。可怪厲鷂從來不曾利用居高臨下之勢攻擊過烏鶖。我十分懷疑，倘若厲鷂眞的發動攻擊，烏鶖果能抵敵？總之，這是一個謎，沒人解過。

下午下了大約兩個鐘頭的細雨。

烏鶖趕老鷹

十月十二日

今日不知怎的，翻箱倒篋，找起從前自己寫的東西來看。零零碎碎的文字，大都早已散失，只存得一大疊雜亂無章的草稿，有的是鋼筆寫的，有的是原子筆寫的，更有的是用鉛筆寫的。完整的已不多，大都不是失了第一頁便是最末一頁，有一部分顯然只存了自己認爲棄之可惜的中間頁。這些沒頭沒腦的原稿讀起來十分費力，實在應該付之丙丁，讓過往的思惟盡化做一縷輕煙，沒入大化中去。倒是當時的筆跡，充分表達了我早年的狂氣與活力，何晏顧影自憐，我則不免顧字自愛了。從那些字跡裏，可看出許多清晨許多午後許多夜晚，我的筆尖趕不及思惟的景況；也有的可看出思路迍邅，或是一種微妙的意境情趣難以表達的苦痛，原稿劃了又劃，整張紙寫滿了密密麻麻的字，終於一字不留地全部劃掉了。不曉得爲什麼像這樣的紙張反而保留了下來？只有兩本大開本的筆記是完整的，一本是哲學隨筆，一本是文學隨筆。打開了文學隨筆來看，覺得當時頗多精思警語，此時反而沒有那份靈明了。古人說後生可畏，有時過去的我也像後生般可畏。

有些隨筆令現時的我十分擊節，如：

大海容污納穢，而洋溢其美。大匠如大海，小匠如臭死水窟，此其異也。時下作者，往往以散發臭污為能事，蓋臭死水窟也。

是很警醒的話，充滿了藝術的眞智慧。又如：

大寒雕冰，何如大暑之雕石也？

也極爲警策，藝術創作應當指向不朽，逐時應景，轉眼消亡，豈非徒勞？

這本文學隨筆都是這一類警語。現時我的興趣在文學，哲學隨筆自然沒興趣打開來看，若是上月中旬，我會先看哲學隨筆。此一時，彼一時，再過個把禮拜，或許會熱心的去翻它了。

下午兩點過後又下起細雨，昨日就有些禁不住想在雨中散步。垂直的雨腳，堅爽的砂路，砂上透明的雨水，足音颯然，雨聲灑然，新鉛色半明不明的天，只想起來就教人嚮往，何況一齊擺在眼前，誰還抵拒得了？若大自然只在晴日吸引人，造化力就小了。戴着大斗笠，披着細而疏的雨紗，聽輕而緩的雨聲，大自然彷彿與人偶語，在

商略些什麼，在講述些什麼。一路的往前行，一路的細談不休。愈往前行，便愈籠罩在一種神奇的美感之中，不覺忘了遠近，直行到了山腳下。

起初一味沈迷着只顧傾聽天語，將煙雨迷濛中的山只當天壁，待一股強盛的山氣磅礴逼至，這纔覺察。仰頭看着雨滴從絕壁上的喬木間勻勻地落下來，拿掌心去貼着絕壁，啊，那無可言喻的感覺，雄大的山氣直灌滿了我全身！住在山上的人有福了，只偶爾一貼手，就充得這樣盎滿的元氣，何況置身山中？我崇敬山，我一向將山看做是神聖境域，從不瀆足。可是我在家，山氣就從東面直透過來，覆蓋過整個住屋、庭面、田園。大晴日山氣最盛，細雨中次之。在滿天風雨中全見不到山時，山氣仍在；即使刮颱風之日，山氣仍兀自在那裏，強風吹不動它分毫。夜裏在書桌前看書，也隱隱覺着山氣；寢眠中也輕輕籠罩着。

回程，照往常走這條路的習慣，我總要一路訪訪路邊的草；可是雨聲的迷人，直把我迷到家，我沒停過腳步——腳下踏着水晶般透明的砂路雨水的那輕脆聲，應和着細雨聲，那纔是眞美，美到無以復加。

吃晚飯時，一個族姪來告訴我，番薯商願意試收番麥，一天大約一萬斤，每斤八角錢。吃飽飯到南邊去。跟族親們仔細計算，番麥總共只有八甲，我的一塊地最早，其餘相次。一斤八角錢實在太賤，但番薯商不曾收過，說是奢侈品，只有轉到臺南

市分與菜攤零售，中間經市場抽一層，賺不賺還是未知數。說的也是實情，鄉村人買番薯，人畜均需，番麥則只有都市人纔有閒錢閒嘴吃。商議結果，只有照這個行情賣了。預計二十五日番薯可以出盡，停一天，自二十七日起出貨。頭日我出五千斤，第二日起日出二千五百斤，我的分配額出到初五或初六盡，全村出到月半盡。

回到家門口，一隻螢火蟲認眞的在我面上繞了幾圈，好似要確定我是否這幢住屋的主人。實在的，處處是我眞切的好友。誰知我的腳步聲沒被庭邊的鈴蟲認了出來？誰知屋瓦間的麻雀，當我推開門時，不睜着惺忪的睡眼說：地面上的好同屋回來了？誰知竈雞不在書櫥下吟哦着：詩人適踏露珠回？

黃鶯

十月十三日

閒暇是不可缺的。摩西定每第七日爲安息日，不論何人都不許工作，要他們身心舒暢；這是人類許多發明中最重要的發明之一。閒暇是不嫌多的，雅典文明的燦爛就是絕對閒暇建造出來的。摩西六比一的安息，僅夠維持生命不僵化，那是生計在下限線上僅能撥出的最大比例。其實人類的閒暇應該要更多，像雅典公民有多數奴隸來操持生計與日常，在各個時代各個地區那是不可能有的事。現時我的閒暇雖然沒有達到雅典公民絕對的境地，算來是相當充分，幾乎要受人議論的了。當然我也不願意像雅典公民有絕對的閒暇，我的生計上的工作，是向大自然討點兒生活，而大自然並不吝嗇，我工作不多，大自然便給我粗衣淡食了。我在大自然裏做這樣少許的工作，一點兒也不覺得疲累，更不會有終生負軛之感，相反的，在這樣的工作中，大自然還給予我喜悅、啟示與活力，因此我樂於有這一少量的工作，而不願意得到絕對的閒暇。若是我生活在城市，縱令是一天裏只在官府、公司或工廠中工作兩小時，也會教我渴望當雅典的公民。有時工作對生命的損傷並不在於時間的長久、工作量的繁重，而是在於工作的性質。不合乎生命方式的工作，往往可在極短的時間內極輕的工作量下給予

生命極大極深的耗虧。若鳥兒要人類一般做活，鳥兒就不會歌唱了，雖即還會照樣的繁殖；若羚羊也那樣，羚羊就不會跳躍了。一些不遇的天才，大概都是以其應享的壽數之一大段來換得閒暇，而成就了他生命的光彩，給人間開出永恆的生命的花朵。

閒暇，在道德人格的成就上，可以供人明德省過，不斷的培養一個人充實其克勝邪惡的力量，爲人世做出幾番積極的事業；在客觀世界的理解上，可以供人一往的去鉤玄索隱，疊建科學、哲學的鴻績；在生命自身爲主體上，則可以令生命放出他自己的無盡風采，且一無所遺的來觀照存有萬象，成爲造物這位居停所開設的逆旅的過客，而爲其知己。現時我可寶貴的充分閒暇，供我過着美的生活，則是屬於三者中的後者。依照雅典公民的成就來推，我的閒暇該可供我在文學或哲學上留下一點兒什麼，可是此時我正沈浸其間，絲毫沒去想到這個。倒退地說，閒暇是人類文化一切之母。早先的人類在求生存中透不過氣來，只有閒暇纔能創出一點兒進步。原始人在吃飽了鹿肉之餘，就在洞穴裏繪起畫來了。自那時起人類從閒暇中一點一滴的累積起了文化與文明，以至有今日。但是《禮記・大學篇》裏有句話說：「小人閒居爲不善。」像這樣的人，我們對於雅典公民的奴隸就沒什麼話說了。其實閒暇是精神生活的素底，人們在這素底上繪起五顏十色的彩畫來。沒有精神生活的人，自然不宜有閒暇；這樣的人給予閒暇，無寧是滋生罪惡。

農民的生活原本就是多閒暇的，便是南邊族親們，比起外邊世界的人們來，生活也顯得從容得多了。沒有從容不迫的生活，那會有天高地厚的性情呢？《呂氏春秋》上說：迫生不如死。閒暇確是不可缺的。

傍晚時，看見一隻大斑鳩和三隻小斑鳩，由南邊向老楊桃樹飛來，因見我在庭邊，沒敢停歇，飛過頭去，又繞回去了。這次聽見鼓翅聲，來不及躲避。大概是那隻小斑鳩引伴來了，眞可惜！也許牠們是一家子人呢！

斑鳩

十月十四日

日子原像一本記事簿裏的紙頁，每一頁都是一般大小，一日日的過，一天天的記，只爲記下的字多些，就覺得這一天長些，記下的字少些，就覺得這一天短些，其實簿面還是一樣的大小。有的人專看簿面空白的大小，留下來的空白越大，就以爲日子越長；反之，留下來的空白越小，就以爲日子越短，於是就拚命的記，務要將頁面記滿，好讓日子顯得短。前一種人是眞心過日子的人，後一種人是非眞心過日子的人。後一種人自然是悲哀的，他們出生是一種錯誤，當然這錯誤的責任不該歸他們自己來負。前一種人是應該受人尊敬的。可是，不論前一種人後一種人，都是同樣的誤解了日子頁面的大小，他們同樣都是不曉得過日子的人。一個曉得過日子的人，不論日子的頁面有無空白，甚或全面空白，都認得日子是頁頁同樣大小，日日同樣長短的。一個人只要對日子有長短不齊的感覺，就不曾過過眞日子，不曾獲得眞人生。世間只有兩種人切實過着一般長短齊一的日子，其一種人是兒童，另一種人是哲人或詩人。兒童的日子，每一頁面都是密密麻麻記滿了字的，絕對沒留一點兒空白。哲人或詩人的日子，頁面上有字也罷空白也罷，都一樣構成一個恆等量的面積或長短，有字

處日子在他身外，空白處日子在他心內，並不像前一種人，日子只存在於有字處，不像後一種人，日子只存在於空白處。

此時的我，但願我的日子記事簿頁頁都是空白的；而其實，我的頁面幾乎全是空白的了。我的這本日記，日日都記下不少的字，這些字在身外記事簿上是看不到的空白，我記的是日子在心內的實況啊！

黃昏前，在空田中發現兩株大本含羞草，已長到近一尺高，全株都是刺，若再長高些，頭部的刺就脫落了，此時全無下手處。若是小本種，那是極可愛的，不止植物體嬌小好看，且不為害地方。大本種，植物體本身高頭大馬，沒半絲美感，其為害地方的兇厲是很驚人的。這兩株大本種若不去除，八分空地不消兩年就會全被其佔遍，到第三年滿，連現時種番麥的甲二地也將為其所有，別的草種莫想沾得到一寸土地，連野鼠都要全被趕出去，只有臭錢鼠纔能在它底下討生活。這大本種含羞草還且沒有天然剋星，一直不曾見過有蟲害，現時只有人類能剋制它。它現時在自然界裏，勢力實在可怕。不是我容不了它，我身負大自然生態平衡的責任，只好剷除它。可是無論如何，一時很難下手，它們站在四周圍的草中間，這樣的景況，叫我從中單單去除它們倆，實在不忍心。拿了一把鋤頭，白白的立在一旁看。黃昏終於到了，光度銳減。應該有種儀器測量光度，就像溫度計那樣。比方說，夏季正午日頭從頭頂上直射下來

之時，每平方寸面積有多少光粒子，黃昏剛到，含羞草開始閉葉時，又是多少光粒子。現時沒有這種實驗，我假定含羞草開始閉葉時，每平方寸是減到一億光粒。好了，這兩株含羞草葉子開始閉攏了，我毫不猶豫地，抓着了這個時刻，將鋤頭揮了下去，連揮兩下，兩株含羞草便都齊土斷了，它們的葉子一下子全閉合了。這兩株含羞草一定覺得當着一陣睡意向它們襲來的同時，它們的全身被路過的動物猛烈震撼了一下。然後光度愈來愈暗，它們便沈沈的睡去了。我沒再去動它，讓它們就那樣躺着永遠沈睡不起。

人們只要內心不麻木不仁，不可能不感到一陣戚戚然。大部分的人死去時，大概就像這兩株含羞草，只自以爲睡過去了，最多以爲自己不過是昏過去罷了，或當睡足了，或當知覺恢復了，就會醒轉過來。這雖然無補於事實，總算安慰了當事人。就這一點來說，人的結局，總歸是悲哀的。

含羞草

十月十五日

今早沒有讀英歌詩，沒預期的，忽想起了Jules Verne的尼摩船長，他的《海底二萬里》一書的主人翁。可怪Verne寫尼摩船長，這樣的先得吾心，我想不止我一個，怕盡得天下後世千千萬萬志士之心，眞眞偉大！尼摩船長船上圖書室中收藏着一萬二千冊古今巨著，但屬於現今大學裏法、商二學院的書，卻全被擯斥。這一點和我全同，我一向不許政治、法律、經濟一類書上我的書架。再是尼摩船長尋得海底寶藏，用來接濟世界各地的革命；又遊弋大洋、港灣，搜索一切戰船戰艦，一一予以撞沈。他簡直就是人世理想的化身。只要想起尼摩船長，就不由要讚一聲：偉大的Verne！

沒聽見雌雞報產，透過西窗可見到她伏在牛滌的草棚上，公雞就蹲在她旁邊。算一算，已經產下了十三個卵，若今天也有，就有十四個，新雞有這個數目差不多是滿數了。午飯後特地出去看，仍在那兒。我走近時，發出孵聲。找了個破面盆，苴了乾草，將十二個卵團團的放了進去，端着到牛滌去。捧開了雌雞，果然還有兩個卵，都給放進面盆裏，然後將原塒底下的乾草抽掉一些，使塒更深凹，再將面盆套着放進去，面盆口加些乾草，看起來整個是乾草塒。不待我再去捧她，雌雞早就自己伏了上

去。我原本打算讓她在雞滌裏孵，想想又怕她出宿不曉得回去，就放棄了這個打算。反正乾草圍得實，只要她伏得密，山獺蛇也沒奈她何！等小雞出殼了，再讓她們母子搬進新居去。

雨已到了尾聲，南臺灣這一年裏剩餘的一點兒雲，這半旬來，一到午後總要盡力絞幾滴雨，我總要站出庭面，伸出手去承。「再見啦，最後的雨雲！明夏見！」每天這時總有一片灰色的薄雲停在屋頂上空，一天天的，我見着它愈來愈稀薄愈消瘦，它最後一天下的將不再是雨，而是跟底下的景物訣別的淚水。

夜讀時，聽見窗外又下了一陣小雨，稀疏的蟲聲伴着稀疏的小雨聲，涼氣自窗口陣陣傳入，襲人肌膚，秋意恁般的濃了。熄了燈，上了床，雨也歇了。正感着秋涼宜眠，聽見老楊桃樹梢上一陣抖雨聲，千百粒碎細的水珠「沙」一聲一時齊撒在細葉上。美極了，這樣的碎水珠聲。是牠，那小斑鳩。我的心頭上登時流過一道溫馨的愛意，彷彿我還只是個小男孩，而牠，那小斑鳩，是我這小男孩的小寵物似的。「夜安，可愛的鳥兒！」我由衷地祝福牠，就朦朦朧朧的睡着了。

〔音注〕

苴：墊的意思。國音ㄑㄩ，臺音ㄘㄨ。

十月十六日

在廚房裏，坐在一個矮凳上，削今年裏最後一頓番薯的皮。朝陽透過開着的窗斜照下來，在地面上投下了一方的白，略帶着黃味。我的腳和散在腳邊的番薯正落在光幅裏，與光幅外形成明暗二色的強烈對比，這教我想起從前看過的攝影作品。看着伸在光幅裏的腳，彷彿那並不是我的腳，而這腳是通到光幅外的陰暗之域，那裏有個農夫坐着。我覺得很奇異，比見過的攝影作品更有深味更有構成感。我的眼睛正受着這奇畫的鼓舞，一對草鶺鴒追逐着飛過窗前，影子一前一後在地上光幅裏掠過，後面的一隻還「執」(chip)「執」(chip) 叫着。好嘹亮的鳴聲突然的入耳，纔只有五、六尺的距離，我整個人像一枝火柴棒，一下子被擦亮了，說我從來沒這麼快樂過，誰都不能相信。這一對草鶺鴒也不知道爲着什麼事兒爭執着，繞着屋子追逐了好幾圈，那後面的一隻一直「執」「執」鳴着。在這樣的明光下，在這樣的朝氣中，在這樣心無一事的當兒，那鳴聲一聲聲的將我擦亮又擦亮，擦得心花不由得不怒放！原本是恬愉怡悅的心，這田園裏的任一動靜形色隨時都可能使之綻開喜悅的心花呵！

那兩隻草鶺鴒繞着屋子玩耍了一陣子之後，停在屋東那片草地上脊令脊令歌唱

着。我放下了番薯，走出廚房門，立在屋影下看。草地上有蕭有蒿，有薊有蕢；有細葉金午時花，也有圓葉金午時花。後兩種全株都綴滿了小黃英，在朝陽下耀着滿株金。這使得它們的名字有個金字。若按花時而言，十月應名爲金午時花月，除了少部分早開遲開，絕大部分極準時，自十月一日起盛開，十月底結束，跟芒花一樣，截然的應着一個頭尾的月份。只有伏地金午時花，要待到隆冬纔開花，那時高草大率枯死，它得了陽光，便大放起它的黃金年華，給懷念的花客，在年前年後，給予十分的安慰與滿足。草地上大部分是二耳草，黃綠色的，柔和的鋪滿了一地。也有一、兩株肖梵天花，開着粉紅色的花蕊。這種草的草籽，往往刺人腳脛，不得不以人意限制了它的株數。草鶺鴒看見我，並不在意，興高采烈的越發高唱着，眞是可愛的鳥兒！

菜畦上，小白菜早遍鋪着綠白色的嫩葉，蒜、甘藍、花菜、菠稜也都茁了出來了，只有芫荽似乎還在貪睡，沒一點兒消息。小溪北木棉樹上停着一對烏鶖，儘轉着牠們的烏眼珠兒傾耳對着草鶺鴒。也許牠們心裏想着：你這小不點兒，可眞樂啊！灌木叢上停着一隻粉頭大伯勞，本地名叫伯勞鯉，是臺灣的特有種，也轉着眼珠兒傾耳對着草鶺鴒。這草鶺鴒可眞有觀客啊！一忽兒，伯勞鯉騰空而起，對着牠騰起的方向看去，見有一隻昆蟲飛着。這同時一隻烏鶖也自木棉樹上飛出，兩隻鳥幾乎同時到達目標，但烏鶖居高臨下得了優勢，伯勞鯉失之喙尖間，只好又飛回原處。烏鶖回到木

棉樹上，一口就將獵獲物吞下肚去了。草鶺鴒似乎什麼都沒看見，只顧唱牠的歌。我要不是骨頭太重，早飛起來了。

草鶺鴒走後，我行到草地上去：一來這些草映着陽光顯得那樣的美；二來我發現金午時花叢上有不少的蜂，想近前去看個究竟。當我蹲下去看時，纔發現一個博物學家只要肯在這樣滿株花的草邊蹲上一個鐘頭，這一帶的蜂類大概可看到半數以上，或許幾乎可全看到。我想觀察蜂比觀察鳥容易得多了，只要守着一株草花就行了。金午時花上主要還是蜜蜂；其次是一種僅有一公分半長，兩脇帶白的小花烏蜂，對人很有警戒心，不肯停下來讓人看清楚；還有一種簡直就是蜜蜂的小種，只有一公分，不確知是蜂呢？是蠅？見牠沾花惹草，應該是蜂；一種鮮麗的大黃蜂，兩端鮮黃，中間純褐，大概是虎頭蜂的同屬，常見獨行，喜歡在人家住屋以泥築巢，性情並不兇惡；還有其他小蜂，小得幾乎看不清。八月裏，我被階縫中的赤項蜂——有人叫蝗蜂——刺傷了約半個月的心。這種蜂在階隙下築巢。有一天的傍晚，我坐在階邊觀察了半個鐘頭，發現牠們捕回七隻鈴蟲送入地洞裏去。照這個數字，一天以十個工作小時計算，就有一百四十隻鈴蟲被害，一個月大約四千隻。鈴蟲是什麼生物？牠是詩蟲。我忍心看着這些赤項蜂向我的詩蟲肆虐，只爲尊重自然生態平衡，不願意干涉。可是忍了半個月，終於忍不下去，那天早晨，發現庭邊一個土蜢洞剛被打開過，我終於有了充足理

由，撿了一塊扁石塊，將那道階縫塞了。鈴蟲就是土蜢的小近親族的總名，這一族類永遠是我的好友。第二天，我試着拿開那一塊塞隙石，居然有七隻蜂魚貫而出，有的滿頭滿翅的石粉，大概曾經試着要挖開一個出口。等這批殺手都走空，我又將階隙塞了。第三天再去啟洞，竟就沒有蜂出，以後又啟了幾天，都沒有出洞的，就給永遠杜着了。後來纔發現那個土蜢洞，並非眞正的土蜢洞，乃是一隻獨行客大烏蜂——有人叫鼈甲蜂——的巢穴，我觀察了那隻大烏蜂好幾天。蜂類中我自小喜歡兩種家蜂：一種是經常在人家窗框上啣泥做巢的蜾蠃，俗稱鴛鴦蜂；另一種是經常在人家進進出出的旗蜂。這兩種蜂都是細腰蜂，一眼看去就覺得牠們性情極端溫馴可愛。蜾蠃長不到一寸，旗蜂只有牠的一半大；兩種差不多都是黑色的——帶着青藍光。旗蜂樣子很滑稽，一支管狀的細腰拖着一個小得不成比例的肚袋，不停地擂動着，像草鶺鴒的尾羽；牠成天忙着進進出出，專在壁間僻處找蟑螂的卵包下蛋。

不多時，聽見雌雞出宿了，趕忙將飯拌了米糠，端去餵她吃。公雞見雌雞下地來，歡喜異常，聽牠那低音的咯咯，我也歡快！

中午過後，陰，天氣驟然又轉涼了。這是入秋以來第二次轉涼，每轉一次，氣溫下降三、四度大概是有的，家裏沒有溫度計，大概不出二十二、三度。我最喜歡十六度的氣溫，也就是水的常溫，對我來說，這是絕對溫度，將熱帶罩在微寒裏，有種夢

幻奇觀感。當然若氣溫再下降，降到十度以下，最低這裏可到六度、四度，那時太母山上就有皚皚的積雪。在北緯二十度上，居然見雪，夢幻奇觀感自然達到了極點。但我不喜歡，我到底是熱帶產，這樣的氣溫，不好堪受，並且眼看着周遭的草木在凜冽的嚴寒下縮瑟，心裏面很覺不忍；尤其鈴蟲、竈雞凍僵在草間壁角，日夜全聽不見牠們的歌聲，異常難過。就涼而言，二十二、三度是標準溫度。這個氣溫開始籠罩着平屋、田園的時候，我的生命裏面就有什麼在醒轉，像花卉，逢着季節到了，就要開始結起花苞，待這季節來定，我生命內裏就會綻放出整大片各色各樣的菊——那就是我對着這個季節在心境上展開的無邊喜悅。

〔音注〕

蕒：山蕒。蕒，國音ㄇㄞˇ，臺音ㄇㄝˋ：就是山萵苣。

茁：臺音‧ㄗㄨ，萌芽出地面的意思。

伯勞鯉：臺音筆勞痲。

伯勞鯉

十月十七日

自今天起，我敢斷定南臺灣已正式進入了美麗的晴季，氣溫是一道不可跨越的界限，也是一個不可侵的分域，雨季就此結束了，最多這幾天裏再下一小陣告別式的小雨，雨季就杳然的過去了。該怎樣來過我這美麗的半年日子呢？我知道此後在屋內的時間會少了，在屋外的時間會多了，外邊的吸引力將隨着秋深而越發加強，書本的吸引力將一日日越來越抵敵不住，白晝看書的時間將會越來越少，直到完全移入夜晚，而侵入深夜的時間中去。

今天忽渴念起《昭明文選》。當然不是爲了其前面那無聊的都城賦，也不是爲了其中無聊的政治文字。除開這兩部分，整部《文選》差不多全是令人懷念的；當然也有幾個作者的作品令人覺着無味的，如顏延年庸俗，陸機無才。《文選》和《四書》在過去是漢籍中最被愛讀的兩部書，再沒有第三部書可與比擬。今日這兩部書都被冷落了，其他漢籍更是淒涼。這是時代的墮落，不是書本的內蘊腐朽了。一個書香門第的子弟，既已降爲行商居賈，或竟淪爲市井流人，又焉知道德爲何物？文章有何價？自產業革命以來，世界人類正像書香家族的沒落，到了二十世紀的此時，子弟們胸中再

無點墨，大概當二十世紀結束時，人類的精神也泯滅無存了。人類精神，豈不是由透徹的智慧、超越不已的理想、卓犖的道德信念、純潔溫熱的感情所構成的嗎？自二十世紀後半期以後，人類再沒有這些可貴的內涵。梭羅(H. Thoreau)早說過：我們有許多哲學教授，卻沒有哲學家。到了二十世紀後半期，已經沒有了哲學和文學(包括音樂和藝術)。哲學是什麼？哲學是智慧之學，用以闡發人性中的善、世界中的神聖。文學用以發掘世界中的美、人性中超越不已的理想、感情中晶瑩透亮的純潔。自產業革命以來，因着精神的喪失，產生了非哲學的哲學，非文學的文學，時至今日，從事哲學者再不知哲學爲何物，從事文學者再不知文學爲何物。所得結果，是產生了反哲學的哲學、反文學的文學，根本不能再稱之爲哲學爲文學了。這種可悲的墮落，使人類大大降格，兩部書的被冷落，是全現象中的一小現象罷了。

除開賦和政治文字，《文選》教人愛它的質樸與拙工。唐以後詩文俱臻成熟，再嗅不到質樸味與拙工味。《文選》的可愛宛如孩童，全在其天眞與稚氣。唐宋文學的吸引人，則在其如絕世佳人，無瑕疵的完美。每讀李杜詩、蘇柳詞，無不爲之傾倒，至不敢妄想握筆；即如相傳是白居易所作的〈花非花〉，雖是短詩小詞，其玲瓏透澈的完美，眞教人銷魂；再如後來元時馬致遠的〈天淨沙〉，仍是瓌玉一般，直教人封筆。我號稱詩人而無詩作，只爲好詩已被古人寫盡，如今撿破爛，不徒污穢？

出生在有這麼多好書的後世，而不曉得讀書，眞是枉費了此生。後世人出生的意義，一半怕只在於讀這些好書本，聽那些入人心靈的古典曲與浪漫曲。跟詩文一樣，音樂與藝術早爲本世紀以前的人寫盡了，後人正落得不勞而享，眞眞是好命！但是今時還有孜孜矻矻，埋頭創作的人，正不知他們還能創出什麼？他們眞是有福不曉得享啊！青鳥原本在家裏，還往何處尋呢？若把文藝比爲各種玉礦，多數礦脈早已發盡，製爲成品，除非有意給人世在諸多光彩之上再添幾許光彩，想發盡世界的輝光，莫使有一絲遺彩埋沒，除非是因了這樣的願力。但是這得有機遇，也得有尋礦的神覺纔行。在二十世紀的這個後半期，就是最有心的人，怕也不會有太多的收穫了；大多數的探礦者，怕只有空手而歸了。想起那時代，人人入寶山，莫不盈袖滿握而歸，眞眞令人目炫神奮啊！可是現時我們所得的，比任何時代的最大探礦者都多，我們把一切世代的所得全都集攏在家裏，我們生活在全時代的精華裏，我們優遊偃息在一切時代之中，而不是只寄身在一個時代的啊！我們應感到滿足與溢份，誰還會有遺憾呢？即使一生一世沒能寫出一首詩，卻讀了千首萬首的好詩，實在太滿足了！

午後佇立簷下，忽聞桂花香隨風飄來，近前去看，見花芽疏落，花蕊開放，盼望已久的花信果然隨着季節到了。

十月十八日

早讀方半，天色已經大明，聽見老楊桃樹上傳出低迷的暈鳴，像日月的光暈一般的一種聲暈，那是小班鳩。「你這小東西，今早可晏起啊！」我的心上不由的又流出一派愛意。

每想到某些人，想讀書而沒有時間，我就難過，我想這應算是人世上最不如意事之一；我自己就曾經過來着，那種無可奈何的心情，眞眞無法兒比況。見不着親人、見不着愛人、見不着知友、見不着書本，這是人間世四樣縈情牽懷得最緊切的無可奈何事。親人、愛人、知友、書本，書本早成了我們在人世上四種親密關係「人」之一。就不得親近書本而言，最不幸的應算着著作家了。著作家在努力寫書，因而不能有適意看書的時間，自己正企圖寫書給人看，卻不得不犧牲了看書的時間，眞是一種矛盾的命運啊！想到有一天，我或許眞的爲了某種什麼原因，案桌邊堆起大疊稿紙，發憤寫書了，一定會極端懷念現時的生活。現時除了極少數農忙的日子，時間是任由我裁用的，我愛什麼時候看書，看那一本書，是絕對如意的。大概地說，約莫早雞啼的前後，我差不多就坐在案桌前在看書了。一盞罩着玻璃球、戴着反光帽的油燈，照

出黃紅色的柔光，儘夠照亮書面，我的眼瞼裏因吸滿這燈光，對於西窗外晨色的初透很難覺察，除非特意湊到窗櫺邊看，差不多要等到天色大明纔覺得着。十天裏，總有七、八天，要直等過日出之後，我纔肯闔了書，走出房門。一醒來，我的心靈就要讀個整天飽。當然白天裏，我還是繼續看書，夜裏還要看；幾乎可以說，整天我都在看書，眞是如意之至！教我一天不看書，我就覺得好像一天不進食一樣。在過去不幸生活的日子裏，有一大段時間，我受過這樣的長期飢餓，眞不曉得當時是怎樣忍受過來的？今日，我能夠絕對如意地看書，且在這仲秋的早晨，我的好芳鄰剛剛醒來，正從窗外樹上發出牠那惺忪的暈鳴，這豈止是如意，簡直是享福了！而這，只在我下了斷然的抉擇之後便得到了，說來我是幸運的；若是我斷然下了抉擇而得不到呢？那眞是不堪想像的了。杜甫爲了茅屋被秋風掀了頂，吟道：安得廣廈千萬間，大庇天下寒士俱歡顏，風雨不動安如山。我想在今日天下寒士所急的第一要務，恐怕不是廣廈千萬間，而是能夠獲得自我，日日如意地親近心愛的書，寄身於田園與自然了。當然，在獲得這一切之後，再有間風雨不動安如山的屋子住，是最好不過。臺灣的颱暴，究竟非一般秋風可比；我住這幢瓦屋，年年颱季，爲了幾本心愛的書，不免提心吊膽。但是爲了瓦上的雨聲，縱令我有財力另築一幢鋼筋水泥屋以藏愛書，沒有颱警的日子裏，我還是喜愛住我的老屋。

中午又聽見小斑鳩在老楊桃樹上暈鳴。「你這小東西，眞眞愛這個家啊！」

有一段日子沒有好好兒清理屋內外了，將整個下午用來打掃。不是播種或收成的日子，很少有落塵。四周圍都是草和莊稼，連牛車路也只有車轍和牛蹄踐徑纔見土面，而且又輾得實、踏得堅，幾乎是不揚塵的。到了播種或收成的日子，做爲一個獨居的漢子，纔眞正體味到獨居的惟一壞處。田地犁開了，塵土隨風四揚，眞要保持一家窗明几淨，每天非得花上兩個鐘頭的擦拭工夫則不克如願。一天花兩個鐘頭在這樣的瑣事上？再女性化的男人都做不到，何況是男兒本色？逢着這樣的節氣，我就感到實際的艱難。見着桌面床面塵封，委實十分難過；要動手嘛，又不能只洗了臉面，不洗頷頸──像城市的婦女敷粉只敷到頦沿，自耳沿而後，頦沿而下，整個頷頸截然坦然露着本色；若只拭桌面床面，留着窗框窗櫺大小櫥面不拭，這不正像城市女人嗎？要勉強全拭，天天費掉這許多寶貴的時光，豈不令人痛惜？因此我歸隱之後，就把家具盡量送給了族親中需用的人，只留着萬不可免的幾件，只這幾件便負荷不起了。我盼望苛減到「虛室生白」的境地，可是那是無懷氏和葛天氏時代的事兒，只可意想，不可實致了。好在落塵的日子並不長，總計一年裏不超過三個月；其餘九個月，可以說幾乎是沒有落塵的，族親南面的田地和糖廠在路北的蔗田，落塵已遠得不能及我。

打掃時，擦拭那僅有的一點兒落塵——這些落塵百分之百是我自己日日走動累積起來的，我只輕輕的一抹，書櫥面便即時放出新髹漆一般的光澤來。回頭看見窗外庭連田的草，綠油油的，它們正在根下替這大片田園釀造肥沃的新土壤，卻沒讓老土壤逸失一丁點兒；即使在旱季中，它們枯黃了，它們的根還是牢牢的將土壤整把抓住，死了依然不放鬆它們的天職，不放棄它們對人間的愛。我該怎樣來感謝這大片大片的草呢？

十月十九日

三天來都是好天氣，今天向晚前微陰。落日在一條條灰紗也似的雲條隙縫間隱下去，將雲條的邊沿燒成紅紅的火焰，中間的部分竟燒成焦黑，怪不得日本人晚霞叫夕燒。李商隱詩云：夕陽無限好，只是近黃昏。無論怎樣的落日，都是極可賞的，有雲也罷，無雲也罷，有靄也罷，無靄也罷，只要見得着日落，就有深深的感印烙上人的心頭，除了印給人一片美之外，還隱約將某種莫可究詰的思想通進人的生命深底，發人深思。單就那一片美而言，我和人們沒有不同，我是迷戀任何形態的落日情景的。唐詩云：落日照大旗，馬鳴風蕭蕭。又云：大漠孤煙直，長河落日圓。再無才氣的詩人，只要筆尖指向落日，總可寫出好詩句，這可看出落日情景那浩瀚深邃的美。但是落日的思想性，往往令人不堪，因之，我很少正面去觀看它，無寧說，我有意無意之間，都在逃避這個景觀。有始便有終，有出便有入，有生便有死。不錯，這一條道理誰都能講，因爲它顯明的在那裏，就像二加二等於四一樣的明白。然而將這道理推在生命外講，它是客觀的純理，可是一拉進生命中來，它就不是空理，它就成了執行；而且它是不能推在生命之外去講的，你不講它倒好，你一講它，它就一定要教你看

見，你在這一條道理的盡頭，只是一堆灰，你舉目望去就望見了，除非你生命中的生氣盡了，否則你就不能接受它，因爲生命只是一個生字，我們不能於生之外想像任何非生的存在。黃檗罵呂洞賓是守屍鬼，大概黃檗自己早就沒生氣了，或許他是一隻被蜾蠃螫了麻醉液的螟蛉，那就沒話說了。其實越是表示豁達，表示對死超越或否定，越見出其對生執著。對生執著是正當的、正確的，只是所執著的應該是生的自身，而不是生的外項。只有對生感到十分厭惡的人，纔不執著於生。但是一個厭惡生的人，一定會以自殺來否定生。因之，一個現活着的人就不會是超越死生、達觀死生的人。宗教是執著於生而想衝破它的盡頭，企圖使有始而無終，有出而無入，有生而無死的一種徒然的努力。人們往往認爲，只要證明了靈魂存在，死便成了假象，這是一種嚴重的錯覺。靈魂不滅，並不表示自我不朽，這等於構成我們身體的物質雖可依物質不滅定律證明其不滅，而我們的肉體卻不因而不朽，靈魂不滅與自我之有死無死是無關的。我字只存在於死以前，死以後就沒有我字存在了。靈魂確是存在的，或者還可以說，它是不滅的。朗格在其《唯物論史》一書中斬釘截鐵地說，感覺與神經之間，永遠有條不可跨越的鴻溝。這裏不承認靈魂的存在，就安頓不了這件事實，而這件事實卻是事實地存在着。我曾經觀察過一隻蜜蜂，吃飽了花蜜，左右股上攏足了花粉團，停在一支與蜜蜂絕不相干的屋柱上，在那裏搓牠的前後腳，修飾牠的觸鬚。我心裏

想：你這隻蜂什麼時候會起飛呢？何所依據而起飛呢？我觀看了牠許久，初時以為牠病了，還替牠躭心，後來我見牠情況尋常，就知道牠一定要起飛而去；可是是什麼時候什麼動力讓牠下決意起飛呢？我惹起了極濃厚的興趣。後來牠起飛了，我腦子裏感到一團迷惑。牠為什麼不在前一秒起飛呢？或為什麼不在下一秒起飛呢？偏偏在這一秒鐘上起飛了！我想不出所謂的科學客觀答案，我只能說這是取決於牠的自由意志；任何科學上的物理、化學乃至生理化學的解釋都是強辭奪理的，你不能說牠由某種外在的物理因素、化學因素以及內在的生化因素共同決定了牠起飛事件的時刻。承認一隻蜜蜂有自由意志，會引起全世界的哲學家哄然議論痛斥的，即使是人，在經驗論的系統內，也不容許安上一個自由意志，何況是一隻蜂？一個人犯了罪，並非出於他的自由意志，而刑罰只是為了糾正使他犯罪的因素入軌而已；因為人是沒有靈魂的，人只是一部較複雜的機器罷了。這真是個矛盾，一方面不承認人有自由意志，一方面又要他對自己的行為負責。若人真的沒有自由意志，人的行為決定於內外物質因素，那一個人犯了罪，是這個政府要負刑責，而不是犯罪的人要負的；因為這個政府沒有把這部活機器調整到最佳情況，去放置在一個最佳條件的環境中，使之成為最佳活存在。那麼當這個人不幸犯了罪之時，只有一種解釋，只表示這部活機器失調了，或者外在條件有了增損，不適合這個人的情況。若原因是出於前者，則犯人應被送交醫生

審判(診斷)，而後發配醫院服刑(治療)；若原因是出於後者，則政府應即平衡這個人的環境條件，或者給調到另一合適而正常的環境中去。可是事實上從來沒有一個政府把人當僅僅的一部機靈而沒有自由意志沒有靈魂的活機器看待，這是正確的，因爲人是有靈魂的，有自由意志的。若一個人每次伸手去拿食物時，都會挨到痛打，這個人必然寧願暫時挨餓，而不願意遭殃。這種例子也可見於一般動物，甚至蟲類。可見自由意志或靈魂通於一切有知覺的生物，因爲「食」是一個最強烈不可抗拒的本能，不是有自由意志，就不可能拗得過這個本能。蒼蠅停在桌上，這是人人見過的，照例牠們喜歡轉着眼珠兒不停的搓前腳。只要一舉手，牠就飛了，你的手難得快過牠，十次中有九次牠準是逃過了劫難。但是牠這樣的機警，迷惑了我。當然若你不去理牠，牠搓過了一陣子的前腳，在一種微妙的取決之後，牠就飛了，就像前述那隻蜜蜂。這個照樣迷惑了我或你。若蒼蠅僅僅是一部精妙的機器，你以爲牠可能有那兩樣行爲嗎？一部機器人，若不輸入某些程式，它就不能有行爲，這是眾所周知的。既然要輸入，就得有個輸入者，這個輸入者是誰呢？當然是人。現在我們來看看人罷，若人僅僅是一部機器，非有由外輸入的程式，人是不能行爲的，這個產生了兩件事實，一件是輸入者，一件是程式。關於這個輸入者，過去的人慣稱爲造物主或上帝，而程式即是所謂的靈魂。這個靈魂包含着康德所謂的先驗的感性、悟性、理性，孔孟所謂的仁義，心理學

所謂的生存、自衛等本能，莊子所謂的眞知（這個眞知是靈魂中的主要部分，鳥獸的季節遷徙所以可能，就全賴這個眞知）。若人僅僅是部機器，腦中的松果腺上沒有靈魂駐在（笛卡兒認爲靈魂駐在於松果腺中），在任一塊皮上擰一把，是會照樣蹙眉、哀叫，卻不會感覺到痛，因爲沒有一個感痛者，因此朗格說感覺和神經之間有道不可跨越的鴻溝。所以說，要了解或證明人有靈魂是簡單的，但要明白人的這個自我死後是否仍然存在，那就不簡單了，因爲靈魂與自我是不相等的。自我是帶氣質的，它是靈魂與肉體結合之後，在生命歷程中形成，一旦靈魂與肉體的結合瓦解，自我也就還爲烏有了。起碼我是這樣來理解這件事實，因此我不願意正面去面對落日的思想性。有人或要譏我不豁達。我認爲這不是達不達的問題，坦然的去接受死是一回事，這樣的事並不難，仁人志士，甚者世間成千上萬的自殺者都做得到，或更廣泛地說，一切世人有那個曾經畏懼過死來着？雞鳴而起，孳孳爲利者跖之徒也，這些人直到彌留之際，還喃喃唸着他的幾個銅板，死幾乎永遠不曾在他的生命上發生過；雞鳴而起，孜孜爲善者舜之徒也，這些人死亡豈曾攖過他？一種不自覺的人生，可以說它是不曾生過不曾死過，或可以更質直地說，根本不曾有過。一種既已自覺過的人生，不止是對死，有時對生反而覺得艱難，若活着須得接受一個喪失自我委屈自我的生活，則生不如死。死雖比這樣的生好，死卻是對自我的絕對否定。從理智上說，不能坦然地接受不可避免的事，

當然是不智；但從感情上說，硬裝着若無其事以表示豁達，豈非自欺而欺人？世人的做假，由來久矣。我平生第一拙事便是不能做假，我坦承死是件極大的遺憾，除非生已成了極大的苦事。

傍晚時在籬東採摘皇帝豆莢，打算用來做晚飯的下飯菜，直採到了盡北臨着小溪的橋邊。有四隻長眉鳥從北面的蔗田一程程地飛過來，停在木棉樹上，在樹上攀着玩耍，還不停地kyo-ki kyo-ki地鳴叫。四周圍有鳥飛，很難逃過我的視線，即連日落後，我仍然可看到半里外。我停了採摘，在一旁觀看牠們的憨態，傾聽牠們的鳴聲。落日正從溪岸上映入溪水中，在雲條間形成兩個紅輪，岸上的一個向下沉，水裏的一個向上昇，那橫帶似的雲條畫出了暗影，增加了這景色的神祕與美感。我不覺爲這景色所吸引，纔注視了一會兒，長眉鳥早飛走了，也不知道往那個方向去了。須臾，上下兩個紅輪在溪岸間一齊隱沒了，我於是陷入冥思。我坐在橋邊，將兩腳垂落橋下，擡頭凝望西天的殘霞，心神早馳入宇宙深處。溪面上時有游魚潑水，偶爾也濺着我的腳底。落日的思想性撥動了我思惟的心絃，雖是老調，在孤獨生活之前早已彈過千百遍，自從離羣索居以來，更是朝夕，甚至子夜不寐中，無時不彈的一曲〈廣陵散〉，是充滿了深邃難解的幽玄的旋律，隨着心境的變換，調性每略有昇降，雖有昇降，終歸是悲調；明白地說，每當深思力索之極，則見造物主也與萬有共懸太虛，同在失重

燕鴴

狀態中，四無搭掛，任由無始的動力，推向宇宙外的荒漠邊境。思惟中每現此景，便嗒然如廢。蘇格拉底在前線曾經站立冥思過一晝夜，可知他馳思之深。我雖常冥思，往往只一個多時辰，便懸崖勒馬。我與蘇格拉底不同，蘇格拉底是周身而旋，雖深不遠；我則如脫弦之矢，筆直奔去，我怕一去不返；而且從幾千百遍的經驗，我發現，思境總有一定極限，過此以往，便空無一物，欲待不返亦不可得。

待我醒轉來，西天早已全暗，大概至少已過了三、四個鐘頭，身上不免覺着夜氣微寒。只見西北角天邊，有一團光塵，那裏大概是高雄鬧市，而北西略近處，也有一團光塵，大概是潮州街。忽覺着自己竟已眞的成了世外人，不禁喟然一慨息。站了起來，提了小竹筐，慢步走回家去。平屋在濃厚的夜色中，依稀僅見輪廓。聽見番麥田那邊有一隻孤鷺飛過。

十月二十日

南邊族親的番薯收到這一邊來了，我過去踏勘了一下，二十三日可收完。商人說要接下去收番麥。這樣的話，我得在二十四日採收。下午搬出了麻布袋，將希的破的仔細的補綻一過，天黑前完了工。

今天天氣又往秋深處轉了一層，一早便下了一陣微雨，整天陰沈沈的，傍晚時又下了一陣微雨。黃昏時補完了麻布袋，出得庭面路上散步，見庭左路右一棵纔一人高的木瓜樹葉柄下綴滿了雨珠，整棵樹一層層對稱着，煞是好看。數了數，少者十三顆，多者至二十五顆。記住了那雨珠最齊整最多顆的一柄，還約略測了測它的直徑，要看明早有何變化。

正數着木瓜柄下的雨珠，聽見高空上喊臺語「庇佑」的聲音，那是小環頸鴴。擡起頭來看，果見一隻小環頸鴴在我的左上方，向東南投擲般飛去。我目送牠遠去，口計大約十一、二秒一鳴，飛距可滿一里，速度委實驚人。

小環頸鴴剛過去，便見燕鴴瀰漫滿天，靜靜的翺翔而過，數了數，大約有三百隻。燕鴴趕路時纔會出聲，像此時散遊而過，是不出聲的。這是兩年來最高紀錄，大

抵是幾隻一羣，通常多者只有十來隻，五十隻便是大數目了，過去最高紀錄只到兩百隻。要在天空上見到大羣飛禽，就得遇着候鳥過境。見過的最大數字，大概在幾千，那是一大羣大鷺，傍着蜈蜞嶺北去，迤邐數里，越過東邊的森林，確是壯觀。這燕鴴老是由東南出入，我懷疑牠們是在溪原上亂石間棲息營巢，並未遠到山崖。

小環頸鴴

大鷺過境

大概是半夜過後醒來，聽見貓頭鷹在老楊桃樹上鳴，不覺吃驚。鳴聲歇了，剛剛鬆了一口氣，忽聞麻雀慘叫，只叫了兩聲，一切又歸於闃靜。不免感到一陣強烈的惻隱，但這是不可定是非的，這便是我們的世界，我們的生物世界，一切如如，而無可如何！當那一天到來，人人都是那隻麻雀！儘管低着頭看你的花，吃你的飯罷！擡起頭惶惶顧望，你說，豈不是多餘的嗎？

一早打開門，第一件事便是去看木瓜樹葉柄上的雨珠。出奇地發現，跟昨日黃昏時，好像是前後兩秒鐘間的事，雨珠文風不動，顆顆大小悉如原樣。可見昨夜一夜沒一絲風，而空氣的濕度也一直在飽和點上。

曙色剛剛傳遍，又下起了微雨；打開門時便見着滿天的連雲。這令我懷疑木瓜樹葉柄下的雨珠，是否有夜裏的微雨偷偷爲之保持？可是葉面和柄脊都是乾的，昨夜一夜不曾有雨水，應可無疑。微雨總是微雨，下的時間跟雨量一樣的少。不多一會兒，雨停了，雲漸漸的開了，日頭即使有時爲雲半遮，它乘着雲，還是一樣將光明放下來，而它的本體在雲上看來竟像個滿月；我倒十分喜愛這樣的雲日。

在屋後除菜畦上的草，擡頭看着溪邊的灌木叢，見着聽着各種小鳥兒往來歌唱，不免悔恨多時來的夢想，總爲習俗所牽，未能實現。最好的居家，是讓灌木叢直連着屋角蔓到窗邊，有了這樣的造設，再安上紗窗，便可從屋裏在一尺以內看鳥聽鳥，整天的看整天的聽，各色各種的鳥，本地鳥、候鳥，甚至過境鳥、迷鳥，輪流上鏡頭，有時候可赫然看見一隻稀奇的來客，聽見從未聽見過的歌唱，讓你驚喜得說不出話來。這兩年來，我一直夢想着讓溪邊的灌木叢直連到平屋的西北角，蔓到臥房的北窗。但是農家有農家的規矩，我若是這樣做了，族親們從籬外來往經過，一定要皺眉。爲別人犧牲自己一點兒，卻也是無可奈何的義務啊！也許再過幾年，讓族親們更了解我，那時便可償我夙願了。現時我的臥房北窗距溪邊灌木叢，最近處大約有三丈遠，距廚房的西窗，大約四丈，憑着我超級的望遠眼力、聽遠耳力，我時時獲得驚喜。幾天前的一個向晚——

灰山椒鳥

我記這本日記，漏記得嚴重——，我看見約有五十隻的灰山椒鳥密密麻麻的停在灌木叢脊面上，這種鳥並不是叢藪鳥，牠們無寧是喬木顛禽，怎的停在灌木叢上，豈非有意讓愛鳥者驚奇？今年四月上旬的一個清晨，我聽見了野鴝，從廚房西窗望去，果見一隻雄野鴝鼓着牠那紅橙橙的喉頭，面上抹着兩道白，在快樂的歌唱着。入秋以來我一直在等候那隻野鴝，也許牠別道南去了，一直沒看見。

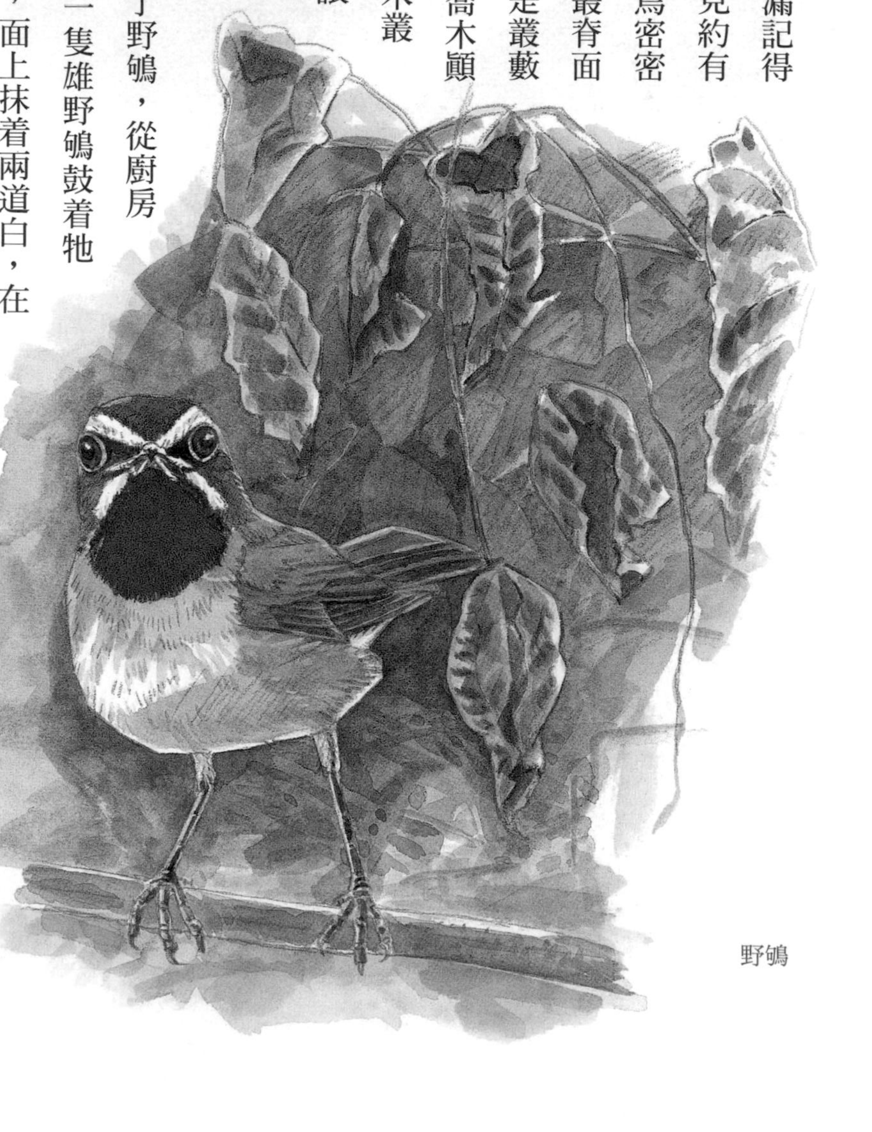

族親既然不肯讓我下田幫忙，就只有旁觀的份兒了。下午我在庭右桂花樹外一塊大石上坐下來，一邊眺望族親們在路南番薯田裏做穡，一邊拿了一本林逋的詩看。日

野鴝

光晃薄，空氣恬靜，桂花淡香。番薯田裏時而傳來一句半語較高的人聲；偶爾有兒童嬉戲叫喊、狗隻追逐嘷吠的聲音點綴。大石下一隻鈴蟲緩緩的間歇鳴着，恰巧和我心中讀詩的音節脗合，彷彿牠也正吟着詩似的。入暮時番薯田裏煞了工，婦女兒童陸續走回南邊去了──男人們早在半晡時就牽了牛回家了。闔了書，深深的將桂花香吸滿胸臆，放開眼瀏覽西天的霞彩。大石下的鈴蟲歇了，遍地裏草蟲競奏起夜的序曲。下了大石，活動了幾下筋骨。在暮靄蒼茫中，深感到安息的恬謐。握着詩冊，緩步的走回屋去。

〔音注〕

晃：臺音ㄏㄨㄚˋ(帶鼻音)，光線薄弱的樣子。

十月二十二日

這半個月來都在車隊的轟隆聲中醒轉，約比往常早半個鐘頭起床，著著實實多讀了些書。有一、兩天沒讀書，出去走走，見着「曉風殘月」，就想起了柳永。尤其山頭沒有雲，見着將盡的殘月剛出，幾乎貼着山頂，俄頃之間，往上浮昇，跟初三、四的新月往下沈落，形成對逆景，令人覺着新奇的詭異感。而曙色的侵至，並不像有雲氣時是魚肚白，山頂上的天色先是玄藍，倏忽之間變成深藍，很快又變爲黃綠，最後纔變爲熾白，此時朝日已在山背後，正一步步踱着山坡向山頂登上來。觀察這破曉一段時間的天色變化，是大晴晨早起人的無上所得。今天大概是晦日，不然便是朔日——這個月太平仔魚錢我是隨日現付，我又不著意在日曆。探頭沒看見殘月，但拂曉前的天色極美，爲了貪看曉天的變化，我捨了曉讀，開門出去。纔四點一刻，玄藍的天空依然閃爍着萬點的星光，和深夜無異。向來夜讀耽書，往往至於夜分，啟戶做子夜遊，總覺得夜色深夜空奧，越是耽下去，越是往深處走似的。而此時夜色天空雖然一樣的深奧，卻因經驗，知道已快到邊緣，只要再跨一步便到邊界，感覺上自然像殘月之於新月，有種奇異的詭譎感，或者說，是種便宜感。往常在子夜是無法兒清醒着向它的深

處走入，此時是何等自在清醒着來面對它的深，這就產生了詭譎感便宜感。一開門，便見天狼星如隻大眼正當額在南天上，獵戶座近乎中天而吃西，老人星遙遙乎自南極送輝來。可惜這個月份不會有啟明星，不然稍停見它從山頂上冒出，那纔是直美景。有一年，也是這十月下旬，見着殘月一如新月，跟啟明星相傍昇起，啟明在左(北)，殘月在右(南)相距不及四寸，那詭異的美感達到極點。

宰我晝寢，孔子說他朽木不可雕，大概古人沒有午睡的習慣。其實外面陽光正明亮，竟然豬寢，實在不像話。像南北極的夏天，沒有黑夜，在陽光照明的時候，反常地寢寐，那是沒話說。我一向見人午睡便覺得難過，那是腐敗的人生。農人向來絕對沒有午睡的習慣，憑這一點可看出農人的生命力、毅力、自制力。一個人的精神不能連續支持十六個小時，說這個人有毅力、有自制力或自持力，我怎麼也不能相信。午飯後，到南邊族親那邊去，沒見到一個精神委頓的人，雖然人人自日出(大部分自日出前)便忙了一整個早晨和上午，我見他們個個雙目仍閃着充沛的光，老人也不例外，即使兩眼被白翳遮着的人，還是睜着眼皮，不辜負晝光。農人只要手上沒做活便算是休息了，那有白日瞌眼的事兒？我想這是衡量人世良窳的一個基準，一個社會若盛行午睡的習慣，那一定是百弊叢生的社會無疑。

今日大晴，大概這是大晴季的頭一日。大晴日的天地看來好似在微笑，住在一連

微笑半年的天地間，再憂愁的人也會微笑開來，何況原本就是滿心怡悅的人，怎不日日在微笑中過？午後從南邊踱回來，見十數隻麻雀在楊桃樹下南蔭外粉沙徑旁做沙浴——那條小徑是我來往住屋與牛滌踏出來的。站在庭中看，一忽兒飛起一隻兩隻，一忽兒又飄下來幾隻，數了數，最多時地面上有十七隻，每隻都在粉沙上牄下了一個塢。平時麻雀不見怎樣美，眼前見牠們作浴之狀，眞是盡妍極態，美不勝收。麻雀原本是警覺性極高的鳥，見人必逸；可是與我相熟了，全不在意，我感到萬分的安慰。麻雀做沙浴是常見的，但審美心不打開來，看過千百遍也覺不到美，偶然的無心，反而如實的看見了。我站在那兒仔細端詳牠們的造形，實在是種美鳥。水浴一直不會見過——也許見過而不經心，明早放一面大方淺盤水看看。

〔音注〕

牄：臺音請(讀音)。

麻雀

十月二十三日

果然又是大晴日，晴季確已開始了，絕無可疑。踱到麻黃列樹西銀合歡地，銀合歡早已莢熟纍纍，生長季既已過，所謂斧斤以時入山林，也該砍下來曝乾當來年的薪柴；待番麥收成後，再來張羅柴草罷！只見銀合歡上爬着幾種旋花植物，最惹眼的無如小牽牛，蝶形的中小葉，紫藍色的小花，纔有一公分直徑，露珠都還未曾晞，已開始萎謝。特意跑回家看了看壁鐘，纔八點二十分，怪不得日本人稱牽牛花爲朝顏，而這小牽牛比大牽牛還更朝顏。我極喜愛這小牽牛，比蔦蘿還更喜愛。多年前偶爾回家度假，培養了好幾盆，攜去送都市的朋友，他們喜歡得不得了。每次看見小牽牛，我的嘴就合不攏。小牽牛之外，銀合歡上還有一種是乳黃白色的花，此時剛剛陸續在開放，直徑大約二公分半，桃形葉，不曉得是何名字？故園裏有一樣東西叫不出名字來，我總覺得難過，彷彿自己是外人。在植物方面，我一直努力着要成爲眞正是老友老相識。可是遍地種類豐富，除非自己起名字，總是努力不盡，且又怕早有名字，不應自我作古。這乳黃白色的花，直開到中午方纔萎謝。溪邊另有一種大白花，約有掌心大，也不知是何名？我想該叫它芋牽牛。

這幾日有一隻不知名鳥時時來唱，總在老楊桃樹連灌木叢的繁密處。每次出去看，不止看不到，還教歌聲匿了，令我悔之不置；但不一睹牠的芳容，又懊恨不已，眞眞作弄人。牠的歌唱只有一句，是五綴音，前兩音極快速，大概是♪，後三音音調優美，此時要況音又況不出來了，或許是鶇科的鳥。

找着一塊石塊，中間凹陷，放在昨日麻雀沙浴處，注了水，平均只有一公分深，坐在書房裏等待麻雀下來。大約十一點的時候，有幾隻下來，在小徑旁覓食，不多久發現了石頭上有水，我所期待的景觀來了。麻雀水浴比沙浴更美，沙浴時弄得滿頭滿身的粉沙，觀感上總帶有人類自身的意識，不免嫌其反洗。水浴則沒有這種反逆的感覺，而且只有一公分深的水，實在也打不濕；只見牠膨鬆起羽毛，左旋右轉，一副憨態，美極了。不多一會兒，引來了十多隻，些許水，彈指工夫早被搵乾了。下午又找了塊石塊，放在一塊。此後應每日分上下午注兩回水，供這些小芳鄰們洗飲；只怕花貓別有用心罷了。花貓捕鼠似乎沒多大興趣，也沒多大能耐，不然屋裏那隻鼠兒怎能跟我輪番當值？可是牠捕雀興趣可大着，天天見牠蓄勢伺機，雖不曾得過手，卻是不厭不倦，眞有那份傻勁兒。每見牠貼起耳朵，就知道牠又在打歪主意了。但麻雀牠雖不曾撲著過，草鶺鴒卻偶爾不免牠的虎口，我雖極端痛心，也沒奈牠何。只是牠的罪行一被我撞見，難免一場追逐。以後牠口裏啣有鳥隻，見了我就跑；見牠跑，我就知

道牠又得手了，必定要追。平時牠不捉鳥，我倆相安無事，牠或走到我腳邊，在我的小腿上擦牠的顋，有時甚至磨磨唇鬚。一隻大貓了，我坐在案桌前看書寫字，牠居然還跳到膝上來，在我大腿上午憩。每當牠捕殺草鶺鴒，我就後悔飼了牠，有時候很想將牠放生到城鎮去，免得牠爲害田園，但總是下不了狠心。

我隱隱約約的，從少年時代便在網絡形而上學體系。二十餘年來，我一直在繭剝存有與空無的問題，此時的生活也許是將來著手著述的一段正式的準備。想到這，就愈覺得應加倍珍惜現時的讀書生涯，因此我耽讀耽得很深。人們若見了我現時的讀書情形，或許要追問其意義何在？若我答說只爲讀書而讀書，人們一定會皺眉的。此時若再不好好兒讀讀素所喜愛的書，也許這一時期一過，就沒福份再讀書了；就好像一般人常說的，不趁腳力還健，到處走走，一旦年老體衰，便心有餘而力不足，坐困家門口了。讀書是心靈世界的旅行，而且也是一種印證一種交通，不讀書，自我心靈既無法得到印證，又無法與別的心靈交通——不論那心靈是存在於二千五百年前也罷，存在於當世也罷，結果便成了自我心靈的幽閉，那是很可怕的。有時與人交談也可多少得到讀書的效果，畢竟效果甚微，因爲那些人的心靈未必是打開的，而且即使打開來了，也未必值得一睹。只有偉大心靈的景觀，纔能給人光明開闊的境域，而這樣的心

靈只存在於偉大的著作之中。康德寫完《純粹理性批判》，正在找不到思想的出路，讀到盧梭的《愛彌兒》，纔打開下一部《實踐理性批判》。往往一句話，或一種景象，就足以令人解悟，而這些只在偉大的著作與自然的啟示之中方能見到。

夜讀罷，在庭外，在木麻黃列樹下行散，氣溫大約在十七、八度，上面是滿天星光，下面是遍地蟲聲。在田園間出生長大，住過這麼久了，一直不會將這最柔和的光和聲在心裏面交織過，忽一體味，覺得實在無限的美。

〔音注〕

搵：臺音塭，蘸的意思。

行散：臺音ㄍㄧㄚˇ(帶鼻音)ㄙㄨㄚˋ，散步的意思。

牽牛花

十月二十四日

又是個大晴日，一早便聽見藍磯鶇在空中晨唱，一分鐘後溪邊叢薄中又有白腹秧雞聒噪。

從空田中將牛哥牽回牛滌拴了，在屋內看書，雲雀的歌聲從四面八方傳進來。這些天上的歌者，禁不住歡悅的心情，熱烈地唱起這個美好季節的主題曲。擡起頭來，傾聽了幾分鐘，再也忍不住，將書本闔了，走出田野去。

早晡的陽光，一絲絲像金色的琴絃，彈撥出金質的聲音，既耀眼又盈耳。仰頭環望，可見到八隻雲雀，高懸在藍天上；遠處看不見的，仍可聞見牠們的歌聲。田地上，荒野上，各色各樣的草花，或黃，或紅，或白，好像是張着千千萬萬隻的小耳朵，正在傾聽光絃的金音，燦爛的遍開着。眞是一個絢麗的早晡啊！

轉了一個多時辰，晌午回到家，拿開飯鍋蓋，打算煮飯，赫然發現鍋內放着一大碗公香噴噴的油飯。又是那家族孫滿月了啊，不由喜上心頭！趕快拿起箸，大口大口的吃起來，省了一番炊爨之功，反而果飽到一頓美饌。吃過了油飯，採了兩個熟楊桃，三、五口囫圇吞了，再飲下一大碗冷開水，便十分的饜足了。

午間，撿了一節造雞滌剩餘的竹管，做了一支銚鼓，晚上好帶去給新嬰當見面禮。

看看下田的時間到了，夾了一綑麻布袋，提了布袋針和麻絲，逕走往番麥田去。解了牛，放在空田中央讓牠自己吃草。花狗好高的興致，載蹦載跑，領先前行。還沒到番麥田，就聽見嗶嗶剝剝的採摘聲。定睛一看，只見有兩個族姪媳婦，各挽了一個竹籃，在努力揀摘，那一邊的田頭路沿，坐着一個老農，戴着斗笠，啣着長煙斗，悠然地抽着。不是別人，正是失了壯牛的那位族兄，大我足足有二十歲。家裏那一對母子牛早兌了一頭大公牛，這回命兩個兒媳婦來幫我採摘，專坐在路旁，等着我開講。既見有族姪媳婦幫我採，我就筆直的朝他走去。

族兄說田裏的活都做完了，現時大家都閒着沒事兒做。女人做的活，還是該女人去做，讓女人閒着饒舌，男人在一旁穿針補綻，豈有體統？我笑了笑，沒話可說，老家鄉帶來的老傳統，說是不好，也有幾分實在。於是老兄弟天南地北，古往今來的聊了起來。稍停，我見田中田頭的番麥穗越堆越多，起身拿了麻布袋要去裝袋，族兄一把將我拉住，說讓他們兄弟去做，日頭向西就來。我不得不又坐下來，將兩腳垂在路下田上。話題談着談着談到了烏短身上，族兄一直爲這個女兒皺眉。我說既然嫁是嫁不出去，何不贅一個進來？族兄說有誰肯入贅？我說聽說兄嫂外家不是有個啞口也

三十出頭，還未娶，何不先招來做長工，看實際再辦。族兄說有理，面上頓時綻開了長年難得一見的微笑。日頭在丹爐裏由白銀煉成了黃金，染着一絲丹色的時候，三兄弟判過路南的空田來了。三兄弟先跟我問好，就下田埋頭去裝袋去了。有老父在，誰也不便多開口，我也不好多說話。我立起身來說，該駛車過來了。族兄點了點頭，我們便各自回家去。我的車剛在番麥田頭的路段上調好了頭，族兄的車也由路口斡了進來。

番麥袋一袋袋的疊上車去，料停當後，姪輩回去了，太陽也沈落了。族兄拿煙斗指着剛出在西天上的金星說，你呢？我望望眼前這顆獨耀昏曉的大星，無以爲對。

商人說要趕明早集菜場攤販批發，而且顧慮到番麥的新鮮味，指定下午採收，晚上八點正交貨。於是四輛車，日頭剛落定便出發了，晚飯都來不及吃。到潮莊交完貨，已經九點。招另兩個族親，一同去夜市吃一頓飯，那兩個族親捨不得花費，我要請客，他們也不肯，不得已原隊齊歸。

回到家時，見廳門半掩。出門時明明全帶上了，不免納悶。及至進廚房煮食，點了燈，纔見器物零亂滿地，心想一定是花狗闖的。果然，燈火纔點著不到半分鐘，花狗便奔進廚房來了，見了我，哼個不停，一直搖尾，又用鼻尖去觸觸地上的器物。我心裏就明白了：花狗在告訴我，有老鼠在廚房裏翻天覆地，牠進來驅逐，撞翻了的。

「乖！乖！」我拍了拍牠的頭頂，牠就滿意地出去了，只聽見牠向田裏奔突而去。大概家鼠令牠想到野鼠，方纔是特地趕回來跟我解釋的，此時牠要繼續去懲治歹徒。花貓尸位素餐，牠只好越俎代庖，牠愛這個家啊！

這樣看來，這回老鼠來的怕不止一隻，大概還帶女友來了，牠們無顧忌地高聲爭吵；讓花狗聽見了。

洗過、吃過，已到夜分——頭遍雞啼了，沒有一點兒睏意，渴想着看一段書，倒彷彿是初夜的心情。當然這是種錯覺，體內的時鐘被一番冷水浴、一頓熱飯給攪亂了。其所以會攪亂，是我索居田園中，絕無居人的嘈雜聲，初夜和半夜不可區分的恬靜，體內的時鐘便全依據胃蠕動來定時。好罷，隨意興之所之，就看一段罷！隨手取下Carl Hilty的《失眠夜話》來看。此書是作者在長期失眠夜當中寫的，正合長期失眠的人看。我一向不曾失眠過，在初夜看此書，不免諷刺，乾脆白天看，一視同仁。今夜已過了夜分，既然還沒有睏意，拿下來看，似乎是千載難逢最合時宜不過的事了。說是合時宜，事實又不然，纔看了兩節，我的眼睛經歷黑夜的時積，提醒了我的神經中樞以及全身的副交感系統，睏意來了。熄了燈，上了床，不覺呼呼睏著了。其實即使全沒睏意，只要我肯上床，照樣呼呼入睡。我的意識一向沒有欺騙過我的生理。失眠，一方面是出於生理失調，另一方面是由於意識攪亂了生理。

雲雀

十月二十五日

昨晚沒能到南邊爲新嬰賀喜，今日一早便帶了小鈸鼓去。

今日依然是晴日，只到向晚前雲靄起，微陰。

本日番麥只出一車份，仍是族姪媳婦幫我採摘，族姪幫我收袋裝車，晡時之前，便準備停當了。日落前吃飯嫌早，還是空着肚子出車。

一整天沒看到一行書，午夜洗過吃過，壓抑不住，隨手拿了一本，也沒看書名，放在桌上，正好放反了，又未能看見封面，而且又是一套叢書本，很難憑外表，認出是那一本書？就好像加了密蓋的一道點心，正不知是何等手藝？遇到這樣的情景，玩味比品味還更有味，最好是不要打開蓋子來。我把雙手放在書上，閉起了眼睛。窗外一隻小鈴蟲正幽泉般連續細鳴着。我的思緒也涓涓的汩汩而出。近日以來，我一直沈浸在形而上的玄境中，此時思緒爲小鈴蟲幽泉股的細鳴聲誘發，頃刻間如風起潮湧，急忙攤開紙，振筆疾書，待潮落筆頹，已是二遍雞啼，那一本書終於沒有翻過來看過。

十月二十六日

今日稍稍晏起。燕鴴飛過沒叫醒我，意識朦朧中似乎聽見鷩橛，只一、二聲。醒來時是在長眉的憨鳴聲中。只見窗外已大白，從臥房的北窗望出去，見四隻長眉鳥正在木棉樹上遲緩的換枝；有一隻用牠的彎嘴鉤住樹皮上的錐狀刺，掛在那裏搖着，看來宛似一隻鸚鵡；另三隻也一樣的在樹皮上樹枝上漫爬着；大概是先前黃昏時見到的那四隻。醒來第一耳是這深林聲，第一眼是這深林影，我的心情好得不能再好。我輕快地載蹦載跳跳出了房外，三、五步已出了大庭，很想凌空翻個觔斗，可惜自己一向不會學會這一手體能運動。花貓不知何時來到我的腳邊，在我的小腿上擦嘴鬚，還筆直的將牠的長尾向天舉起，且盡力顫抖着。牠這分明是要撒尿的姿勢，我急忙大步跳開。花貓嚇了一跳，逃到楊桃樹下，瞪着大眼直看我——我想牠的尿大概又吞回肚子裏去了。可巧大公雞正在那兒，只見牠鼓起羽毛，向前一啄，正啄在花貓的臀後。花貓頭也沒回，急急的逃到桂花樹外的空地上去了。

這三天來都被四面八方傳來的雲雀歌聲引出了門外。這樣明麗的天光，這樣輕快的天樂，誰還坐得住在書桌前看書呢？像這樣的日子，只有午後有雲氣的時候纔有可

能待在屋子裏。而有雲氣時也很美，會誘人走向田野或荒原。倒寧願田裏有活兒做，好投身在外面。上午是沒事兒做的，站在麻黃樹下，向東看山、看森林、看荒原，向西看田園。不論看那一邊，都是一色澄藍的天展開着，眞有這樣不可思議的天色、陽光、大地？除非是一種特殊的水晶或什麼寶玉，怎可能鑄造成這樣晶瑩發亮的奇境？連空氣都是一種輕質的水晶做的。這裏的任一樣東西，只要輕微的敲擊一下，就會發出清脆的琤琮聲，無怪四處是雲雀佩玉般的歌音。氣溫也是宜人的，中午最高大概不超出二十五度，陽光照在身上，開始略微有了冬季暖撫之感。空氣中，隨着太陽的高起，越發散出各種青草味：有香的、有甜的、有苦的，就是沒有臭的。若是採一片土菸葉或原蒿葉挼一挼，就可聞到難堪的奇臭，但是自然的散發是沒有的。白頭翁在土菸上津津有味地吃着黃色的熟果，看牠一頭年輕的白髮，只能說牠戴了一頂最時式的白絨帽，因爲牠是矯健的、敏捷的、快樂的，牠絕不像個老翁。到處是蜂兒在忙碌着，各色的蝴蝶總在草尖上翩來翻去。雲雀之外，還有藍磯鶇的淺唱，有青苔鳥成羣來去時的細鳴，有烏嘴鵊浮沈飛過時發出的斷續單音，有藍鶲的漂掠拍羽聲與輝輝的鳴聲，有麻雀的交語——這些麻雀有時竟發出一些異鳥音，教人張目傾耳。

站在這樣的情景中，連人都成了玉質的了，要不是這一向不曾學習過聲樂，若我眞的膽敢引吭歌唱，將唱出世界上最美的男音無疑。

更奇異的景致，我所站立的這條南北向的路，小溪再過去約一箭外東西向的路，和竹蔀以西的路，一直不曾見有任何人畜行走的蹤影，車輛更無論了。連路都只單純的成了這片翡翠也似的大地的紋理，在靜靜反映着陽光的移轉，你說這片田野本身，那東邊的整條山嶺，以及覆蓋在這一切之上的天空，更是怎樣的光耀難擬了。

像這樣的境地，一個人一生中眞能寓身一分鐘，則活着便很値得了，何況整天居止其間，且持續至半年之久，這是怎樣的幸福無比啊！

十月二十七日

桂花開了幾日，不知幾時又歇了。早晨走出庭，忽憶起桂花香，這纔覺察到幾許的花又盡了。眞正桂花信，要到十一月初十以後，那時全樹沒一處不著花，比天上的星星還多，這樣的旺盛花期，要直開到明年三月底纔歇。這回的小花期，顯明的是大花期的一個序引罷了。

翻出些許熟肥，給埋在桂花樹下，又擔了幾擔水給沃透了。只怕花信盛至，土裏的肥力不繼。既經爲桂花樹沃水，庭內桂花樹旁的草似乎睁眼看着——庭外的草，我力有不贍——，這庭內的草，若不給滴水，就不免太現實太功利了。於是又擔了幾桶，沃了庭中草。其實這草正如田裏的稼穡，只要給一分，必定還你一分。給莊稼施肥灌溉，自然是有收穫的。給草施肥沃水，也一樣會給你收穫；沃一桶水有一桶水的收穫，沃兩桶有兩桶的收穫，除了青翠可人的草葉可看外，蝶舞鳥語是草莊稼的上等收成。鄉村有自然生長的草木，或者容易忽視這項事實。住在都市的人，若有容許植木留草之地，只要盡量留植，一年到頭，總有源源不斷的應量收穫。只要有草木，在人煙最稠密之處，我還見過五種鳥：麻雀、青苔鳥、白頭翁、斑鳩、藍磯鶇——燕子不計；

蝴蝶的種類當然更多些。你不斷絕自然，自然就不斷絕你。

今天下午還是輪不到我自己採摘番麥，但我不待採足就自己裝了袋，算是頭一次下了田。明天這家族親輪到出番麥，我一再叮嚀族姪婦千萬不要再撥出人手過來，可是她們說，她們之中還是要撥出一個過來。出一車份，一個下午用不到兩個人手，有一個來，我又沒份兒了。

初夜出車，都有一顆大金星和一彎新月在西天照耀着，眞寫意！若每晚永遠有這樣的景致，我願意天天都出車！回來時，車剛剪過小溪北外的路，就看見田野中到處有炬火。放了牛草，給花狗餵了冷飯，早忘記了飢餓，趕忙到南邊去。原來是村南靠邊一家族親有一個六歲的女兒不見了，全村的人都急得舉了炬火到處找。這家族親戶主是我的姪輩，幾年前剛從老家鄉遷來。下午全家下了番麥田，留了小女兒在家煮晚飯。族姪逕自番麥田出車，方纔還一齊歸來，那知出了事？我急急打了炬火，也走了出去。走到村南路口，望向南面黑漆漆的溪原，又望望東南面的傀儡山——只見着一處獵火，不由打了個寒噤，敢不會是被山地人擄去了？這條路上，時而可見到黥面刺手的山地人通過，據說他們很喜歡養個平地女兒。

舞弄到四更天，全無消息，大家不得不各自回家安息。待吃過飯，已是四更末，躺下來不覺呼呼入睡了。

十月二十八日

一覺醒來，已日出三竿，滿室內正廻盪着雲雀的歌聲。草草洗了面，急忙趕到南邊去。剛到那邊，族親們就告訴我找著了。說是天將明之前，家人聽見臥房壁後有小孩的微弱啜泣聲，趕緊出去查看，又未見什麼，再仔細聽，發現啜泣聲是從堆在簷下的柴薪和草綑間發出來的，趕緊挪開了草綑，小女孩竟就蜷縮在那兒。大人們莫不覺得奇怪，一個小女孩怎會自己躲入草綑內，再從外面將草綑一層層疊得好好兒的？問她因何在草綑中？小女孩說，向晚時她剛煮好了番薯簽飯，滅了竈裏的火，還未回頭，忽被一個大黑物捉住了手臂。那大黑物手腳比任何大人都長大，生滿了長黑毛，一個勁兒將她往後拖，後來她就失神了。醒來時，看見一片漆黑，又只聽見蟲聲，不聞人語，害怕極了，又不敢大聲哭，只小聲抽泣着。這就奇了，說是那兒走出一隻大獼猴或狗熊，將女孩藏在柴草中做什麼？依照習俗傳說，山林田野間，隨處都可能遇見魑魅魍魎，這些魑魅魍魎並不害人，但喜歡惡作劇，不論小孩大人遇著，定要被作弄一番。牠們往往以蚱蜢、牛屎待客，塞得你滿嘴。運氣好，像這個女孩，給藏在屋後壁下柴草堆中，讓大人們乾著急，舞弄到三更半夜去找，牠在一旁得意地笑了；運

氣不好，將人迷到幾舖路外的別鄉，或竟迷入山林裏，有時候竟就有意外。

現代讀書人當然沒法兒相信這些魑魅魍魎，但像這件事情，又難得找出合理的解釋。我則寧願相信有魑魅魍魎。讀荷馬的《依利亞特》我們很容易發現那並不是一場公平的戰爭，諸神動手腳動得太厲害。這些諸神在後來的基督教便歸入天使之類，不然便歸入撒旦的黨徒。偶爾可聽見某地出了聖泉，治癒聾聵殘廢，萬人空巷，老遠爭着去盛聖水。時而也可聽見有某些奇蹟。這在多神教則視爲諸神的顯蹟，在基督教則視爲上帝的顯蹟，這裏是多神教得其正。造物主在造物以內，一共有三種創造：物質是第一創造，靈魂是第二創造，諸神是第三創造。在造物以內，這三種創造都是不滅的，故物質不滅，靈魂不滅，諸神也不滅。諸神原是爲着佐助靈魂所顯現的本能之不足而設，故當人智大開以後，諸神也逐漸退位了。魑魅魍魎是諸神中的小淘氣，當然也隨着人智之大開而退位。雖說退位，並非絕對的退，祂們說不定在何時又可能復位；當然這是另一個待研究的問題。至於上帝，即造物主，自創造完成以後，就不再干預，故一場海嘯吞沒三十萬人，造物主根本不能與知，也不與知；龐培城一夜之間埋在火山爆發物之下，祂也不能與知；人類動輒百萬大軍廝殺，祂也不與知；即使現代人類果眞由少數野心家發動核子戰爭，將地球整個毀了，祂也不會與知的。故老子說：天地不仁，以萬物爲芻狗。在造物以內，憑人類的眼目去看，憑理性去推求，一

清二楚；一出造物之外，包括造物主本身，這就非人類的眼目看得見，非理性可得而推求的了。那裏是絕對的無理，徹底的迷惘。當然，實在只存在於造物以內，目的也只存在於造物以內。原始的多神教算是獨得其旨，永遠糾纏着現世利益，不失諸神佐貳的本意。

米甕空了，今日舂了一臼應急，待番麥出完，再舂幾斗盛滿。上回是八月中旬舂的，糝着番薯吃，吃得省。此時沒有番薯了，全吃米，沒多少天就掏空了甕底。南邊族親，除了有病或有客，只有年夜纔吃米飯，平時有生番薯吃生番薯簽煮的飯，沒有生番薯就吃番薯簽干飯。下個月是曝番薯簽干月，家家各躉有一大船肚畚。我自幼不曾吃過番薯簽干，父母親疼着我們兄弟倆兒，沒有生番薯就全吃米，遂養成了習慣。每回到南邊，見着族親吃番薯簽干飯，喉管就覺得難過。族親們米是自街上糴，我則自種，且堅持自舂。電力輾米廠不要多少時間就可輾一石，夠我吃幾個月，可是我還是主張自舂。凡人生必需品，千萬不能依賴外力，外力不可久恃，像電力輾米必要有電，若一旦失電，豈不挨餓？一國農耕若捨棄了牛馬，這一國就陷在危機中了。若一國的糧食仰給外國，則情形更糟。都市的自來水，問題最大，一旦失電，頃刻乏絕。現代國民，自飲食熱力，全在政府操縱控制之下，尤其大都會數百萬乃至千萬以上的

人口，連出入通道都受着管制，這確是專制政治、獨裁政治、軍閥政治、財閥政治的絕好溫床，人民個個成了工蟻，從空中俯瞰，可見到滿窩裏黑壓壓地爬着。這是我拒絕現代文明的理由，我不願意受到政治的壓搾、經濟的壓搾。人們只要聰明一點兒，不盲目被生育本能驅使，不看資本家的廣告，節制奴役自己的無謂慾望，不愚蠢到去信仰民族主義、國家主義，堅持自我的尊嚴，科學就能獲得正當運用，現代文明就值得歌頌了。

〔音注〕

緼：臺音ㄧㄣ或ㄨㄣ。將一把乾葉，頭尾向中折打成綑，叫草緼。

船肚畚：農家貯存穀物之器，編竹而成，塗以泥，高五尺，長約一丈，形狀如船。

十月二十九日

在前面的日記裏曾經講到，農人是野地生物之一，不該從野地生物裏單獨提出來。這話乍聽有似在貶抑農人的地位，不把他當優等生物的人類看待。也許這樣說是貶抑了農人的地位，但他們是野地生物卻是事實。野地生物的共同特徵是，忙忙碌碌只爲緜延子孫，此外再沒有什麼企求。當然這是生物生與死之大對決，生物是拿延續生命來戰勝死亡，通常牠們都是戰勝者，使得這世界上只有生、有始、有出，而沒有死、沒有終、沒有入。農人恰恰是如此。農人的一生除了拚命生育子女，養育子女，他們自己可以說是沒有生活的。若問起這樣的人生有何意義，確是沒有意義。人類，一個眞正的人，除了緜延種族之外，應該還有個體生存的意義，不論這個個體採取的是何種方式的意義，名也罷，利也罷，酒色也罷，權位也罷，總是個體的生活，不一定就要是求道的、求仁的，或是審美的觀照、認知的饜足。而這一切，農人都是沒有的，他們將一生奉獻在生命的鎖鏈上，只做個單純的鏈目而已。然而只要這條生命的鎖鏈不斷絕，或十代之下，或百代之下，總有一天，這鎖鏈上若冒出具有嚴肅意義的一目，整條鎖鏈的意義就全都朗化了。故有時候我倒覺得頭腦遠不如生殖器官，理智

遠不如本能，人算總不如天算。雖說單就個體而言，農人勞碌終身，看似無意義，但是要在實際的人生類型中找一個類型，包含像農人這樣多的美德與幸福的，卻還是找不到。以南邊族親為例來說，他們相親相愛，守望相助，清心寡慾，樸質得像一截木頭、一塊石頭、一頭牛。他們守着他們的田地，絕少憂煩。問他們可曾做夢？大概一生裏做不到三次，最多抵了他們一生中三次大喜：娶了妻室，生了男兒，完了小兒女的婚嫁。農人的生活實在是足可欣羡的，他們和大自然和一切存有打成一片，不孤立，不對立，就連魑魅魍魎也會偶爾跟他們作作謔。他們信仰諸神，也信仰上帝。上帝存在於牠的創造中，無時無刻，隨處隨地，跟農人在一起，日照、雨露，乃至風霜、蟊賊，生之殺之，永遠維持着一個安定的常數。而諸神是他們的守護者，也是他們的醫療者——雖然其醫術並不很高明，因為諸神對於世間智識，還是跟人類學習得來。牛為他們輸力，狗為他們守戶，雞為他們報時，貓為他們治鼠。他們「不識不知，順帝（上帝）之則」，比起其他野地生物，總還算尊貴一等。他們就這樣，在野地裏過着他們完全均衡的自然生活，一代傳一代，以至於無窮。

在這個季節裏，就是有雲，也難得把日遮了。上半晡過後，漸近晌午，看着起雲了，卻仍未起成。這一季裏，雲只能氤氳到成氣，而沒法兒到成形，陽光一樣的透

過雲氣輝耀地照下地來；雲氣最厚時，陽光不過顯得薄些而已，好像秋陽偶然瞌了半個眼瞼兒，在追憶些太古的往事罷了。眞正雲氣厚些，我倒十分喜歡。稀薄的雲氣，令我有些微懊惱，往往造成太陽所在的半邊天變成熾白，而另半邊則成爲褪了色的慘藍，教人強烈地渴望那澄澈的淨藍——那是多麼令人覺着明眸善睞的愉悅啊！

今日換了另一家的族姪婦來，我還是沒機會下田。族親們說，只要他們空閒着，就沒有讓我下田之理。往年番薯、番麥各家自收自賣，難得同時遇着農閒，這回整批的發賣，空閒的人手可多着，我只好放棄了我的權利了。

出車時上弦月偏南正對中——今日是初八，回家時已向西而低。吃過飯，在子夜雞啼聲中走出庭外消消飯氣，月正在沈落，紅紅的，像剖半的落日，一個嚴整的半圓，圓弧精確的垂直向下沒入，橫剖的直徑面先是與地平線平行，終至合成一線，天於是立時暗了下來，星點兀的浮出了幾百千粒，確是奇景。

有一件奇異的天象，人們大概很少注意到。通常新月與滿月的落地點是相去有一大段距離的。以本月爲例，二十二天前，即本月八日，拂曉前滿月落，早起的人一定看見它是落入八月中下旬時的日落處——在現時日落處之遠北；而五天前，即本月二十四日，黃昏時見初三新月卻出在遠遠的南天，初晚時落入十一、二月之交的日落

處——在現時日落處的遠南。見了這個現象的人，一定大吃一驚，不敢相信自己的眼睛，末了是不敢相信自己的記憶；可是再看過初四、初五、初六、初七，發現月軌逐日北移，到今日初八已北移到與日同軌，同一落點，從而可推知一週後的既望日（舊曆十六）拂曉前，滿月定落在現時日落點的遠北。新月與滿月的落地點，南北大約相去有黃道的半幅寬，即約二十四度。

〔音注〕

蝥賊：蝥也寫做蟊，音謀或矛。蝥賊是農作物害蟲。食根叫蝥，食節叫賊。

十月三十日

許久沒有做夢了，天將曙時做了一場夢。夢境有似一齣災難電影，一開片分明身在南邊的溪中，手裏拿着一塊臺灣石圖，那情景彷彿是九月二十七日撿石圖的鏡頭，在潛意識裏被剪接在這場夢的開場上。九月二十七日撿到石圖時，我是十分興奮地捧着它，在夢裏卻是另一種表情，我正凝重地注視着它。我所以凝重地注視它，是我清清楚楚看見石圖面是個活境，縱貫山脈眞有千年古木到處點綴着，只是絕大部分山坡都是光禿禿的；而山谷間也眞的有細條的流水蜿蜒地流着。但是正觀看間，發現山谷的流水一下子暴漲了起來，我見太母山麓的洪水滾滾而下，僅一彈指的工夫，已沖出了谷口，下意識裏不由大吃一驚，急忙擡頭向上游的溪面看去，果見山洪已奔騰而至，竟然沒有半點兒聲音。但一經看見，便聽見雷霆般的吼聲隨着洪流淹襲過來。正要拔腿走避，洪水早已淹至，一霎時間，被沖走了約四十弓遠，腳底下儘是滾動着的大石，兩腳早已被碰撞成殘廢，忽覺得前胸撞着了一塊巨石，雖撞着並不覺得痛，於是急急伸手攀住巨石，將全身提了上去。待爬上了巨石，纔見着溪面上漂着無數的人，洪吼中雜着無數哀號，情狀實在驚心動魄。只聽見有人高聲喊着：「大家站起來，跟

洪水頂鬪！」一下子眾人都站穩了腳，我也不知在何時溜了下去，站在水裏——兩腳似乎復元了。在下一瞬間，洪水被頂住不流了。不多時，水漸漸消滅，終於全被吸進地底下去了。但溪床上露出來的並不是砂石，而是五光十彩的晶體，定睛看時，發現整條溪床鋪滿了碎金、水晶及各種色澤的寶石。眾人齊聲歡呼，我不相信自己的眼睛，想探手去拿，發現手裏還好好兒捧着臺灣石圖。正在此時，那隻刺竹蔀上的伯勞，出了宿，一路喈喈地鳴着，一逕停在老楊桃樹上大聲嚷着，我的意識便在伯勞由遠而近的鳴聲中，從下層浮到上層，終於醒了。一醒來，纔覺得冷，原來蓋在胸腹上的被角溜到腰脇下去了，而就寢前又忘了將北窗關小些，怪不得做了這場奇夢。只要那被角不溜，或是有人替我將被角再蓋上去，就可免了這場夢中洪水了。問題似乎就是這麼簡單，世上的眞實災禍莫不可做如是觀，一場洪水繫於一塊被角。

好幾日沒有讀書了，午前貪看晴光，中午總得補綻麻布袋，午後下田雖沒有我的份兒，卻也不好意思帶着書，坐在田頭看；人家正爲自己忙着，豈可失禮？出車回來又太晚了，實在沒看書的時間，覺着百般的不對勁兒。今天午後偷看了幾分鐘，是一本日本人寫的談禪書，無非講些公案。佛書我極少有；我就是不喜歡，也許我是孔孟的信徒，思想上最感到格格不入的，莫過於佛理。禪，那裏是佛學？天下間倒有一樁

公案一向被沈霾着，將來或許到了老年，成了學究，我會寫出來。這門公案，可名爲楊學公案，那就是天下間第一個發現自我的人是楊朱，後來楊朱變名爲莊周，人們就不記得楊朱了，於是世間便只有莊學，再沒有楊學。莊學在魏晉間大行其道之後，又變名了，那就是禪學，於是世間又只有禪學而不再有莊學。其實，兩千年來只有一個自我哲學，因爲自我是人人自己，故這門學問一直風靡思想界——不論它用什麼名稱，都一樣的風靡。但由楊變莊，是單純的變名；由莊變禪，卻非單純的變名，而是篡奪。這使得莊子書自唐以來被埋沒，罕有人問津。這一點教人不平。其實禪學並未得莊學眞髓，它接的是魏晉人所理解的那一條理路，全在播弄光景，只是自欺欺人，不能有眞受用。

番麥再出兩天可以出完。

半夜雞啼時，打開書來做初夜讀。人一定要心靈在單獨的狀況中纔能有悟，悟與不悟，等於開眼與未開眼。一開眼，萬象森然，盡入眼裏；不開眼，一片漆黑，一物不見。直讀到二遍雞啼纔上床，反正一睡睡到天大明，沒人吵沒人叫，至多幾聲燕鴴，幾聲伯勞，幾聲白頭翁或麻雀，那只有加深我的酣睡。柳永詞：明朝酒醒何處？楊柳岸，曉風殘月。套用他的句子：明朝睡醒何時？天鷚唱，日高秋闊。

〔音注〕

播弄光景：景讀如影。

天鷚：即雲雀。鷚音餾。

晚秋篇

十一月一日

曚朧中聽見窗外有人高聲喊：「起(ㄎㄧˋ)呀！起呀！」以爲南邊那位族兄來找，睜開眼，纔知道不是人聲，分明那是停在老楊桃樹梢上的一隻畫眉。一骨碌跳下床來，畫眉還一直「起呀！起呀！」高叫着。「起來啦！起來啦！」我在窗內回答牠說。「起呀！起呀！」畫眉仍舊高聲叫着。好嘹亮的鳴聲喲！好大的嗓門！走到廳中看壁鐘，居然是七點十分，日頭雖未及三竿高，一竿半總已有。打開廳門，不敢走出去，惟恐牠飛了。坐在書房裏聽，不多時，牠換到木棉樹那邊去了。走出庭來，晨曦顯得薄弱，彷彿朝日還未曾睡醒似的，只半張着惺忪的眼瞼；這光影下卻是另一種景色。不多久，畫眉又換到木麻黃列樹這邊來了，還一直高叫着：「起呀！起呀！」怪牠今天不唱歌，只叫人起呀起呀！一整個早上都是牠的叫聲。我猜牠是見我這許久來廳門都一例晏開，今天牠忍不住了，特地來給我叫一個早上。後天起，就恢復往常的作息了，那有那麼多番麥收成，教我成了一個長年晏起者？

上午在木麻黃列樹下舂了半斗米。

傍晚番麥裝袋時，看見路南番麥田中，族姪們在薰鼠穴。聽見他們薰出野鼠來，

人狗一齊呼叫追逐着。遠遠的看着聽着，不覺技癢。只怪手中正趕着工，不能分身。裝載好後，即時起程。也不曉得他們有無得手，捉到幾隻？

上午日色本就弱，一過午天就濃陰，氣溫又下降了。濃陰下微寒中的田園，有種靜穆的風味，這也是我的一好。田園的各種風貌，幾乎盡爲我所好，我的所好實在多，因此我酷愛田園。像今日這種天氣，暮色起得較平時早，而且較持久，裝袋時，暮靄早已蒼蒼然自地面昇到腰際，將這一片田園罩遍，番麥稈一枝枝伸出在靄面上；族姪們一忽兒直起身來伸出靄面，一忽

畫眉

兒彎下腰去沈入靄層裏；兒童們只見着頭，忽出忽沒。趕車出去時，不免頻頻顧望這幅親切、依戀的情景。

回家來，點著了廚房裏的燈，掀開飯鍋蓋，一股麻油香撲鼻竄來。湊近一看，是四塊全後腿鼠肉。你說這是那一家端來的？誰曉得！總之，是我的好族親不會錯！

上午在木麻黃樹陰下舂了半斗米。

昨日濃陰了一個下午和一個夜晚，今天又是個大晴日。一個快活人，或許因爲聽了一段悲慘的故事，愁悶了一晚，但當第二天一覺醒來，看見燦爛的朝日向着他微笑，他就忘記了那段故事，又恢復他平日的快活了。也許昨日來到的冷氣團，給南國的天空講述了一個北國悲愁的故事，令它感動得那樣憂鬱，可是今早一醒來，它就又開心地微笑着了。

這深秋大晴日裏的顏色、聲音、氣味、氣溫調配得這樣好，我的內心，從視、聽、嗅、觸四覺匯得一個這樣愜意的感印。我懷疑世上果眞有仙，會在那裏呢？在山中嗎？在深林裏嗎？不，若世上有仙，仙就在這裏，我就是仙啊！我臼裏擣的是滋身養體的至品。那銀合歡的熟莢不時發出清脆的迸裂聲，將它的熟果彈進臼裏，我得停下來拈出，拿在手裏看，那正是我丹爐下無盡的火種啊！我的那隻大公雞，每當見我搬出了杵臼，總是跟在臼旁，啄食跳出臼外的落米，每隔一段時間，就昂昂然擡起頭，喔喔地長啼，就近在我的腳邊，那啼聲直把我的臟腑都震透，教我的血脈無限的

通暢，牠就是我的仙禽啊！此外，我還有一頭仙牛呢！甚至於還有仙犬仙貓呢！而我身後的木麻黃便是一整排仙樹，眼前所見的綠物是種類繁多的仙草，這裏不是仙境是什麼呢？

一隻雲雀在小溪北昇起，那水晶般的歌聲也隨着從地面昇起，向四面輻散。牠那翅葉頻數搧動着，若不是牠穩定斜昇，看來極像一隻黑蝴蝶。牠越昇越偏南，好像被輕微的北風推移了似的，終於偏到了平屋的正上方。平屋默默的坐着，映着秋陽，好像帶着笑意；這雲雀當頭的快樂歌唱，它好像感到十分滿足。我拄着杵仰頭觀看，大公雞沒有跳落的米撿食了，也側起一邊的臉來，眨着牠的圓眼珠兒望着。我想大公雞必定誤認那是一隻會唱歌的蝴蝶，若非飛得高，也許難免牠的追啄。雲雀越唱越起勁兒，方纔分明是唱的大地之歌，把大地的歌聲輻散上天庭；此時牠唱的該是長天之曲，將上蒼的祝福播落人間。在那樣高的地方不斷有美音播落，聽着聽着不由感激起來。

今年的莊稼今天總算全部收成完畢。

子夜雞啼時沒有做初夜讀，我靜靜地在庭外佇立着諦聽，有無限的留戀。這多天來，托着趕車的福，夜夜靜聽着這絕對時刻的絕對啼聲，令人沈思，令人低徊，一種獨醒的感覺，對着這片萬有。明夜，我再也沒有理由待到此時來聽雞啼聲了，農人理應早睡早起。

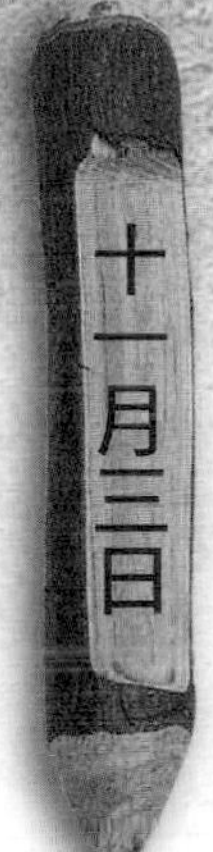

番麥穗既已摘完，番麥稈須趁青砍倒，次在畝底，翻土覆蓋，使其腐朽。吃過早飯，拿了把鐮刀下番麥田去。朝日徹照，看來又是個大晴日。剛由北而南砍了一壠，再回頭由南而北砍不到半壠，便聽見路南傳來男童的哇叫聲。回頭看，只見十幾個大大小小的男童手中各拿了一把鐮刀，正望番麥田撲來。大概是我砍到南端時被其中幾個看見了，一聲招呼各奔回家去，取了鐮刀回頭奔來。霎時間，孩子們跳進了田頭，一陣卡察卡察窸窸索索響，番麥稈便一根根被砍倒了。我急忙趕過去看，生怕他們又爭鋒。孩子們見到我，擡頭笑着說他們要比賽，看誰砍得快，先到那一頭。有幾個小的，氣力小，連砍兩刀纔砍得斷。這塊番麥田南北幅並不很寬，東西幅更長些。我剛砍完第二壠，那大些的幾個孩子早追趕上來，也快到北端了。其中領先的一個喊着，要我當裁判，錄取前三名。他們過溪到餉潭看過運動會，也許曾經到過潮州看過，纔曉得競技場上錄名次的玩藝兒。我一時真懊悔，平時沒有買點糖果在家，既然錄名次就該有獎品。第一回名次錄出，那小的只砍到半壠，在田中央嚷着說不公平，說番麥稈比他們的手臂粗，高出他們頭頂一倍多長。大的孩子不得不讓步，說第二回他們就只砍

剩餘的半壠。於是那些小的哇的一聲，高興的跳到北端來。孩子們要我發號令，我揮刀，砍斷那小的其中之一的第一株，第二回的比賽就這樣開始了。見着孩子們將工作當遊戲來從事，生龍活虎般活潑，心裏有無限的歡喜。趁着他們競第二回，我走回家找出所能找到的鉛筆，全枝的、半枝的、剩頭的，總共找到九枝。回到田裏，他們大部分已砍到半壠。等第二回競畢，我把那些長短不一的筆分給他們，一共十二個，還差三枝。我說我去潮州回來，每人再各送一枝新的。孩子們接了鉛筆，不論新舊長短，都珍惜地摩挲着：那三個沒得到筆的孩子，也從別人手裏拿過去仔細地看，流露出十分珍羨的目光。他們珍撫了一陣子鉛筆之後，一個孩子喊着：「我有了筆，我要學寫字！」其他孩子也應和着。「你們要學寫字很好，叔公教你們。」「哇！太好了！」「可要每天都寫喲！」「一定寫！」「什麼時候來？」「吃過午飯就來！」「好，明天起！」孩子們把鉛筆往腰後褲頭上一插，又要競第三回。我叫他們到別處去玩，他們不肯，別處沒有這裏好玩。晚秋的陽光雖然和煦，他們這樣猛烈的競賽，我總有些不放心，怕他們傷暑。可是仔細觀看，他們的確還未出多少汗。一個人有無耐力，端看心跳和出汗。這些孩子承襲父祖們優良的體魄，不用身體檢查，都是心跳慢，出汗少的。一般農人，脈搏一分鐘大概在六十下左右，平時工作甚少出汗，要逼出他們大量流汗，一定要在大太陽直射之下。《依利亞特》的驍將們，沒有一個不是脈搏六十，出汗甚少的。我告訴孩子們，只許再競這一次，競完就停了。他們答應了，說這一次競完，下午再來。

孩子們競完了第三次，大約砍掉了全番麥稈的四分之一。他們歡呼着，到別處去了。我回家洗過手面，穿了鞋，趁着午間，騎了腳踏車到潮莊去。午飯在潮莊一間食堂裏吃，放開懷痛痛快快吃了一頓好海鮮。一共買了兩打鉛筆、兩打橡皮擦、二十本寫字簿，另加寫生板十六塊。

回到家，孩子們已經下田，他們換了比賽方式，一對手兩頭包抄，一個大的配一個小的。我沒事兒做，牽出了牛哥在一邊蹓犂覆土。向晚前硬叫他們停了工，分給他們鉛筆、橡皮擦和簿子，他們蹦着、跳着、呼嘯着走了。

孩子們走後，我放了牛哥自己去吃草，接下去砍伐。直到不見人面纔停工，還剩有約二十壠。

許多天沒得初夜從容讀書了。洗過、吃過，點着了書桌上的燈，坐下來打開了書，多好的精神哪！聽見壁角一隻竈雞切切鳴着，不過十天罷了，覺得彷彿契闊經年了似的。

十點半鐘響前，熄了燈，上了床。連那隻鼠兄也自今夜起，恢復我們往常的接班時刻，此時牠已從瓦溝裏奔進來，卡得瓦片卡卡響。

夜安，田園裏的一切，

夜安！

〔音注〕

次：音肆，套或墊的意思。

黃尾鴝

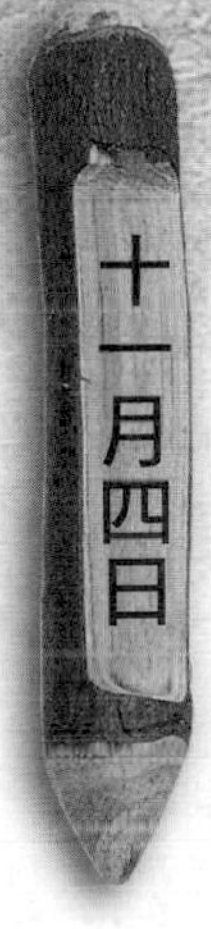

在曙色甫伸中下田，砍了二壠番麥稈，天色早已大明。正待轉身砍第三壠，孩子們自南邊奔來了。孩子們到了田頭時，派了兩個小的到北邊來。兩個小的來到我的跟前，叫聲「叔公早」便說他們今天增加了五個，是昨日放牛，失了競賽的機會，今天趁出去放牛之前，來較量較量；他們兩個跟另兩個小的各包一壠。說完，一個佔了靠邊的一壠，一個佔了第二壠，兩人互看了一眼，齊聲高喊「到啦」，俯身便砍，那邊聽見了也一齊揮刀。我又沒事兒做了，回去牽出了赤牛哥讓牠自己吃草。第一回競賽，新加入的五個當中的一個得了第二。番麥稈只剩四壠，四個較大的孩子要各佔一壠賽第二回，其他孩子不肯，不得已另加了四個，總共八個。兩個腳力相等的孩子，各由南北端同時向田中央盡力奔跑，兩人相遇之處定做中點，插下一根修去包葉的番麥光稈當準標劃了一條線。孩子們要我發號令，我撿了一根截尾稈，像擲標槍一般向田中央高高擲去，兩頭的人望着標稈落下，聽見著地聲時，開始揮刀。其餘九個各散在兩邊加油，與賽者固然急，旁觀者更急，眞是熱鬧。我趁着他們聚精會神競賽的當兒，回家拿了五枝筆五本寫字簿。往回走時，朝日正從山後探出頭來，霎時照得整片田野

都鍍了一層金，孩子們一個個耀着金光，爍爍的閃動着。我到達時，八個孩子正攻到中點，第一個跟第八個相差不到三桿。要定名次可就難了，不止八個與賽者爭論着，旁觀的九個也爭論着。最後還是由我評定：兩個第一，四個第二，兩個第三。

將筆和簿子給了另五個孩子，五個孩子歡喜得狂跳。約好午飯後來上第一天課，孩子們哇的一聲奔回南邊去了。這些孩子眞是高桿，他們遊戲是眞呢？是假呢？不論是眞是假，他們來助我卻是眞的。我想若人世上的大人們助人時都能有孩子們這樣漂亮的出桿，這個人世會更美麗更幸福。

孩子們走後，我接下去做昨日的覆土工作。不到十點半就收了工，不是趕什麼節氣，自可從從容容地來，好讓赤牛哥輕鬆些，免於無端熬午日——其實即使到了中午，陽光也不怎樣熱烈。

剛放下飯碗，就聽見孩子們自空田那邊奔過來。我叫他們到木麻黃列樹下去，隨後我提了寫生板和先前家裏用來記備忘的小黑板、黑板擦、粉筆去。找了樹幹上一個突出的目，將小黑板掛好。日正斜中，日光經木麻黃好幾層枝條細葉的攔遮，到得地面的極稀薄，樹下相當蔭涼。加以微風從北面吹來，雖是中午，又兼飯後，也覺着十分的涼爽。發了寫生板，差兩塊，原本就少一塊，又增加了一個。只怪昨日不多買幾塊。不得已，將就着，叫那兩個到屋後各取了兩塊瓦片代用。我問還有人要來沒有？

孩子們說大概沒有了。給了新到的那個孩子筆和簿子，於是開始了我們的第一節課。我在黑板上四平八穩地寫了一個「一」字，我問這個字是啥？孩子們說是一。漢字妙就妙在此，竟有不少字是自明的。我叫他們寫寫看。約費了半分鐘的工夫纔寫齊。一個個看過，我說不行，沒有一個寫得像的，有的寫得像扁擔，有的像笤擔，有的像曬衣服的長竿。我說這「一」字是一切漢字的基礎，這一筆寫不好，此後千千萬萬的字就全寫不好了。一定要寫得跟黑板上的一樣四平八穩纔行。於是孩子又低頭寫第二遍，這一次約一分鐘工夫纔寫齊。我又一個個看，還是沒寫好。我搖頭笑了，孩子們也笑了。我叫他們仔細對一對，看看他們寫的跟黑板上寫的一樣不一樣？孩子們仔細對覆着，都說不一樣。我問那裏不一樣？他們說起筆停筆和中間拖筆都不一樣。我又叫他們再寫一遍，寫完後自己再對一對，他們說還是差得很遠。我說難不難？孩子們齊說難，說着搖頭相視而笑。我說家裏父祖犂田，犂轍直不直？孩子們說直。我問他們，若他們自己下田，可能犂得直？孩子們滑稽地笑了，齊說不直。我問爲什麼？孩子們說要下過一番苦工夫纔行。我說是的，天下間的事，沒有一樣是不下苦工夫做得成功的。於是我教他們下筆運筆收筆的方法。孩子們又寫了幾遍。我說要一天裏將犂轍犂直了，能不能？孩子們說不能。我說是的，若叔公今天就要你們個個將「一」字寫好，叔公就太不講理了。孩子們都笑了，說他們要盡力學習。於是我再教他們寫

「二」字「三」字，叫他們注意字劃的長短比例、左右對稱、上下間隔，最要緊的是將簿子拿起來垂直對着地面，每一劃都要跟地面平行。一個字就像一張桌子，一間屋子，要在地面上立得穩纔行。孩子們很快就領略到個中道理，抱着很高的興致。

一天學三個字儘夠了，末了給講了孔子的生平大略。孩子們將黑板、黑板擦和寫生板放好，就放了學。那兩個用瓦片當墊板的孩子說家裏可找到舊木板，這事也就解決了。

午後天又陰了，不是有雲，只是一層不甚厚的雲氣。

下午又下田覆土。不多時，看見家裏有個陌生人背着一個大包袱，在庭前徘徊。我提高嗓門呼喊，讓他知道屋主正在田裏；花狗即刻奔了回去。那陌生人聽見了，果然向番麥空田走來。待他走近，乃是個極端矮小瘦細的人，大約有三十五歲，我停了牛問他找誰。陌生人木木訥訥半晌說不出一句話來。我倒懷疑我自己樣子果眞這樣威嚴，像隆冬祁寒，凍結了這個人的舌頭？後來聽見他在嘴裏嚅囁着，說他名字叫土鼈，姓洪，是歐汪人，因聽說有頂頭移民在此，想來此謀生。我告訴他，很歡迎他來，我們是大灣人，姓陳，全是族親。我這裏是獨身經營兩甲地，南邊有十出頭戶。他願意留下來就在這兒留下，或者先到南邊去看看，那邊人多熱鬧些。土鼈遲疑了一會兒，說他先去南邊看看也好。於是他剪過路，判過路南的空田，向南邊去了。

沒見土鼈回來，吃過晚飯，我到南邊去。原來土鼈到了南邊，第一個便遇見了烏短的父親，族兄就留下了他，土鼈也喜歡那兒。族兄偷偷地跟我說，這樣矮小瘦細，一陣稍大的風就吹上天去了，怎幹得了粗活？都是北門郡人，家裏又不歪一雙箸一塊碗。據說土鼈原先是個竹匠，本地正欠着這行手藝的人，鑿竹架屋，做竹桌竹椅，全用得着。

〔音注〕

啥：臺音ㄙㄚˋ(帶半鼻音)，乃「什麼」的合音。

犂輾：輾，臺音唸呪詛的詛(語音)，車或犂駛過一趟叫一輾。

土鼈：土音肚。

十一月五日

起早工，露水剛乾時，覆完了番麥稈，朝日纔只有一、兩竿高。得再舂幾斗米，最好一口氣舂它一石，一勞永逸。上午舂了半斗。近午時，澎湖的來添醬油。

中午教孩子們寫「四」「五」「六」三字，末了給講了神農氏的神話和新舊石器時代的大略情形。

下午又舂了一斗米。

入十一月以來總是一過午便陰，向晚雲氣又漸散。好久沒能從容的坐在簷階上，觀看黃昏來臨了。如今田裏的工作全做完，心情好輕鬆，可以像小孩子一般，天天玩耍着等過年。夕陽還未落，滿月早已自山頭上昇起，今日是十四。右邊看是紅紅的落日，在番薯空田再過去，番麥空田又過去遠遠的地平線上，那裏極遠處的村莊，接疊得像一整排的森林。左邊看，滿月靜靜的在天壁上，令人感到女性的嫻麗與柔緻的愛。低頭看，總是到黃昏時纔在階前忙碌着的老朋友，一隻赭紅底黑條橫紋的蟻蜂，正在我的兩腳間穿梭疾走着。只要這個時候在階上坐下來，就看見牠。牠那匆忙的樣子分明是在找尋食物，可是憑我的肉眼，一直不曾看見牠找到什麼。半個鐘頭的時間內，牠在我的腳下繞着跑過不止一百回，那兒每顆小砂粒理應統通被牠打過不止一種記號，要眞有可吃的東西，早應被牠撿空了，可是牠還是一直在那兒打轉。我對我這位老朋友眞眞不解，可也眞喜愛。視線跟着蟻蜂轉着，纔發現那先前被我驅逐的赤項蜂又來了，一隻赤項蜂正夾着一隻鈴蟲，在石階與地面鄰接的罅隙前凌空降下。我不假思索急急揮手掃去，赤項蜂受嚇，撂下了鈴蟲向旁邊急閃。趕快將鈴蟲撿起，原來是隻比一般烏蟋蟀身材小的田蟋蟀。赤項蜂躲過我的一揮，聞味又追到我手邊來。我起身進屋，赤項蜂也追進屋來。找了個空火柴盒，將田蟋蟀放了進去，關密了，擱在書房裏的桌子上。走出來找了一塊黏土，狠狠地將那道隙縫塞死，再踩了一腳，諒那赤項蜂再也打不開了。

給牛哥放夜草時，聽見草棚上有雞雛聲，幾乎忘記了今日、明日是小雞出殼的日子了。不願意打擾棲在橫木上的鷩樧，但是山獺蛇可慮，不得已還是整窩捧進雞滌裏去；差點兒擠不進雞滌門，斜着纔放了進去。想想雞滌在牛滌西總是不安穩，萬一有什麼變故聽不到，於是又把雞滌搬到牛滌東來，幸好沒驚動鷩樧。搬好了雞滌，取了些乾草，給鋪在雞滌內，匀匀的鋪滿，免得雞雛掉在竹片空隙裏。關好了雞滌門，早已滿身是雞蝨，手臂上更是到處爬，癢得不得了。急急跳進小溪裏淋洗。日落後剛剛

洗過一次，此時又洗一次，天氣雖不十分冷，這第二次並不覺得好受。提了浸濕的衣褲，急急跑回屋去，待穿上乾衣服，卻連連打了兩個噴嚏。

夢卿鳥

早上起床時，鼻子有點兒塞，我倒希望發點兒熱。感冒是足以防癌的，這是我的看法；最好是每半年感冒一次，當然不要太重。我猜將來人類可能實施定期人工感冒來防癌。一個中年以上的人，長期沒有感冒是危險的事。

上午舂了半斗米。

中午教了孩子們「七」「八」「九」「十」四字，講了燧人氏的神話，解說火的發明，燈的演變等等。

午後又陰了。多日未給桂花樹沃水，花芽總是不肯出，當然依時令，最快還得再過一候（五天），花期纔眞正到來。沃過水，見桂花樹葉有點兒積塵，站在長腳圓木凳上，提了噴嘴桶，從上面加以沖洗。庭左前沿有兩株望江南，正開着橘黃色的花，十分高大好看，也給沖洗了一番。回到木麻黃列樹下舂米，不一會兒，望江南便回報了我的好意。一羣青苔鳥從老楊桃樹飛到桂花樹，一部分又向前飛到望江南，於是奇景出現了。桂花樹離我遠些，主要是桂花樹葉色澤暗些，不顯眼；而望江南既近我，葉色嫩綠，花色鮮艷，非常惹眼。先前不曾見過，誰知青苔鳥一隻隻在桂花樹葉上、望

江南的花葉上，搵着水珠活潑的洗起浴來了。那小不點兒的小鳥兒，還比普通蝴蝶小些，在那鮮艷的花間，嫩綠的葉上，擦着，滾着，滑了下來，又爬了上去，好看極了。我猜想，這些小鳥兒一向一定用露珠來洗浴的；尤其牠們若是就着花瓣上的露珠洗浴的話，牠們身上一定是香的。

近午時雞雛出齊了，沒有一個虛卵，成績實在好。將牠們母子移出雞滌下，撒了些碎米，另盛了一小碟的水，再給母雞備了一小盆米糠飯。牠們母子一個下午都在老楊桃樹底下，到傍晚時，雞雛都會跑了，又會互相嬉耍了。下半晡時，母雞曾經將雞雛覆在翼下，休息了片刻。我停了舂回去看，生怕有什麼意外。看見雞雛有的從母雞的胸羽裏鑽出頭來，實在可愛極了。這個令我想起小時候飼雞的光景。那時有雞雛孵出，我最耽樂的是聽雞雛在母雞的掩覆下發出滿足的、安穩的、溫馨的細聲顫鳴。小雞直到離了母雞之後還有好一段日子，每當黃昏入宿時，都會發出這種顫鳴。多美妙的樂音啊！此後，我又可以日日聽到這美妙的樂音了，想起來就感到無比的幸福。實在的，我這裏有的是至純的音樂，蟲鳴鳥唱雞啼，甚至風過都是音樂；即如這一、兩天，我在木麻黃列樹下舂米，輕風不停地過，樹上就不停地發出柔美的樂音來。

傍晚之前，爲雞雛搭了一座木板階梯，好讓牠們登上雞滌歇息。可是母雞似乎覺得要招呼十四個孩子上去有點兒困難，索性在雞滌下將雞雛覆了起來。剛出生的雞雛

跟剛出生的嬰孩一樣是見不得晚風的啊！於是在黃昏未到之前，我趕緊將牠們母子都捧入雞滌。剛扣好了雞滌門，就聽見那幾十年前常聽見的細聲顫鳴了。啊！雞雛們啊，你們剛出生的第一天，就給了我這麼多！好罷，我願意做你們的好朋友！我祝福你們，願你們平安快樂，永遠活着，成爲這一片大地上的天雞！

田蟋蟀到了午後已有七分靈活，慮牠或許餓了，給放回草叢中去。但願赤項蜂還不會在牠體內產卵，不然牠體內包藏着吃命兇煞，天地間那有逃脫之處？看着牠遲鈍地慢慢滑入草根間去，不由感到一陣沁心的疑懼，彷彿牠是和我同形體的人類，是我的親友似的。近來在田園裏生活着，越發的拆撤了物我之間形骸之隔的藩籬，若不是理智上受了儒家親親、仁民、愛物的差等愛之教，以及我自己對於造物用意的領會，除了水和空氣，凡一切有生之類幾乎無法兒送入口，故孟子主張君子應該遠離庖廚。若孔子、孟子都須自己料理食物，他們二人必定只有吃素了。世上任何一個稱得上君子的人，都必定如此。若一定要推天地生生之德，連吃素都不可能，人類終歸要降到吃礦物而後已。一株植物絕不比一隻動物更不能動人；即使一粒種子，也內含着一個活生生的胚芽在，教人如何送得進口？這裏若非有分寸，當本能的帷幔既已揭開，人性完全呈現出來之時，整個人類就要面臨絕滅的危機了。因爲按照自然的設計，人類在整條生物界的食物鏈上，乃是處於最末位的鏈尾，人類是注定要以動植物爲維生之品的，也即是說，是注定要用別的生命來維持其自身的生命的。故孔子只做到「弋不射宿」，這是秉自自然的分寸；而釋迦便教人連弋射都廢除。將來有聖人再出，恐怕會教人更進一步廢除採收，到那時人類的演化可以說已達於完成，人類也就可以絕滅了。

青苔鳥（綠繡眼）

一開門便見到今天是個大晴日，天壁直垂到四邊，看不到一絲絲雲氣。

朝日斜照着，剛舂了一臼米，倒了出來，擡頭看見赤牛哥向屋後踱去。趕緊追了過去，生怕牠吃了草畦裏的草，菜畦裏的菜。大概是口渴了，牽回牛滌，提了一桶水，叫牠自己飲。

小白菜開花了，花梗抽出約有一尺半長，眞是好風景！有幾隻蝴蝶聞香而至，大概早已下了卵了。忙過了舂米、伐薪之後，就可以搬出一張藤椅，坐在屋簷下看草鶺鴒、青苔鳥來菜畦間覓蟲了，再後就有報春鳥來唱了。

這小白菜，花梗抽得這樣快，幾乎是天天見的，怎得一夜之間抽出了一尺多長？自然的造化明明就在人的眼前進行，一點兒也不隱祕，可是你就偏偏看不見。

公雞做了父親，高興得一直伴着小雞，在四周圍當護衛，也不到麻黃樹下撿落米吃了。牠時時昂揚高啼，那過分雄壯的啼聲每每把小雞嚇着了。我試著喚母雞帶小雞一起到麻黃樹下去，母雞卻寧願在牛滌四周搶食；那兒多的是地裏的蟲和菌。

忽聽見有舂杵聲，回頭一看，見有一個陌生人坐在我的位子上舂着，不由一訝。

行近去，乃是一個二十五、六歲模樣的年輕人，面貌俊秀，氣度非凡。我微笑表示，對方也微笑相應。

「此地是仙境或是人間？」我行到時，年輕人停了舂，拄着杵問。

「此地是舊時代，並非仙境。閣下誤入時間隧道，回頭走了幾十年罷了！」我笑着答。

「先生是隱士？」年輕人聞言略顯意外驚奇。

「不得不隱。」

「舂米而食，從來只在書上讀過，萬萬沒料到還有機會親眼看見。方纔來到樹下，一見以爲到了桃源。這兩年來由北雲遊而南，見到過幾處美境，但不是傷閉，便是傷濕。這裏的豁朗和爽塏是南北僅見。而且東邊那一條山嶺，那兩座大山，襯着這片荒原和田野，一所平屋坐落在其中，配着幾株樹，造設實在好，宛然仙居。若有幸能在此住幾天，不知多好？」

「在下獨居，閣下不棄，歡迎之至！」

「眞的？啊，太好了！多謝！」

於是年輕人起身和我握手——這時我纔發現地上靠樹頭放着一個背袋。

「貴姓？」我問。

「正義伸張的張。先生仙氏？」

「自我敷陳的陳。」我有意跟他開開玩笑。

正義伸張會意一笑，擡頭指着天上問：

「那些都是什麼鳥？」

「噢！那是雲雀。」

「噢！就是大名鼎鼎的雲雀嗎？竟有這麼多，幾乎蓋過了談話聲啦！天天都是這樣歌唱嗎？」

「自雨收以來，上午天天如此。下午有雲氣，沒有這樣熱烈。」

「這裏簡直該叫雲雀之鄉了！」

「差不多只能這麼命名。」

「這些都是什麼鳥？」伸張又指着地面問。

「噢！樹下的白斑嗎？那是麻雀。」

「有這麼多嗎？」

「大概有幾千隻，不算多。」

「單看着這些鳥屎，就教人覺得快樂。」

「這是眞話。到了那一天，樹下看不到鳥屎，這個世界就悲哀了。」

於是正義伸張又坐了下去，拿起杵來要舂。

「張兄千萬不要客氣，一路辛苦，請先入內休息！」

「啊，請不要這樣稱呼我，賤庚纔二十八，就叫我伸張好啦！難得回到舊時代，讓我痛快舂幾臼罷！」

不得已只得拱手讓剛到的客人勞作了。其實伸張舂得不亦樂乎！但與其說他舂米快樂，還不如說從二十世紀走回十九世紀纔是他的眞快樂。我這裏與外界雖只隔一舖半路，卻在時間上隔了一個世紀。這裏歡迎一切二十世紀的來客，只要人們肯越過這一舖半路。

趁着伸張舂得興高，我走回廚房去料理午飯。想做幾樣像樣的菜，可是除了早上太平仔切的一塊串仔魚之外，沒有更好的食品，沒有蛋，沒有肉，沒有別的好東西。我一年到頭都依賴賣魚太平仔，串仔魚就是這裏能有的最上等食品了。既然變不出來，只有硬頭皮以串仔魚片爲主菜，再佐以屋後自種的兩樣青菜，連湯也沒有，這便是我爲伸張洗塵的頭一頓飯。

伸張看模樣是個富裕人家子弟，但他在外雲遊，大概必能隨遇而安。午飯時，我一再自謝簡慢。伸張給我講了他從雲遊中聽來的一則故事：東海有個聖人，西海也有個聖人。有一天，西海的聖人特意不遠千里去訪問東海的聖人。兩個聖人一桌吃飯，隨從另處吃。隨從那一桌備辦得十分豐盛，隨從中的一個說：咱們吃得這樣好，他們兩個聖人豈不是吃的玉粒瓊漿了？何不窺個究竟？當下隨從們躡手躡腳從壁隙間向內窺視。只見兩個聖人對面坐着，桌上擺了兩個碟子，一碟擺着些許切片的仔薑，一碟擺着些許碎鹽。隨從們嚇了一跳，纔知道聖人確實與俗眾不同，吃的是眞正的山珍海味。我聽了不覺哈哈大笑。仲張眞眞善爲客，而我則不善爲主。

中午教了孩子們前三個阿拉伯數字，還講了臺灣歷史的概略。仲張在一邊觀看，很感到興趣，他說這麻黃樹下確是理想的教室。

下課後仲張問我一向午後何所事？我說如今田事已了，只有一件事做。仲張問是何事？我說只剩鑑賞天地一事做。仲張睜大了眼睛笑了。仲張說，佛說四大皆空，而柏拉圖追求Idea，道家談道，似乎都不措意於眼前的世界。我說本體原是虛構，現象纔是眞實。鳥音是現象，其求偶或據地是本體，本體只是虛構，目的只在呈現現象。花色花香是現象，其引蜂誘蝶以傳花粉是本體，本體亦是虛構，目的亦在於呈現現象。故鳥音盈耳，花開爛漫，充耳不聞，視而無睹，是辜負造物予人一對耳朵一雙眼目一個聲光繽紛的世界。其實自佛、柏拉圖皆生活在現象中，教他眞正離開了現象，那時纔會發現現象。彼等在現象中享福，反生妄想，這是愚蠢之至，造物將爲之傷心悲歎，亦將爲之哀憐矜憫。仲張聽了，思索了一會兒，大爲擊節，說是曠古未有之奇

論。因問自然科學之探索本體，如病理上追出細菌、濾過性病毒、生化眞相，物理上發現各種波動與能力，化學上剖析出分子、原子、核子等等，是否也辜負了造物？我說科學並不否定現象，相反地，是肯定現象。但科學之弊在一發不能收煞地參造化。科學探入本體界，創造物質現象，狂暴地發展，恐終至要毀了整個現象世界的諧和。而且科學本質上是物質的，科學一味把世界物質化，而抹煞了精神現象，這是科學可憂慮處。仲張問現象爲眞實一說推至終極是什麼？我說其終極是現象世界爲惟一的世界，也是完美的世界。仲張問何以說？我說若現象世界非惟一完美世界，何須此世界？仲張說如此言之，現象世界是客觀自存的世界，而非主觀所產的世界。我說是，現象是造物所造。仲張說佛說三界唯心、萬法唯識，叔本華說世界是我的表象，二家之說錯了？我說二家是妄說，人體渺小，安得妄言三界中萬法爲一己心識所造，世界是我的表象？仲張說事實確是如此，但佛與叔本華之說又往往令人以爲似是。我說似是而非。仲張說不透過人的心識，現象豈能產生？豈能存在？我說現象世界整體原就設計好造在那裏，心識與萬物之本體皆在造物手中。仲張說我明白了。我說君且申說之！仲張說推君之意，世界只有這一個，故吾人也只有此一生。我說正是此意。仲張又說此惟一世界是人在中心，此世界是爲人造設，失了人此世界便無著落，這纔是眞空，不止此世界空，舉一切世界皆空，故人是存有的核心，人是存有的最後目的最高目的。仲張因問人是目的其意義何在？我說在做為老天知己，做為天地之鑑賞者。仲張說豈不要人做老天之替手以參造化？我說這意思恐非。仲張說若然科學恐怕違背造物之意？我說在某限度內是造物本意，出某限度外就不是了。又問現象世界是何造設？我說以君所見是何景象？仲張說譬如春生夏長秋收冬藏，現象世界是三分積極一分消極，消極是積極的手段。我說我的現象眞實說大體如此。

仲張說他讀叔本華到否定意志，終覺叔本華難以自圓，那裏顯然有邏輯上的困難。但無人可以質疑，問我何所見。我說，叔本華病在短視。如人在中途見一羣人跑馬拉松，見領先者就認他是第一名，叔本華之生存意志說類乎此。世界由無而有，這個吾人不能談，蓋不可理解。單自有說起，無生物時代是一個階段，這一階段何者為其中心動力可以不問；有生物時代又是一個階段，這一階段的中心動力自然是生存意志。但這是馬拉松中途，叔本華即於此看到生存意志，而倡其意志哲學。此時生存意志確是領先，但其腳後已有另一個接踵追來，叔本華似亦看到，只因尚差一肩，故叔本華只認得生存意志。這後來者乃是一股新動力，將來必然追過生存意志，成為新時代的主宰。為便於明白，且舉孔子的一句話來說明。孔子說：有殺身以成仁，無求生以害仁。在生存意志領先階段，孔子此語無異夢囈。但此時人類高貴精神已驤首趕前，生存一事已不復為生物界之絕對原則，人類精神業已昇起，就整個世界而言，已

進入第四階段：無↓物質↓生命↓精神。一階段有一階段之主宰，人類精神體中自不再容生存意志坐鎮，此時自然另換了一種動力。要解明此一動力，牽涉我的靈魂說。

伸張要我接下去講。

我說，動物若無靈魂，將與植物無異，只有生理的反應反射，而不能有感覺、知覺，更不能有感情與理智。靈魂與物質同爲造物所造，同爲構成生命體的材料。以水爲例，其在吾人此刻身上之水分業已流轉於天地之間不知幾許年所，同一分子之水，其嬗遞於生命體中者，亦不知其幾千萬億回。假設嘗爲構成樂聖貝多芬某一日間體液之水分，此時此刻適在你身上，此事未必不可能。同理，其他物質，如鐵如銀如銅，在吾人此刻身上者，或已流轉於過去千萬個生命體之中，與其他成素共同構成某一隻金甲蟲、某一隻蝦蟆、某一尾蚯蚓、某一尾蛇蟺，甚至各種植物之生理體。靈魂與水及任何礦屬原素無異，充斥於此世界之中，成爲動物生命體循環應用之材料。靈魂之特性是具備現象世界之一切知識及人類所稱道德的、審美的、認知的本性。靈魂一旦附麗於某一生命體，其首務則聽命於該動物個體生存與種族繁殖之要求，藉該生物能動之生理構造而爲之營生爲之避害。故動物雖有能動的生理構造，實由於有靈魂方爲可能。植物亦有能動者，如豬籠草等食蟲植物，但彼是單純的反應與反射，與動物之眞能動畢竟不同。動物雖眞能動，其生理構造有至簡單者，實與植物無甚差異，靈魂雖附麗其中，亦未能發揮其作用。惟有生理構造至為複雜，可靈活運用，靈魂方有作為。一駕駛員，但給以一塊木板，只能推拖擦地而行；若再加兩輪，便可推拖輾地而行；如再加一方向把手，則有轉向之便；若再加二輪，尤為便利；如再加牲畜拖拉或自動機器之安設，行遠載重，便可得心應手。靈魂在各種動物體中，情形與此完全類似。動物生理體與植物生理體相似，係全受叔本華所謂生存意志之支配，頑強執著於個體生存與種族延續之效應。靈魂附入之後，便立時確認該生理體中生存意志之頑強性；或換另一說法，靈魂立時認明所附動物體之第一要務或目的即在於生存與延續。故靈魂亦立時傾其靈知以附和生存意志之此一要求。靈魂投附動物體之第一剎那，是對該動物之機能做當下的透認。舉個例，有兩個蛋，一個為雞蛋，一個為鴨蛋，由人工電孵同時孵化。將剛孵出的雞雛與鴨雛一齊置諸水邊，雞雛必然退縮，鴨雛必然趨前。此事可看出靈魂對雞體與鴨體之對水關係的確切透認。鳥鷇羽翼未就之前猶然懼高，逮羽翼已就，則安之出於其性(靈知)。人類天生有懼高症，因靈魂早察知人體結構於墜落時不能保全——即察知人體非為一種能飛的結構。但高樓建築工、馬戲盪空演員、高空跳傘專家，可無懼高之症，此係經長期訓練，已取得靈魂之認可。靈魂於第一步驟既經對所附動物體做當下的全盤透認，其第二步驟便在於將該動物體做最有利的充分運作，務期達到最佳生存與延續。再舉個例，一隻蛀木蟲在枯木中，一隻食

蛀蟲鳥在枯木外，食蛀蟲鳥之生理結構最合於在枯木上營生，其靈魂便知運用該鳥體，以嘴折小枝條插入蛀孔。而蛀蟲之靈魂則只知蛀蟲體軟，有客來犯，當盡力齧之，方能自衛。於是蛀蟲齧住小枝條，被該鳥抽出啄食。這裏是蛀蟲之生理結構大不如鳥，故雖同爲靈魂，表現有優劣之別。但不論蛀蟲或食蛀蟲鳥，其靈魂皆不脫出生存意志執著之附和，其所動用於靈魂本具的全知者萬分不過一、二分，而且道德的、審美的、認知的本性則全無發用之機會。這個要待到附著於最優異的生理體即人類方纔見出。靈魂附麗於人體初期，亦即歷史學所謂的原始人之時期，其附和生存意志之執著，幾與一般動物無異；請注意「幾」字，這「幾」字則表示有微小的差異。由原始人進入舊石器時代，因人類腦構造之特出，人體手足分工合作之優異，及人類生活面之愈益寬闊，靈魂中的全知之發用漸多，而道德的、審美的、認知的本性亦逐漸顯露。不過大體而言，仍以附和生存意志之執著爲主要。靈魂中的全知，哲學上稱爲良知，即不待學而知的先天智識，常識上叫直感或第六感。試舉一例，如滿月嬰兒，大人雖不出聲，但以兇惡的面部表情對之，嬰兒必驚啼，此爲人的先天智識，不待學而知者，亦即是靈魂之全知。人自出生時知索乳、知柔聲爲好意、知惡聲爲忮害，乃至知避高避深，懼黑暗懼幽閉，以至於知男女知生育，皆是靈魂全知之作用。靈魂全知之作用，幾成爲人類行爲之全盤基礎。而靈魂的本性，其首發大用者，是認知力。認知力在靈魂附和生存意志執著中，功用最宏，而且最爲得力，但其較後的發展，遂至爲虎作倀，成爲人類罪惡之源泉，爲宇宙中惟一罪惡的根源；蓋人類而外，靈魂之認知性皆不得發揮，故亦未得成其罪惡，罪惡乃是人類的特產。伴隨認知性之發用，靈魂之道德性與審美性亦漸顯露，此二性遂爲制衡罪惡的二大力量。叔本華所謂否定意志，實係靈魂此二性之展現。

伸張頻頻點首，因說：非如此究明，叔本華否定意志之曖昧終不破。又問：人物性格差異何來？我說：全在生理結構、後天習染，與靈魂無關，靈魂是一般無二。伸張說，如此講，人死後，靈魂又還其無我之本初？我說正是如此。伸張說，與水、金、銀、銅、鐵等物質之瓦解而還歸自然全同？我說正是如此。伸張說，人能否無靈魂？我說人若無靈魂，其生存與活動皆頓失依據，即不可能。伸張說，人的靈魂與其他動物絕對無別？我說正是如此。伸張說，入於狗之靈魂亦可入於人？我說是。伸張又說，如此講來，佛家帶業輪廻之說錯了？我說當然錯了，凡宗教皆人類一廂情願的甘想。伸張問錯在何處？我說天地間豈容如許眾多陰魂不散！伸張說妙！我又說，且無去處，靈魂只充斥兩間，既無去處，而亦不他去。伸張說精闢之至！伸張又問，如此說人一生經歷俱在腦細胞中，死則化爲烏有？我說正是如此，人生經歷關涉氣質，氣質不著靈魂。且靈魂全知，何須殘見？伸張說，全盤明曉了。

晚間談話，仲張問母愛。我說母愛是靈魂附和生殖意志之後態表現，其前態爲男女之愛。問性慾。我說性慾純屬生理體中事。問靈魂之道德性與審美性是否須透過知？我說正須待透過知，不知其死，如何能哀？不知其苦，如何能憐？知是人內在的眼目，人無內在的眼目，則認知世界一團黑，道德世界一團黑，審美世界一團黑，開展不出來。知是此三世界的太陽，投以光明，而後三世界的現象豁然明朗。但一般動物雖認知性爲腦結構所限，亦非全然無知。成語有云：兔死狐悲。動物悲同類是常見的事實。最後仲張說了一句極警策的話。仲張說，知是人禽之分界，但動物吃飽了即無事，人吃飽了方有事，此亦是人類可悲可厭處。

〔音注〕

搶食：搶，國音ㄑㄧㄤˇ，臺音請(讀音)。禽類以腳爪翻抓地面找蟲穀吃的意思。

傷閉：傷，臺音箱(語音)。過分封閉的意思。

伸張在眾多鳥聲中醒來，一見面就說他愉快之至，說他在鳥聲中醒來不是沒有過，但是有這麼多種鳥聲卻是頭一回。他說他大約聽見十幾種鳥，只認得麻雀和烏鶖兩種，而且空氣如此爽塏，一走出門外，大地和天空是這樣遼闊，實在是個豐盛的早晨。

今早的一頓飯我幾乎變不出來，昨晚一頓便幾乎全配青菜了。待伸張在四處遊目散足，我到路南盡西去，找到最後一塊番麥地，只剩今天一日份，摘了七支番麥穗回來，削下番麥米，熬了一小鍋半甜半鹹的番麥粥。我自己從來不曾爲吃費過心思，今早算得是平生第一次享受。伸張吃着頻頻讚美，說飯店裏煮的，那算得是什麼番麥粥？我聽了頗感得意。其實這番麥也的確好吃，是枝頭鮮，不是炊婦巧。

吃過早飯，我說有點兒小事情，非得跑一趟潮州街不可，馬上回來，留了伸張在家，騎了車就出去了。廚房裏沒有一樣東西可以待客，總不能頓頓都串仔魚片，這趟街市是非跑不可的。一個人生活，或自己人生活，這片土地供給最低限度的維生物資是沒有問題的，即使沒有賣魚太平仔，只要稍微調整一下蛋白質的攝取方式，還是過

得去。但是待客總有待客之道，像陶淵明、李白那樣，喝醉了酒，揮一揮手說：我醉欲眠卿可去，對待賓客那是不妥當的。

趕回家來纔只有十點，伸張不在家，不是田野便是南邊。我猜他是去了南邊，果然不出我所料，近午時他從南邊走回來。伸張說南邊的人要留他吃午飯，那十幾個孩子早放牛回來，拉住他不肯放。他看到一個寄藥的人，在窮鄉僻壤間來去一、兩年，這是他首次看到。他對這寄藥的感到極大的興趣。伸張問我，村人有病怎麼辦？我說通常是服寄的藥。藥袋裏有萬金油一類的藥，有面達梅藥膏。這兩種藥可以止癢止痛，是療治外傷的；前一種還可以內服治腹痛，也可用來塞在蛀齒洞裏止齒痛。還有葫蘆研裝的胃散，甘甘涼涼很可口，功用是宣腸降氣，小孩子們沒有零食吃，往往吃胃散。主藥是解熱散和神藥。前者就是阿斯匹林；後者是急症用，如腸絞痛、胃氣痛、中暑、急性胃腸炎，凡一切急起的病症一概服它，往往有奇效。伸張問萬一藥袋裏的藥不奏效呢？我說慢症的話，大概是蹲在屋角邊曬太陽，等到有那一家有重症的或急症的駕了牛車上街就醫時搭便車去。伸張問那寄藥的多久來收錢添藥？我說大概一個月來一次，舊藥變色變濕的收回去，換上新藥。

午飯相當豐富，四尾橘紅色的大草蝦，一大碗公蚶仔湯，一盤串仔魚紅燒，兩色青菜。

中午教孩子們阿拉伯數字4、5、6三字，課後請伸張客座講了臺灣地理概略。午後起雲氣，無日，伸張望着東面的山嶺，邀我一齊出去走走。伸張一直讚美那兩座大山，說照老時代的人的說法，這兩座大山照臨下的近地域，一定會出特出人物；又說東邊整條山嶺就在近處向南南西橫過去，宛似庭邊一道牆，臺灣沒有第二個地方能比擬我的現居處；說他有福的話，將來一定來跟我同隱。

伸張問我心目中理想人世是什麼樣的？我說無政府。伸張一聽見政府二字便咬牙切齒。伸張憤恨地說政府是人羣壓搾機，任何人上了機座無不將機內人羣的血汗壓搾乾，不擊毀這部機器，人世不會有太平。因問我，十九世紀曾經冒出整派的無政府主義者，有人說無政府的主張不適用，現在已過時了。我說無政府主義是主張得過早了，不是過時了。伸張很認眞地問，人世可能太平嗎？我說怎麼不可能？地球上每個地方都像我們陳家莊，豈不太平了嗎？像這樣小的村莊，相愛互助都來不及，怎會相忮互害？至於統治壓搾，更不可能有。這是現例。伸張拍手說，這是眞的！因又問那麼問題出在那裏？我說出在人口超過了某個限度。姑不說社會問題，單說政治。政府原是隨着人口的膨脹而生長的，人口達到某個限度，它就成了巨毋霸，一旦人口倒退，少到某個限度，政府就癱瘓，再少下去，政府就自然死亡。伸張說這麼說來將來的世界第一步先得反對大國，大國的人羣要自動分解爲小國，纔能進一步希求永恆的

太平。我說要大國自動分解爲小國是不可能的，只要人口不減少，這部巨毋霸壓搾機就永遠是巨毋霸，野心家正多着，機座上永遠有人，誰肯放棄個人的私慾？伸張說如此說來是無法可想了？我說只有一途，大國在核子戰爭中崩解了，那時時機就自然而然到來。伸張說那麼在核子戰爭爆發之前，人類只有聽由大國提攜小國來壓搾人羣了？我說這是無可奈何的事兒。仲張說那麼我們能做的只有兩途。我不待仲張說出，便接下去說，是只有兩途，一途是自我敷陳，一途是正義伸張，都是盡其在我。但現代政府有了現代科技，如虎添翼，此後恐怕難有人民革命，故正義難於伸張。仲張沈默不語，只聽得他腳步落得很重，彷彿要把地球踏破似的。仲張俯下身去，拿起一塊石頭，任意的向路邊的荒原扔去，不料差點兒扔着一隻鵪鶉。那隻鵪鶉冷不防受了這一嚇，急忙迮了出來，筆直的正對着仲張，一來大概是嚇昏了頭，沒看清方向，二來鵪鶉無尾，剛起飛用力過猛不好轉彎，竟然直撲仲張的臉面而來。仲張直覺地伸出手來擋，看他好像撲大蛾一般要將鵪鶉撲掉，我想仲張根本還未看清楚是何物，只見他手一落，居然滿握的抓在掌心裏。仲張定睛看了纔知是鳥，問我是何名？我說是鵪鶉。仲張大笑着說，久仰大名，如雷貫耳。竟好像在跟鵪鶉道初見面的客套話似的。這下仲張可樂了，他把鵪鶉仔細觀看着，嘀咕嘀咕的數說了牠幾句，說牠太慌忙，飛行術又不好，要牠下回格外小心。於是將手指一放，鵪鶉就把他的手掌心當地面騰空飛起，只聽得一陣噗噗聲，大約飛了五、六丈遠，落入荒草中不見了。仲張一高興，忘記了方纔嚴肅痛心的話題，談起山氣來了。問我從家裏到山邊多遠？我說約三里。仲張說這山氣直籠罩到家裏，越靠近越盛。因說住在山中太閉，住在平原太敞，像我的居處最理想。到了山下，我特地帶仲張在一處山腳觀看完整的木棉樹，仲張嘖嘖稱

奇，說在別處看過木棉，並不高大，這裏的大概是別種，有二、三十公尺高，枝柯四面平披，一層層往上收，遠看有點兒像松或杉，只差不是針葉。在山邊留連了一會兒，穿過山腳下的森林，那兒有條小徑，大概是山地人的步道。出到谷口，溪床上只剩一條小而淺的泉水不絕如縷地流着，於是我們順着溪床往回走。發現有一條大溪，這使得仲張越發喜歡此地。仲張不時停下來摩挲溪石，或停下來細觀溪沙，爲它的細緻與潔淨久久吸引。實在的，我所寄身的這片田園、荒野、森林和溪床，仲張說，它是一面無垢的大地。

晚上，仲張說要看看我的藏書，想發現有什麼奇篇異本。於是留仲張在書房，我回臥房寫今天的日記，窗外居然下了幾滴雨。

〔音注〕

迮：國音ㄗㄜˊ，臺音ㄗㄜ唸下入聲，即tsàh。突然向前奔去，有如物體向前方筆直擲出，這種動作叫迮。

緋秧雞

仲張說要好好兒品味此地安靜的生活，一整個上午一個人在一邊坐着，時而起身佇佇行行，有時見他在傾耳諦聽些什麼。昨夜雖是下了幾滴雨，今天卻是大晴。仲張在陽光下看來自得其樂，身上閃鑠着金色的日光，儼然是大地的兒子，壯健、俊秀，透着蓬勃的生氣與通達的智慧。

中午教孩子們阿拉伯數字7、8、9、0，課後講了阿拉伯數字0的發現經過。仲張說他從來沒想到這裏面還埋藏着這麼深的問題，而且講起來又這麼淺。

午後仲張拿出了一大冊筆記本，要我講述下淡水溪以南我所知的一切事，政治的、經濟的、歷史的、地理的、民情的，仲張走筆一一記了下來。最後抄下我的姓名住址番號，告訴我明早一早繼續南行，預計半個月後繞過南端轉向東部。我要仲張多住幾天，仲張說再住下去，他就會放棄初衷了。

晚上跟仲張談了許多話，談得太多了無法兒記；而且實在也不必記下，我們談的，全都記在現臺灣的土地上、住民身上。

雞啼時結束了談話，我要仲張早些休息。

十一月十日

天色纔普明，到南邊去討了幾個番薯，回來煮過早飯，把番薯埋在餘燼裏。日出時伸張背起背包要出發，我把炰熟了的番薯包成一包，又摘了幾個楊桃另包了一包，分別塞在背包左右邊的袋裏。伸張跟花狗道別，舉目看了看周圍，我們便走出了木麻黃道。走到南邊路口，正遇着孩子們趕了牛羣要出去放牧。

「孩子們，再見！」

「先生再見！有時間再來！」孩子們大聲喊着急忙趕上前將牛羣攔住在路口裏，好讓我們先走過。

「再見，要好好兒讀書喲！」走過路口時，伸張又揮手道別說。

「好的，我們會聽先生的話，好好兒讀書的！」

「這些孩子們長大了，將不會改變純樸善良的本性，而外邊的就未必然了。」伸張回頭跟我說，孩子們跟着牛羣出了路口正要轉向北去。

「是啊，要人長大了依然是兒時純白的本性，人世纔有太平的可能。這個取決於人羣的全盤體制。若每一個人羣以一百人爲限，就像本村，而且以農耕爲生產手段，

過量的智識、技術、欲望無用，人世要致太平是容易辦得到的。這就是老子書上說的小國寡民的實際。」

「老子所以如此主張，大概是他看到了大國眾民必然導致的惡化。」

「正是這個意思。『惡化』兩字點得很中肯綮。」

「若目今的世界各國，都分解成百人小村，會有怎樣的情形？」

「當然就有如下的現象：第一是政府解體，第二是智識、科技無用，第三是人情返樸，第四是出生存活率降低，第五是體弱懶惰者受到自然淘汰。」

「五項中其他四項都好，惟有第四項出生存活率降低，豈非傷心事？」

「沒能如份地活着纔是不幸，眼看着兒女身受活着的苦痛纔是父母的傷心事。現代科技中最大的一項錯誤是醫學昌明，這破壞了人類自身的生態平衡，顛倒黑白，反優生、反淘汰、反眞理。」

「嗯！這是大仁不仁。」

「太上無情。無情纔能有情，有情反而成了無情。處理人類全盤問題不能短視，現代是一個嚴重患了近視的世代，幾乎所有觀念皆黑白顛倒。」

「您反對民主嗎？」

「我反對一切政府一切統治。民主是攙水的酒。」

「這怎麼說？」

「也是顚倒黑白，反優生、反淘汰、反眞理。」

伸張似乎不會明白我的意思，而又不便再問。

我接下去說：

「當然，在今日，民主是抵制軍閥專制的最有力口號，只要大聲喊民主，軍閥專制就會覺得尷尬。但是一旦眞正實行民主政治，人類就降低品質了，這是墮落。而且說實在的，世上也不會有眞正的民主政治，世人所說的民主政治，其實是財閥政治，是假民主。」

伸張似乎仍不明白，沈吟了片刻，忽說…

「牛鈴聲眞美！」

「是啊，牛鈴聲很美！」經伸張一提醒，我也聽見了。我腦子裏忽記起牛羣分明往北去了，怎會有這麼近的牛鈴聲？回頭一看，果見牛羣尾隨在我們後面，約距十弓遠，原來孩子們把牛羣調轉頭了。「這野村也沒有什麼音樂，孩子們大概是用這些牛鈴聲當音樂，要一路歡送您啦！他們把牛羣調轉頭跟來了。」我說。

「眞眞可愛的村童啊！天上是風鈴(伸張指的是雲雀)，地上是牛鈴，我不以爲還有更讓人懷念的送別音樂了。」伸張讚美着，回頭看了看，跟孩子們揮手。

於是伸張一邊聆聽牛鈴聲，一邊擡頭眺望頭上遼闊的藍天，時而顧望路兩邊的荒原。

又走了一段路，到了窪地，野草依舊青翠，牛羣便自己散開來吃草了。只聽見孩子們喊着：「先生再見，一路平安！」伸張回頭揮手作別。再向前，長草皆已半枯，堤岸也近了。

上了堤岸，伸張說：「送君千里，終須一別。」無論如何不肯讓我再陪他走一段路。

「您的大部頭書何時動筆寫？」

「什麼大部頭書？」

「難道您的現象眞實說、靈魂說以及對人類整個文化的批判思想不想寫下來嗎？」

「噢！是這個嗎？」

「您非寫不可！這是您隱遁的終極意義，否則不成了白吃了米的和尚了嗎？」

「待熟透了就寫，像採摘果實一般。」

於是伸張從口袋裏掏出了一枚小小的胸徽，照着初日閃爍發光。這枚小胸徽是臺灣島的一個縮影，平原鍍了綠彩，山脈突起鍍了金色，乃是鎳質的。

「沒有什麼東西可送您，這枚胸徽給您留念，出外時請別在胸前，也許遇見朋友。我若托福無災，總在那上面的某處。」伸張一邊說着一邊將胸徽別在我的胸前。

「再見！」

「保重！」

伸張和我握了手，下了堤岸，走落溪床向南去了。

看着伸張越過大溪床，沒入茅原，我不由喃喃的唸出〈白雲謠〉的末二句：「將子無死，尚復能來！」伸張昨日抄下我的住址時，並沒給我他家地址，他說一、兩年內他還回不了家，而且說不定永遠回不了家。

伸張走了，把我的半顆心也帶走了，我不能不關心他！

送了伸張回來，一天纔開始。拿了把柴刀，砍了三分之一的銀合歡，斬成合於入竈長短，就地披曝，費了我一日。一些攀附在銀合歡上的小牽牛和乳白牽牛，儘可能先解下來，斷損雖或無法兒避免，卻都未傷及根本。

中午教了孩子們天、地、人三才，總共四個生字。又複習了兩種數字，明天起教加法。

吃晚飯時，陡的惦念起伸張來，不曉得今夜他在何處住宿？他袋裏有張帳篷，沒有人家就搭開來在野地裏過夜。幾條番薯，中午該已吃完，今夜若在荒野，不曉得他

吃什麼？我想他總該住在某個村子裏罷？

〔音注〕

普明：普，臺音ㄆㄨˋ，微明的意思。

紅冠水雞（緋秧雞）

十一月十一日

昨夜讀《莊子》讀到〈胠篋篇〉「彼竊鈎者誅，竊國者爲諸侯」一句，便闔了書，熄燈就寢了。莊子一向被認爲是方外書、方外哲人，其實任何一個思想家的思考與關心都是發於人世歸於人世的。在古代思想家中，莊子是關心人世最深的一個，他對人世反省的智慧遠超過孔子、孟子，當然是更超過釋迦，希臘三哲也沒有一個及得他。在這一方面，他是古今第一個思想家。他看出人世的不幸歸根究底在文明與政治，故他否定了二者，他主張質樸無文的自然生活，主張無政府。不幸的是，文明與政治一經附著於人世，便刻骨般癌組織般永遠附著而且無分限地橫生暴長，於是在肯定現存文明與政治的前提下，莊子哲學遂爲無用，這裏面孔子的思想最爲對症。但時至今日，物慾橫流，人類整個物質化，孔子的思想也無用了。這顯明的令人看到，人類已趨向衰老與滅亡。人類的原始時代好比是一個人的童年，沒有人不愛童年，不愛那生命像朝日初昇的時代。人類走上文明，是走上生長，因之也走上衰老與滅亡，到了此時人類文明業已老邁不堪，我們看見整個人類，正像西方地平線上紅紅的落日，搖搖欲墜。文明是不值得讚美的，而政治是文明的骨架，這一切早該遺棄。人類這顆已轉到西方的待落紅日，若能及時放棄這一切，便可即時返回東方，成為一顆永恆的朝日，不昇不墜，永遠襯着朝霞，放射出它金光萬道的晨暉。

今早渴望再讀一讀Stiner的《惟一者與其所有》，這部書記不得讀過多少遍了，只要壓制一日存在，它就不會失去魅力；只要人類的自我喪失在國家、社會、團體等Stiner所謂幽靈的權威之下時，它就是人世的暮鼓晨鐘，永遠敲響着要喚醒每一個人：

國家、皇帝、教會、上帝、道德、秩序等等，乃是只在心意上纔存在的某種思想或幽靈。「人」這個非現實的概念，也是幽靈。

自由主義只在絨氈上換了別的概念，即是以人替代了神，以政治替代了教權，以科學替代了教理，更一般地說，是以現實的概念與永恆的法則替代了生硬的信條或教條罷了。

如今奉事國家這個人世的神，已成了新的神聖服務與崇拜。

沒有任何個人意義的所謂人，乃是一個概念，一個被靈化到不屬於這個人世的精靈。

國民只是一個idea。

一個人能夠未得國家之允許而擁有任何東西嗎？

國家是勞動在奴隸狀態上時纔安定的，一旦勞動獲得自由國家就滅亡了。

一個人只要是奴隸，就不能從主人的皮鞭與盛氣得到自由。

自我所有纔是我的全存在，是我自己。

你是「自由人」這還不夠，你還得是「所有人」纔行。

自由不能帶給你什麼的時候，自由對你到底有何用？當你從一切得到自由的時候，你就什麼也沒有了。

我越是自由，我的眼前便越是堆積起壓制，便越是深深感到自己的無力。

得到廣闊的自由的共和主義者，豈不是成了法律的奴僕了嗎？

自由須是自由的全部，一片的自由算不得是自由。

我的自由，只有它是我的力的時候纔能完成。

爲何人民的自由只是一個「空話」？因爲人民未有權力啊！

力眞眞是好東西，力對各種事都有效。

有一抱的正義，還不如有一握的力前進得遠。

你們這些笨伯啊！只要你們握有力，自由就會自己朝你走來。看哪，有力的人站在法律之上！

不是自己得來的自由，即不是自主的自由，就無法充分揚起帆來走。贈送的自由，一旦風暴來了，或風歇了，就得隨時收下帆來。

崇拜人自己的「人」宗教，乃是基督教的最後變形。自由主義就是一種宗教。信者創造的世界叫做教會，「人」創造的世界叫做國家；這些都不是「我」的世界。

「人」只是個理想罷了，種族只是一個思想。所謂一個人，不是意謂充滿着理想的「人」；而是意謂這個我自己，意謂個人。

對於主我者，任何事物都不是神聖的。

諸君的力量不再增強，諸君的權利也就不再擴大。

你對某事物持有力，你就對某事物持有權利。

權力先行於權利。

不論給我權利的是自然，是神或民眾的選舉，都同是別人的權利，不是我給予自己或是自己取得來的權利。

抓到了就是你的權利。

你試着主張生得的權利看看，人們必定用既得的權利來對抗你。

擁有力的人就擁有權利，諸位若還未擁有力，那就還未擁有權利。

諸位在別人面前畏縮，那是你見到別人身邊的權利幽靈而相信它。

國家只在統治意志存在之時纔存續着。

國家不能離開支配與服從來想像。

當服從停止，支配也就消滅了。

自我意志與國家是深抱敵意的兩個力，二者間不可能有永遠的和平。

凡國家都是專制的，不論其專制者是一個人或多數人，甚至如共和政體所想像爲全體國民，總是壓制。一切法令，亦即國民議會所表明的意向，爾後對於個人便是法律，而要求其服從，或負服從的義務。假令全體國民各個人都表明了同樣的意志，因而成立了完全的「總意」，性質依然相同。難道在今日或今後，我一定要受我自己昨日的意志之束縛嗎？這樣的話，我的意志豈非要凍固了嗎？可厭的固定啊！這豈非我自己造出的被造物，反而成了對我的命令者了嗎？我做爲創造者所具有的流動性與融解性，豈不受到阻抑了嗎？就因爲昨日我是愚人，我就得終生是愚人嗎？如是，在國家中生活，即使是最好的情況——或者可以說是最壞的情況，我就成了我自己的奴隸。因爲昨日我是意志者，今日我就得成了無意志者；因爲昨日是自意的，今日就得是非自意的。要怎樣纔能改變這個狀態呢？只當我不承認任何義務，即我不束縛自己，或不受束縛，纔辦得到。當我不負任何義務時，我也就不理會什麼法律了。

中午教孩子們日、月、星三光，共四個生字；又教個位加法。

午後原本想砍銀合歡，忽強烈地想往南走走，遂丟下柴刀，走出木麻黃道。花狗見了，要跟，我不讓牠跟。牠像小孩子一般，口裏哼哼地吟着，站在路口，露着無奈的目光，一臉委屈。讓牠跟着，只會妨害我心緒的寧靜，牠左突右衝，連草都受着驚嚇，遑言兔子鳥兒？

走到窪地，即昨日孩子們送伸張止步之地，我停了腳。一隻陶使飛來在幾丈外的茅叢上熱烈地歌唱着，路邊也有一叢茅，正遮着，陶使沒看見我，我也看不見陶使。「歸去來噢！歸去來噢！」一比什麼甜點都甜的聲音！花兒不是爲人開，蝶兒不是爲人舞，鳥兒不是爲人唱，還爲誰呢？老天把各種珍羞擺設在世界的任一角落，隨時等着人去品嚐，惟恐人飢乏失味。即使一個角落有一萬年沒有人到，老天還是永遠擺着，隨時撤換，永遠以最鮮味等着人，人豈可愚蠢鹵莽啊！

不一會兒，陶使飛到我身邊的茅叢來了，停在另一面，大約不超出五尺的距離。透過茅稈和茅葉，我清楚地看見牠；牠大概也清楚地看到了我，只是牠看到的並不是一個整體的大動物，乃是被茅稈和茅葉分隔成千百個小塊的一大塊圖案，因此牠沒有驚飛，不然牠不待停下早就嚇跑了。我屏住了氣，眼珠動也不敢動，連眼瞼都不敢

眨，裝着是一大塊圖案般看着牠。嚇！牠竟然有眉。我一向總以爲陶使無眉，此時清清楚楚看見牠有一道眉自嘴基直劃到眼，只是沒過眼罷了。原來牠的眉太短了，遠望時總望不見。牠的腳是很美的肉紅色，跟嬰兒的臉頰一樣的顏色。牠剛停下來便又快樂地歌唱起來了。牠一句接一句，重複地唱着，每唱一句便把身子用力向下一頓再一起。牠不停地唱着，就不停地上下一頓一起、一起一頓。不及人類手拇指大的身軀，這麼小的鳥兒，顯着這般健康的元氣，眞是可愛！牠的歌聲這樣的近，聽來竟像是唱着：「疾疾，休留休留休留！」難道牠要我跟仲張一道出去嗎？孔子周遊列國，徒勞而返。只要人世盡是盜與賊時，有那一樣東西不被竊劫？連聖人也智無所出，計無所施，誰還有力挽救？「陶使啊！我和你共休戚，我跟你一樣無力！」憂愁在我腦子裏一閃而過，很快就失去了蹤影。我看着牠一起一頓地歌唱着就感到無邊快樂；就是天塌下來，地裂開去，只要陶使在五尺之內歌唱着，誰還感覺得到？我讓自己漂浮在陶使的歌聲中，不知道過了多久。其實像草鶺鴒和陶使這樣活躍的鳥兒，在一個地方歌唱，最長久也不會超過三分鐘；我大概在三分鐘裏漂浮了一萬年。

末了我走向堤岸，在堤岸上坐下來，向南凝望着仲張別去的那一片茅原。我在那兒一直坐到黃昏，記不得心裏面想着些什麼。在暮天沈沈，暮靄蒼蒼中走回家。只覺得迎面吹來的北風帶着些微凜冽的氣息。時序彷彿要入冬了，明天怕將是初到的第一個寒天。

陶使

十一月十二日

今日烏寒。冬季果眞提早半個月到來了。

砍了一天的銀合歡。

中午教孩子們甲、乙、丙、丁四字，又教了個位加法。

今日改在屋內溫水浴。

夜讀時聽見雞滌有點兒動靜，趕緊出去看，沒看見什麼，大概是大山豪。這鼠輩眞可惡，竟然想咬小雞吃。眞不曉得花貓天生是做啥的，屋裏屋外任牠自由橫行。

天黑之後，一隻白眉鶇在老楊桃樹梢上不停地鳴着，遠處另有一隻時而回應一聲。直到壁鐘敲了八點，這一隻纔安息下來。叫了大約兩個鐘頭，我一直替牠難過，那眞的是一聲聲都是淚啊！一般地說，孤單確是難堪的，個體生命在這存有界是如此的渺小，就像一葉扁舟在大海洋中一般。在大海洋中漂流，是顯出了渺小，纔感到孤單。一個人若長成精神上的巨人，孤單就不會令他難堪了。

白眉鶇

今日大晴，晨間冷，晝間回涼。

上午砍銀合歡。

中午教孩子們金、木、水、火、土五字；又複習教過的字和個位加法，個別叫出來，在小黑板上寫。

農人拔草並不稀奇，但對我而言卻是十分稀奇的事，非到嚴重威脅了作物，我實在不喜歡拔草。我尚且想給草沃沃水，我看草就像自己的莊稼。菜畦上的草，只要它不伸出菜蔬的頭頂，我就一視同仁，讓它當我的菜，均分我施的肥，我沃的水。可是草畦上的雜草，爲了維持選種的純粹，我就不得不抱着很深的歉意與惻隱悉數拔除。

除草，在我是種心靈負擔。但這種負擔，在芫荽畦段就得到了額外的補償了。只要有一點點兒彈動，芫荽葉上的氣孔就大量噴出香氣，聞着就心爽神怡。平時沃水，只要水流輕微的沖着它的株本，我就得到了比我給它水更多的回報。若是蹲踞下去，拔除高出它梢頂的草，它就將所有的香氣一齊悉數噴出，衣上、褲上、手上、腳上、面上、髮上，無處不沾着它那細微的香液沫，沾得全身都香了。

菜蔬中，莞荽之外，還有蒜和薑，也是以特出的香味迷人。每走過菜畦，發現蒜株的下葉葉尖枯黃了，我就禁不住俯下去摘一片拿起來聞——葉尖還沒枯黃的，我不忍撕摘。折一節薑，或是刮一薄片，湊到鼻尖，那種無以言喻的香味，眞眞是百蔬之聖！

眞正美好的事物，看着、聽着、聞着，要比實際的觸着、吃着更合宜。天地間的精華，原是待心靈的細緻感應來領略的，一旦採爲實際的效用，就因爲受到粗糙的對待而蹧蹋了。

十一月十四日

天色變化之神速實在驚人。一早打開門見着有些厚雲氣籠罩着東方，不多時整面天全陰了。可是當你低頭沈思些什麼，纔一擡頭，卻見整面天又大晴了，朝日微笑着把你目力所及的世界用他的光全給沖洗出了紙面似的一一照映出來。他正想跟你煦煦的談談家常，頃刻間雲氣又生了，並且迅速地將整面天厚厚的遮蔽了起來，你失望了，朝日也失望了。你以爲這不過是天上一齣齣的短劇開幕了又閉幕了，一會兒定會再度拉開來，可是它就這樣把幕垂着，宣告戲齣已經完場。於是第二次烏寒便籠罩住了這片田野。

有時候我倒把天當成戲臺，看得目不暇給。

天上的戲既已閉幕，我便拿了柴刀砍銀合歡去。於是我在烏寒下，把最後的銀合歡砍完。

中午給孩子們總複習。

剛剛散學，烏短的父親便吸着刺竹根做的長煙斗來找我。我正在牛滌西溪岸邊，拿了尺量我名爲芋牽牛的大白花直徑。此花太大，早就想實際量量看，把尺一按，竟然有十三公分。族兄大概是從木麻黃道來，家裏找不到我，轉到屋後又找不到，到了溪邊纔看見我在牛滌西，大聲問我：「量那山番薯花做啥？」我差點兒嚇了一跳，但我聽見他說的是山番薯花，卻像發現祕寶似的快樂起來。他這名字比我起得好，不錯，正像番薯，道道地地該叫山番薯！

在廳裏面坐定，族兄說：「下晡可眞寒！」我說：「可不是嗎？」族兄又裝了一坺煙，點着了吸着，並不言語。我心裏想，無事不登三寶殿，今兒是啥事情啊？眞是猜不透。族兄是在等我開腔，我不問，他半天也講不出來，就好像一個人被人反縛着，一定要別人來解開繩結，自己怎樣也無法解開。

過了一會兒，我說：「族兄，你找我有什麼事兒？」族兄吸了最後一口煙，站起來走向門口，背對着我，喃喃地說：「就爲烏短仔的事兒。」「烏短仔怎樣了？」又停了一會兒，族兄囁嚅着說：「烏短仔待土鼈仔十分慇懃。」背仍對着我。我聽了差點兒笑出來，就爲女兒對一個住不到一旬的生人表示了愛意，使老父如此難於向別人啟口。但族兄來找我，除了困惑之外，可覺察得出他心裏面還存着幾許的歡喜。於是我說：「您的意思呢？」族兄轉身回座，扣掉了煙灰，又裝了一坺煙——沒有點火，望着我說：「好是好，這土鼈仔脈脈兒的，一陣風就吹到天邊去了。你說呢？」卻反問起我來，可見他拿不定主意。這個題目實在有些難，一時我也不敢斷言。「只怕別人

閒話！」族兄又加了一句，這是他困惑之處。「大概是緣份，不然土鼈仔怎麼尋到我們陳家莊來？」我說道。這是惟一可以解釋而且可以決定對這件事情應該採取的態度的話。「我去探一探土鼈仔的意思。他有意，就叫他回去找親人來下聘；他無意，就叫他搬過我這邊來住。」「好是好，萬一他無意，不打擾了你？」「只怕他不肯跟住，我有何妨？」「我終是嫌他單薄瘦小。」「萬般都是命，硬木易折，弱草經風。烏短仔年紀也大了，總不能教伊一輩子當姑婆。況且伊自己中意，換了啞口的來，未必得伊心，三日兩日冤，更不好過。」族兄沈吟了一會兒說：「我也拿不定主意。其實也由不得懶揀，烏短仔若是生得好，纔十七、八歲年紀，儘有的要揀，這時候，那裏揀去？」

於是族兄待在我家候消息，我去南邊找土鼈。

我一開口，土鼈就爽朗地表示他很想成家，只是他沒有積蓄，家鄉有個親叔，人口多，僅能餬口，斷難備辦聘禮爲他主婚，他想是想，也無可奈何。我告訴他下聘只是個禮儀，不一定要花多少錢，土鼈說他袋裏就是沒有錢。我說他用多少錢，我借給他，將來生了孩子送給我抵。土鼈笑了，說不好意思用我的錢。我說有的時候再還，不生利息。最後土鼈接受了我的好意。末了我告訴土鼈，他跟烏短婚後仍然跟丈人一家人住，將來丈人百歲了，田地多少會分一町給他們夫妻；況且他有手藝，不愁三餐不度，要緊的是把身體養胖，不讓風颱吹了，那是眞的。土鼈被我揶揄得開心地笑了。我問他多少歲數，他說三十二；人看起來比實歲老。又問了他的生時日月，便回家回報族兄了。

在屋後找到族兄，見他正擔水沃菜，仔細看，纔看見菜畦中的草早薅得精光，好在沒薅草畦。族兄問我那兩股草做啥？我支吾了半天，還是老實說了，告訴他是到處收集來的。族兄沒說話。於是我們又回到廳裏，我把探訪得來的要點述說了一遍，將土鼈的生時日月寫下來交給他。族兄拿着紙條說，烏短包不會當夫人，土鼈包不會當老爺，還要對八字嗎？倒是出我意外。

族兄又坐了一會兒，談了些閒話，臨去時問我幾時叫土鼈回去請他親叔來下聘？我說耽擱久了也不好，半個月後怎樣？於是就決定下月初九(舊曆)。

我總覺得自己是後知後覺，做任何事情都慢半拍。比方說，各種天氣都能誘引我，但任一樣新天氣頭一次到，我都感而不動，一定要等到第二次或第三次到來，纔會禁不住迎上前去。前天頭一次烏寒到來，我感到了它的誘引，但我砍了一整天的銀合歡。今天近午烏寒第二次到來，下午我就呆不住了，非要出去轉一圈，冒冒凜厲的寒氣，看看烏寒下欲雨而不雨暗淡的光色不可。當然在家裏就可以冒到寒氣，見着暗

淡的光色。但是家再怎樣的寒天總覺着溫暖味，再怎樣的暗淡光色都透着明亮，因此非得到野外去，不能如實地體味到。主要的，我是在體味一個新的季節的來臨。顯然的，冬季已啣接着秋末來了。將一年比成一日，春季是晨朝，夏季是晝間，秋季是黃昏，冬季是夜晚，光色各別。但是冬季來到此地，抵不住南國的溫情柔意，往往一夜之間便開成早到的春朝。因此，這裏，這南國，是不夜之國，偶爾的一、二個夜晚，便顯得稀奇了。

〔音注〕

下晡可眞寒：寒，臺音 gân。

脈脈兒：臺音 mèh mèh à，意思是細弱，有如脈搏。

啞口：臺俗通常誤唸成啞狗，乃啞巴的意思。這裏是指族兄妻家那個啞巴族親。

冤：吵嘴、打架。

儂：臺音ㄌㄢˋ，我們的意思，包括對談者在內。

町：臺音 tė，即唸如戴姓的戴，乃田一區的意思。敦煌漢簡即用此字。

紅隼

十一月十五日

雛雞出殼約十日了，雌的已長出如許長的翼羽和尾羽，雄的只顧長大骨骼，比雌的看起來粗大多了，但翼羽纔出不出，尾羽全無，宛如春末夏初剛生翅的土蜢，樣子很是滑稽。牠們吃飽了，喜歡相對跳躍，往往彼此擠在一起，擠得提起了腳跟，摩擦着頸頷，彼此莫名其妙，發出局局的稚音，彷彿在說：「你爲何這樣擠我？你看，都把我擠上空中啦！」之後聽見母雞的呼喚聲，就一溜煙的全跑去了。母雞抓開了一塊朽木板，露出數百隻白蟻，雛雞們就一齊擁了上去。牠們似乎永遠吃不飽，任何時候牠們都可放開懷大吃特吃。雌雛很像人類的小女孩，嬌怯地啄起了白蟻，又丟開了，好像表示吃活物是種可怕的行爲似的。也許牠們體內的生理不像雄雛那樣要拚命長大，因此牠們並不急着吃。

看見雛雞吃白蟻，令我想起了小時候吃烏蟻的情景。

我的記性奇差，幾個月前的事就記不住，何況那遙遠的兒時故事？不過我的壞記性卻是我獨特的天惠：一來我很少回憶，因爲我的腦子像窮學生的錄音帶一樣，用過之後，便隨手洗除得乾乾淨淨。據說大多數人，年紀一大就差不多全生活在記憶裏，而我沒有多少記憶，就可避免這種衰老式的生活。二來我既容易遺忘，我讀過的書，只要擱置過幾個月之後再拿起來看，就宛然又是一本嶄新的生書，讀起來新鮮得很，而且這一本書往後還可以一再對我而新鮮。因此，我的書架上除了極少數的幾本書——因着某種奇待的方式成了我洗不掉的記憶，大多數的書，不論我讀過多少遍，都整架的是嶄新的生書。我想世間少有跟我一樣能夠永遠有着整架新書的人。這是我的福份。但是我總還算未到全然沒有記憶的地步，此時我記起了大約六歲時的情景。一羣小孩子在一起玩着，有一個發現了一個朽乾了的破尿桶，上面有不少烏蟻飛速地來回跑着——這烏蟻是蟻中的神行太保，疾走如飛。那孩子一聲喊叫，大家就趕了過去，團團的將破尿桶圍了起來，蹲踞下去。一個最大的孩子說：「烏蟻跑得好快喲！誰抓得到？來，我來抓抓看！」這孩子說着便伸手去抓，給抓着了一隻，便隨手住口裏送。別的孩子便也紛紛伸手去抓，抓着了也往口裏送。我年紀最小，平時我不髒，這時不知怎麼的也糊裏糊塗地跟着人家一起伸手去抓，抓着了也往口裏送。「好吃不好吃？」那帶頭的孩子問。「好吃！」大家異口同聲回答，我也應和着。以後每一想起，就覺得十分厭惡。但那帶頭的孩子爲什麼抓着了烏蟻就往口裏送呢？也許他見姊妹們抓着了頭蝨就往口裏送，便自然而然將烏蟻當頭蝨了，大概是有這樣的緣由罷！

下午壁鐘剛敲了四下，聽見母雞在牛滌西著慌地叫着，趕緊跑出去看，只見一隻

烏鶖

紅隼正要襲掠雞雛，母雞盡力抵抗着。但不待我趕到，便見兩隻烏鶖從上面俯衝下來攻擊紅隼。紅隼腹背受敵，只得放棄了掠奪，飛上溪邊的檳榔樹梢上去了。烏鶖見紅隼賴着不走，便不停的從上面俯衝下來襲擊，但紅隼還是賴着不肯走。烏鶖沒奈牠何，攻擊了一陣子之後，便停在另一株檳榔樹上觀望，監視着這掠奪者不使牠得逞。紅隼形體比雀隼大，肩羽甎紅色，膽子比雀隼大得多了。大概飢餓正煎迫着牠，而食物卻正在眼前，怪不得牠賴着不走。不見人類財富纏腰越發耽著於財富，權力在握越發耽著於權力；掠奪一地的自然資源，搾取一方的人力，以不仁致富；民主業已成風，竟能反堯舜，家天下，爲軍閥之敗行。這紅隼爲飢餓所逼，情有可原，像那些財閥與軍閥，實在令人不齒。我向前走去，紅隼見有龐然大物接近，猶豫了一下就飛走了。

十一月十六日

早上剛走出庭，在庭邊看草，忽想起該是酢醬草出的時候了，十分的懷念，卻就沒看到。就好像剋期約會的朋友，期日到了，遲遲還未來。這田野間，一年裏幾乎每一個月都有期約，期前讓人盼望，當期讓人喜悅。因爲想起酢醬草，又想起了兔兒菜，本地叫小金英，都是時候了，也一樣未見。不是它尚未來，只是它剛到，羞怯的隱在僻靜的一隅；就是仔細尋找，也未必讓你看見。然而它其實早已讓你在有意無意之間有過驚鴻一瞥，因之你纔會忽然想起它，好像你一下子心血來潮了似的。果然，當上半晡的秋陽照耀得空氣暖和開來的時候，忽看見庭前外石塊下有一朵小黃英，閃爍着金光，花梗舉出地面纔只有十公分高，就是它，小金英。我高興地快步走了過去，要和契闊一年乍又重逢的好友握握手。此地沒有蒲公英，我一向將小金英當蒲公英來珍惜。我蹲下去和它打招呼，不意就在它的旁邊發現了幾株酢醬草，正在結花蕊。這一天的上午，我心裏面無端的充滿了無邊的喜氣，宛如家裏有了什麼喜事一般。好在沒被南邊的族親看見，不然誰能理解我這奇異的表情呢？

南國的天氣，不，說得更正確些，我這近山的故鄉的天氣，自煞雨以來，白天裏

雖一例或隱或顯地吹着北風，可是一到黃昏，空氣便靜定得如同歸巢的鳥一般。黃昏時，我在庭中庭外散步，不論走到那一個方向，那蒼灰色的暮色中到處都散發着桂花淡淡的幽香。

這一、兩天來上午都是大晴的天氣，下午有雲氣，一入夜天又開了。爲貪聞桂花香，壁鐘敲了九下，我離開了書桌，走出庭去。向東一望，見獵戶座剛出了山頭，冬季果眞來了。

小金英與酢醬草

十一月十七日

今日醒來之前做了一場夢，大概三、四秒鐘不到那麼短時間的一場五更殘夢，沒有開頭，也沒有結尾，若拿電影來看，只剪接了兩個鏡頭，就是這麼短。第一個鏡頭是一羣人在一個大房間裏，房間很大，並不擁擠，場面類似西式酒會，但只感覺得到，並未看到眞有人端着食物吃。我站在一個模樣大約二十七、八歲最多三十歲的美婦人前面，這美婦人穿着一襲水色的輕紗禮服，依稀記得伊有個五、六歲大的男孩——並不在身邊，只是夢境中有此記憶，有無丈夫則全無概念，大概丈夫或已物故，或已仳離，不然不會有第二個鏡頭。婦人脈脈地望着我，我也脈脈地望着伊。這第一個鏡頭大概持續一、兩秒鐘。下面忽接了另一個鏡頭。美婦人一派溫柔而嫻麗的女性氣似乎融化了我的男性氣，我的臉面伏入伊的裙中，觸着那無比柔軟的輕紗，一種蝕骨銷魂的強烈感覺直傳入我的心裏，我感到愛情的感應像磁力一般，要將雙方吸引合而爲一。婦人雙手緊緊的搭在我的肩上，俯下臉頰來靠着我的後腦，我聽見了伊的心跳和呼吸。但一剎那間，我記起了這是在大庭廣眾之下，遂掙扎着要直起身來，於是我醒了。醒來時還眞實地感到那輕紗無比的柔軟，令我久久落在強烈的快感中。我平生沒

有過那樣在女人的大腿上伏過，更沒有觸過披在這樣的美婦人身上的輕紗。這夢中輕紗，使我第一次感到女性的溫柔，當然夢中婦人的優美品貌和伊脈脈的情愫以及輕紗是水色，乃是眞正的動力。

這場夢使我感到愉快，也感到不愉快。

一個男人固然需要女人的愛，但是能夠讓男人感到柔和如水色、柔軟如輕紗的愛卻是難遇的。就像世間上的男人不是每一個都具有使女人甘心在他的懷裏死去的愛，世間上的女人多數具有的愛都是刺目的大紅色，甚至於是紅到發了紫，而且她們的愛並不像是輕紗觸人臉面，卻像是一條繩索纏繞着男人的頸項，越纏越緊，男人要得能受得住在越來越緊的窒息中保持一絲氣息，纔能挨到這個女人漸漸老大，漸漸放鬆了她的纏繞。想想要一輩子面對着大紅色，被繩索緊纏着頸項，能夠逃，還是逃罷，逃得越遠越好！而且這還只是女人單方面的愛而已，男人並不曾愛她。男人起初所以追求或接受了她的愛，只爲了滿足自己一時的肉慾罷了。對於男人而言，這是沒有愛的結合。愛，男女之間眞正的愛，跟世間任何種愛都迥異。眞正的男女之愛，乃是對美的傾心，就像人們對自然美或藝術美的傾心一樣。一般所謂男女之愛，實全出於生殖意志的顚鸞倒鳳，他們可以愛得死去活來，但不論他們如何地愛，總沒有半點美感，這種愛可名爲醜陋的愛。這是嚴重的區別。眞正的男女之愛是俊男子與美女子的愛，

除了對美的傾心，沒有其他，一旦有其他介入，愛就殘破了。包藏着一顆邪惡或狠毒之心的人，不可能是俊美的人；美是整體的，不單是外表的。因之對於一個心懷邪惡或狠毒而外表看似俊美的人產生愛，這種愛並不是對美的傾心之愛，乃是生殖意志支配下醜陋的愛，這一點須得嚴格區分。其實凡是愛必然是美的，生殖意志支配下的所謂愛，應該只算得是慾，不能名爲愛。但是夫妻愛，那是眞正的愛，可是已不再是男女之愛罷了。男女之愛——不是男女之慾，該是怎樣的高揚啊！試想想，你正凝視着的他或伊，乃是個平凡的形象，甚者是平凡以下的形象，對你沒能產生出一絲一毫的美感，你感到的豈眞眞是愛嗎？那不分明是慾嗎？眞正的愛，乃是極少數幸運者的天惠；就像天才，是極少數幸運者纔有的秉賦。多數人活了一輩子，結過婚，生育過子女，卻是不曾愛過。當然這是不公平的，令人感傷的，但這是事實啊！可是只要像我，做過一場三、四秒鐘長短的夢，也總算是愛過了。夢有時可以激勵一個人，有時卻可以摧毀一個人。若不是有幾本大書要寫，在夢了這個美婦人之後，我寧願從此死去！孔子說：朝聞道，夕死可矣！這也是道啊！道在人世上乃是以各種不同的形相顯示給人的。眞理是道，這優美溫柔的愛，難道就不是道嗎？

黄昏時，第一次聽見報春鳥在東籬下截截地鳴着，報春總算來了。我所熟知的冬留鳥中，報春總是來得最遲。我猜牠早就到了，一路由臺灣北端遊蕩下來，待來到南國，已是晚秋將盡的時節了。

十一月十八日

那天仲張一早起來，說是聽到十幾種鳥聲。今天我特地做了記錄，要看看一天裏究竟聽到幾種？計：

早晨：藍磯鶇、白頭翁、青苔鳥、藍鶲、烏鶖、麻雀、草鶺鴒、陶使。

上午：雲雀、伯勞狸、烏嘴鷸、長眉、家令(八哥)、夢卿、老鷹、烏鴉。

下午：斑鳩、報春、灰鶺鴒、白鶺鴒、黑鶺鴒、赤腹鶇、黃尾鴝、雉雞。

黃昏：小環頸鴴、赤腰燕、伯勞、夜鷹。

以上不重出，共計二十八種。

夜間還有幾種，到此時(八點)還沒有記錄，可能有夜鷺、野鴨兩種。合起來，一天裏大概可聽到三十種。另有無聲鳥，不是絕對無聲，通常都是不作聲的。今天下午走出去，看見鶺鴒、三趾鶉、鷸鳴；也看見樹鷚，樹鷚是有聲的，但太細，幾乎聽不見。黃昏回家來時，在路上被一隻夜鷹嚇着；也許那時候要算是初晚了。一隻夜鷹停在牛車路中間，根本看不見，牠早不飛，晚不飛、偏偏在我腳尖前拍一聲飛起，展開翅膀來有兩尺寬；一團黑物就這樣活像從地中鑽出，沖天飛起，掃過你的心胸，掠過

你的臉面，像隻妖魔攝走了你的靈魂。

農人普遍不喜歡夜鷹，一來牠叫蚊母鳥，人們誤以爲牠是蚊子之母，是出來散播蚊蟲的：二來牠專嚇唬夜行人，從黃昏到半夜，任何所在，你都可能遇見牠，不是從腳尖前，便是從面前，像一道三曲折的黑色閃電，膽子再大的人都會被嚇着。牠在空中打轉時，纔痛快地ket ket而鳴，這時候世界再沒有聲音，牠統御一切。此時，我正寫着牠的時候，牠繞着這幢平屋的外圍飛了一圈，總共費了牠兩秒鐘時間，你看牠閃電式的飛行有多快！

在自然界裏住久了，自然就認識得各種鳥聲，所謂近水知魚性，近山識鳥音。鳥音之所以可能認識，當然全賴其鳴聲固定。假若各種鳥的鳴聲不固定，單憑聽聲就不好認出是何鳥了。這裏好像又是一種設計。我有時就覺得十分迷惑，爲什麼公雞總

樹鵲

是那樣地啼？不論自受孵之前就是離羣孤絕的卵，長大了還是那樣的啼。當然這裏很容易令人想起我的靈魂說。但是蜘蛛吐絲張網、蠶蠋吐絲做繭，說是靈魂的先天之知是不錯，若連鳥鳴聲也說是先驗智識或所謂良能，那便成了玄學，玄學是不科學的。鳥鳴聲固定，一種鳥一種歌調，或幾種歌調，很少交混互亂，形成了自然世界豐富多樣的樂音，這是事實。不錯，這是設計。但機關究竟安在那裏呢？它不安在靈魂裏是可以確定的。那麼它安在生理體上嗎？除了生理體就再無出處可想了。然而你下了這樣的認定，不必多久，就會遇到困難。比方說，草鶺鴒和陶使，形體習性幾乎完全相同，正如子貢說的「虎豹之鞟，猶犬羊之鞟」，可是二鳥的鳴聲卻沒有應有的同一。就連應有的類似也沒有。這個如何解釋？從表面來看，當然不好解釋。只要是同科屬，就有很多鳥體看來完全相似。論理，這樣相像的兩種機關，不可能發出兩種不同的聲音，這裏確是不可解。若眞要尋出其相異之由，我想《莊子・秋水篇》上說的話「自細視大者不盡，自大視小者不明」，正指出了癥結所在。理由是鳥體結構對於人類不免顯得過分的細，換言之，用人類的巨視來觀察鳥體的微構，難怪觀察不明。我們以爲我們的皮膚光滑平坦，在顯微鏡下纔知一似多山地帶，峰起壑落，處處嶔嵜。但鳥體結構，同科屬總是相近似，鸚鵡且可學舌爲人語，何況同是鳥類，豈必不能彼此仿音？各種鳥類因同居一地，互相仿音，乃是常見的事實。雖能仿音，畢竟結構上最宜本音。以人類爲例，喜怒哀懼，自有一定發音，萬人同例，文野同聲。這可以悟鳥音之定式。鳥音之定式全在生理。再以公雞而論，公雞之定式在於喔喔而啼，除此而外尚有報時之性。此兩項秉賦當然不是巧合，明言之，乃是出於設計。公雞報時之性亦是出在生理，不出於靈魂。一隻公雞周旋數隻母雞之間，一日間交接數百回，而不厭不疲不病，生物中數陽猛實無出其右。試想性機能如此特殊設計之生物，白日耗之又耗損之又損而無所虧於其精，豈須黑夜爲之貯息？大概而言，自日落天全黑至半夜，有四、五個鐘頭於彼已不耐煩。故當牠半夜裏一覺醒來，但覺精力飽滿幾欲爆破，而四顧漆黑一團，卻不確知情敵所在，或許在一尺外，或許在一丈外，於是蠢蠢然昂起頭來，啼他十數聲，聲明勢力範圍，一方面表示警告，一方面也表示願意接受挑戰。但啼過十數聲，無任何反應，而四周確黑暗得無聊，於是不知不覺又昏昏睡去。但牠精力飽滿，兩個鐘頭後又醒了。醒來不免又虛應故事，啼他十數聲，然後又昏昏睡去。又兩個鐘頭後，又醒了，又啼他十數聲。這回天也快亮了，牠實在再也耐不住，怪不得再稀薄的曙光都逃不過牠那雙精力飽滿得要爆破的雙眼。這便是公雞報時之性的祕密。但是你若以爲牠的喔喔而啼的定式跟這報時之性是巧合，你的腦筋就太簡單了。

由前面的記錄，可見我一天裏至少聽到三十種鳥音。

植物也跟鳥類一樣，以豐富多樣的彩色裝飾着大自然。既經記錄了鳥音，也該記記地面上的花色。單是家屋四周，此時我閉起眼睛來，便浮出那麼多草花，其中一部分是知名的，一部分是不知名的，現在將顯眼而且知名的記錄如下：

1. 水丁香，黃。
2. 丁香蓼，黃。
3. 紅辣蓼，紅。
4. 芋牽牛或山番薯，白。
5. 小牽牛，紫白。
6. 槭葉牽牛，紫。
7. 雞屎藤，外腐白，內紫藍。
8. 毛西番蓮，外白內紫。
9. 肖梵天花，粉紅。
10. 薊，紫。
11. 藿香薊，白。
12. 紫花藿香薊，紫。
13. 賽葵，乳黃。

14. 一點紅，紅。
15. 燈籠草，外白中黃。
16. 昭和草，褐紅。
17. 咸豐草，外乳白，中黃。
18. 含羞草，粉紅。
19. 山蕒(山萵苣)，淡白。
20. 苦蕒(荼)，黃。
21. 決明，黃。
22. 石決明，即望江南，橘黃。
23. 黃鵪菜，黃。
24. 小金英，黃。
25. 蠅翼草，黃。
26. 酢醬草，黃。
27. 馬齒莧，黃。
28. 尖葉馬齒莧，紅。
29. 田烏，白。

咸豐草

一點紅

30.心葉母草，紫白。

實在多的是，縱然知名，整大片熠熠如繁星，誰還能不眼花撩亂，一一加以辨明？大地裙襬上瑤碧明珠的盛飾，比起她的耳璫腰琚，還要迷人啊！

田園給了我這麼多，這是我的財富。

今早陰寒，全日陰，時有日花，稍冷。

〔音注〕

酢醬草：酢同醋。

藿香薊

昨日纔檢點過我擁有的財富，今日忽然想起，萬一田園或因久旱，或因其他因由，遭遇不可抗力的災害，將會有怎樣的情景？當然昨日我所列舉田園給我的財富，將一下子悉數化爲烏有。那可愛的鳥兒若不外徙便要全部死亡，草木將全部枯死，大地將變得孤寂而無顏色。田園掙扎着要維持舊時的一切，終於連田園也會死去。我自己呢？南邊族親呢？我們將捨棄已死了的田園而他去嗎？既然赤地千里，整個臺灣的自然界都死了，我們能到那裏去？可以想像得到，城市裏的居民早已飢渴流離，僵死在走向田園的道路中。我和我的族親，將只有守着田園的屍骸而死去。到那時，僅有天上的浮雲活着，俯瞰着在它看來是個完全陌生的大地。這種境況，可能有嗎？世界末日會到來嗎？「來日大難，口燥唇乾。」農民早經過千百次浩劫，死去了不知多少人？但只要田園能復甦，農民就不會死絕。然而也許有一天災禍集合起以往有過的一切力量，肆力打擊下來，田園就會永遠不復甦，那時農民也就只有跟着他田園間的朋友一齊絕滅了。

在田園間走着，見着各種鳥飛過，各種草弄花，想像着不幸的日子來臨，我不爲

自己的僵死難過，也不爲族親的滅族感傷，我只爲這樣美好的自然，原是到處含着乳汁的田園之消逝悲痛。

但願那一天不會來臨！老天若會毀滅自然就不會創造自然，田園若會死亡早已死亡。這自然與田園既已反覆存在過這麼多年，它理應無窮無盡的再存在下去。只要老天還是自然與田園的主人，自然與田園就可無慮滅亡，老天將會不變地呵護祂的創造，使之永遠存在下去。只怕有一天這自然與田園換了主人，這新主人因爲沒有過創造，不識得創造之意，竟至將自然與田園凌虐致死。這新主人，除了貪慾的人類還有誰呢？人類要把自己的家園毀了，因而危及自己的生存，老天又能奈他何呢？啊！我所躭心的便是我們兄弟中的敗家子啊！

黎明時聽見綠鳩在木棉樹上吹壎。說是吹壎也許教人驚着，鳥怎會吹壎呢？壎是形似鵝卵的土質吹奏樂器，發音嗚嗚然。綠鳩的鳴聲與之酷似，悠揚上下，大約有半分鐘長。家裏偶爾會來，鳴聲每一隻都完全一樣，好像是譜了曲譜，照曲譜教出來的。最令我對鳥聲的一定曲調驚奇的就是這綠鳩，牠節奏緩慢，旋律分明。本來很可以有不定式的唱調，可是牠就是永遠精確的一種調子，誰聽過誰都不能不對牠的調式之完全固定感到迷惑。當然這還是巨視與微構的問題。但卻是那樣強烈唆示着玄學的解釋，令人認爲牠的曲譜先天存在於靈魂中。這裏我倒願意闕疑，我盼望專家來做個精密的研究。

一打開門，見着的是魚鱗天，日剛剛要出，眞美！每一塊細鱗雲的東半邊緣都泛着霞光，越近東，霞光染得越多，近日出處，全成了金光燦爛的霞片。

上午在書房裏看書，聽見滾囀聲，我疑那是報春；但報春沒這麼早。

下午壁鐘敲了四響之後不多久，又聽見母雞驚惶聲。出去看，又是那隻紅隼。雞雛都躲入牛滌內牛車下，母雞在車前護衛。這幾天下午我都不在家，這隻紅隼也許天

天準時來。每日黃昏時我都數過雞雛，沒有失落，因此以為那天是偶然過境，誰知牠今天又準時來了。眞是一隻沒氣概的鷹，野外獵物有的是，怎麼成了一隻偷雞吃的狐狸？紅隼一見我，就飛走了，烏鶖乘勢在後頭追擊。

夜讀時聽見一隻夜鳴鳥，此鳥我一直不曉得牠白天是什麼鳥，在屋後鳴，又像是在木棉樹上，又像是在灌木叢中。每兩秒鐘一聲ㄗㄨˊㄧ，帶着尾暈，也許是夜間空落的回音或共鳴。鳴聲頗細，只比草蟲聲略大些。時常聽見此鳥。有幾次差點兒拿了手電筒出去。但去也沒用，凡是夜鳴鳥，夜間都能飛。

今夜我讀到雞啼，好痛快！但天氣頗寒，若不是書中是暖春，自初晚坐到深夜，怎敵得住？

〔音注〕

夜鳴鳥：貓頭鷹的一種。

綠鳩

十一月二十一日

全日陰寒。

今天有兩件不可思議的事：第一件是報春整日唱着牠的報春歌，昨日聽見的滾囀已可證明是報春無疑。是什麼微妙的因素，使牠誤把冬到當春到？實在値得研究。自從我認識報春，還沒聽過這麼早開春的，通常總要到二月中旬纔起唱，最早也只早到十二月底。但自〈月令篇〉便詳載着時令舛錯的事，大概時令失序自有它的原因，縱然人類覺察不到，物類卻像安有某種精密儀器，立即可以覺察出來。第二件是白腹秧雞居然把初冬當暮春試唱了起來，時序乖舛得更加厲害。牠先是像嬰兒嬌啼，「有碗」（唸臺語音）「有碗」地叫。然後kùrù koàk koàk反覆唱着，但沒唱多久。

管他時序乖舛，恨不能在一天裏聽到全四季的鳥聲，那纔是天惠呢！應該感謝那存在於空氣中的微妙信息！尤其報春既經報開了春訊，這一年我至少有四個月的春歌可聽；比起常年，這一年我將有兩年份的春，眞是何快如之！

白腹秧雞

十一月二十二日

上午在書房裏看書，先是聽到一隻雲雀在空田上昇起，繼而又聽見一隻在小溪北昇起，再後又聽見一隻在路東昇起，一時似乎都聚到屋頂上空來了；又似乎覺得竹蔀南也有一隻昇起，因爲鳴聲擊撞着房內空氣的每一粒分子不規則地跳，已無法分辨。我原本是偷看的書，此時這幾隻雲雀聚攏在屋頂上空，似乎唱着說：這樣美麗的天色、陽光、草色和空氣，你還偷看書嗎？還不出來嗎？於是我急急把書本闔了，走了出去。果然有四隻雲雀，環着平屋，相去各約十數弓遠，正好東西南北各一隻。怎麼說好呢？該一一向牠們敬禮纔是！一回頭，卻見那隻鶺鴒停在屋頂上，正在向我鞠躬。又是該怎麼說好呢？我向牠舉了舉手。鶺鴒又鞠了一次躬，就飄起來了，正飄過我頭頂，我看見牠在唱歌，但聽不見牠的歌聲，牠的歌聲被雲雀的歌聲掩蓋住了。

大概唱了六、七分鐘，這些天上的歌者便次第下地來了。這時纔聽見屋後有陶使在高唱，牛滌西過去有草鶺鴒在脊令脊令囀。凡晴朗的上午，大抵如此，只是雲雀的圈子沒有正環中着平屋罷了。只要有鳥聲，我便即刻從書本裏浮出來，尤其是雲雀、草鶺鴒、陶使，牠們大率都唱得長久些，我一定從書中完全浮出。其他鳥聲只一、二

聲，我也必然感應到。說我讀書不專心，倒也沒冤枉了我，我就是不專心；這世上少有的美麗季節，我讀書只是偷讀罷了，怎可能專心呢！

下午我遭遇了尷尬的場面。一件事反覆做下去，總會被人撞見或識破，不管做的是好事是壞事；這就是機遇的變質。我剛沃過了桂花，接下去自然是沃庭中草。一個族姪從潮莊騎車回來，特地拐進來看我沃的是什麼寶貝？沒料到卻是尋常的草。族姪裝着沒看見，跟我搭訕別的事兒。好在是族姪輩，換了族兄輩，我準成了大新聞。

今天下午紅隼似乎沒有來，或許牠在別處得了手。

夜讀時間，我拿出了孩子們用的習字簿，寫下了「雲雀之歌」四個字爲題，想寫一篇長詩，好跟雪萊、濟慈媲美。結果，塗掉了大約半本習字簿，一行也未寫成。嚴羽說，詩有別才，不關書。我不得不承認我沒有雪萊和濟慈的詩才。也許，也許我的詩觀過分地高，終於使自己攀登不到。

今日我忽又想起兩年來老想實驗的一件事。我一直想實驗一下，在這田野間，只吃自然產物，能否長久維持得下去？或是雖不能長久維持下去，到底可能維持多久？但是我剛一想起，便覺察到此非其時也。怎麼說呢？第一，此時田野間無論木本草本，結果期早已過了，先就沒有直接可食的果實。若是在春中，龍葵、苦蘵等草結實纍纍；若是在盛夏，則有採擷不盡的桑葚、番石榴；若是在雨收前的初秋仲秋，則番石榴還到處有；但是雨收以後，這一切都沒有了。第二，此時即連野蔬也生意闌珊，多老而不嫩。若一個人眞正要過原始人的生活，這南國的冬季，跟北國的凍原一樣艱難。當然若容許罝兔射雉，羅網飛鳥，南國究竟是南國，情形之好，非北國可比。但這是我的實驗所不允許的。遲早我總會在各季中分別做做實驗，一來試試適應力，二來可確實獲得答案，三來我很想藉以測出要養活一個野人，需要多少荒地。這個實驗，我打算做詳細記錄，其價值應該超過這本日記。

早晨時陰寒，稍停就開晴了，想切實看一看田野，我又走了出去。我老是在田野間轉，老實說，一個地方太美了會妨害讀書，若有旁人看見我的讀書情況，準會搖

頭，極可能把我看成小孩子一般，認爲根本是讀着玩的。這也許是事實。不過一個太美的地方若眞把書讀了進去，效果卻就奇大了。這也是事實。

田野間果眞看不見有任何果實，見着愛吃果實的白頭翁和靑苔鳥，不免爲之戚戚然。《詩經》上說：桑之未落，其葉沃若。于嗟鳩兮，無食桑葚。這裏所說的鳩，大概不會是班鳩罷，因爲周朝人鳥就叫鳩。這句詩的意思大概是說：你們野鳥啊，不要把桑葚吃掉啊！斑鳩、鵪鶉、麻雀都愛吃穀物，愛不愛吃果實，我不確知。大概像桑葚這類小果實，斑鳩誤當穀物吞食是極可能的。我初見着斑鳩在小溪邊飲水嚇了一跳，誰曉得這樣美麗的鳥，竟是牛飲，跟赤牛哥的飲法一模一樣，就像雲端上伸下一條龍卷，將海水向上吸般。

走着走着，發現了一處將枯的野芋。蹲下去挖，居然有拳頭大的芋頭。嗯，只要野芋量多些，這一季的實驗就不怕缺乏主食了。我挖出了一半，留了一半供明春再發。住在自然界多好，見了可食可用的東西，可任意帶回家，並且這又是責任；不然丟在那兒任其腐朽了，讓自然界造成浪費，竟是有罪過。若住在人寰中，你那裏有這樣的責任？老天的心懷永遠不是人類能趕得上的。只有在老天的境地裏，纔有這樣可愛的邏輯。這不是貪心，這確實是責任，不是農人大概不容易了解這層意思。

近午時轉到北邊大蔗區，在一條大阡陌邊看見一隻奄奄一息的雄雉。起初瞥見羽

色，離得那樣近，不由狂喜，及見牠一絲不動，纔覺察出不對勁兒。行近去看，乃是中了散彈，大概是一早發生的事。仔細翻着看，只有頭頸沒有著彈，虧牠中了致命傷之後，還能逃過獵犬的嗅覺、獵人的視覺。可憐的美鳥啊！吃這樣的美禽，就好像踩踏名花一樣的鹵莽，實在太辜負了造物了。生命中審美之心昏睡着的人啊，怎不蹧蹋了這個世界！北面的田野，時時有人行獵，有時候遇見他們腰間掛着血淋淋的雉兔，我就不曉得該怎樣和他們打招呼好？人不止有張嘴，人還有一雙眼睛、一對耳朵啊！看看不可能救活，只好替牠挖了個地窟，鋪以乾草，將牠安放下去，惋惜地撫捋牠那耀人的彩羽，然後在牠身上蓋以一層薄薄的枯草，以避人狗的眼目。

看着鷚鳴飛，多輕飄啊！在蔗田間行走，時常可以碰見。此鳥通常都是嘴尖朝天，一動不動地站着，樣子很怪，飛起來時也輕緩得出奇。我極喜愛此鳥。

下午剛走出庭，便聽見桂花樹中有鷩𪇼的歌聲，聲音很細。那是不可能的事，鷩𪇼從來不進入繁枝密葉中。行近去看，又看不見鳥，聽音質，分明是青苔鳥。一會兒，果然飛出了一隻青苔鳥。少小所熟悉，從來沒聽見過牠唱歌，沒想到牠還會學舌。可見各種鳥之間會互相模仿，鷩𪇼模仿雲雀，青苔鳥又模仿鷩𪇼。這是意外的收穫。在山邊曾經看見過形色和青苔鳥一模一樣的鳥，歌唱得眞好。鳥書上將這種會唱

歌的青苔鳥歸入畫眉科，但牠絕不下平地來。

午後又陰寒了，夜間更顯得冷，大約在十度左右，可是一隻竈雞依然在櫥下鳴着，我在心裏面大為牠的雄性喝采。我若寫出下面的話語，也許被人指說，我是自我中心主義。燈火照明着，好友還在讀書，十度的寒氣算得了什麼？牠非要振翅傲鳴，助助興，把明早太陽一出便融化掉的短暫冬天，震出屋外去，怎能顯出牠的男兒本色？也許牠是在高聲朗吟冬夜春夢之詩或昆蟲世界的一段史詩呢！

到底這些鳴蟲類，要冷到幾度纔停止歌唱？該置一副溫度計，好好兒測定一下。我想此時縱然不是十度，也已接近十度，大概不會超過十一度。

〔音注〕

鶗鴂：臺音家採(採的ㄊ改為ㄉ唸)。即英語battern；日本人寫做鳽。

鵁鶄

早上起床要去廚房洗面刷牙，瞥見廳門開了一道縫，此時天雖還未明，屋外總比屋內明些，因之門縫透着幾許的淺白。也許是花狗進來過。果然是花狗，花狗不止是進來過，乃是一進來就沒再出去過，此時牠還蜷臥在門後的壁角下，見我走近，纔起身來迎，牠那兩隻夜光眼還有夜光呢！「你這少年家也怕冷嗎？」說着我摸摸牠的頭頂。太嚴寒的天氣，給花狗摺疊一條麻布袋當暖窩也是應該做的，我所以沒那樣做，是要讓牠保持自然的秉賦，一旦被寵成老爺狗或少爺狗就不再是狗，而是玩物了。有能力的生物被當做玩物，那是莫大的悲哀，也是莫大的屈辱。

今早大晴，下午亦晴。寒冬到了南國，就像強弩之末，只剩地心引力吸它墜地的重力，它本身的衝力已然全失了。

小金英的花發現得更多了，酢醬草的花也有了。待朝日晞乾了露水時，這兩種草花就完全展開來了。在庭前看小金英，發現一種更小的小蜜蜂，後來我量了牠在花心中所佔的長度，只有五公釐半長。牠的樣子、顏色，跟蜜蜂完全相同。我蹲下去時發現牠繞着花蕊打滾，像童話中的小花精一樣，萬分滑稽可愛。牠的後腿，各黏着一團黃橙橙的花粉，胸腋脅腹，連頷下都抹得鍍了金一般。既然牠攜帶花蜜，不知道牠們的巢築在何處？即使發現牠們的蠟製蜜巢，必定小得不起眼，大概只有小人國的人看來纔像樣兒。附近牛頓鬆草葉上停有一隻普通蒼蠅在曬太陽，對照起來竟比那隻蒼蠅還小。這隻小蜜蜂去了又來，來了又去，不到十分鐘，重來過三回。從而可推知花蕊中的花粉和花蜜是不斷分泌着的。據說十六度以下，蜜蜂的活動力就差些，這隻小蜜蜂在暖和的陽光中頗爲活潑，也許牠飛起時就會感到十六度以下的約制；此時的氣溫，即使超過十六度，也不會高過多少。

下午四點許，紅隼又來了，看來牠不得手似不肯罷休，眞是令人頭痛。好在烏鶖老是護衛着，不然難免遭受荼毒。只怕烏鶖一時不在，或是給牠覷出了罅隙。而且雞雛的活動範圍總是要逐日擴展的，萬一在空田中，準措手不及。老鷹也是天天來的，但牠飛得高，待牠俯衝下來，雞雛早到安全之地了。這紅隼，飛得纔有兩丈高，且能夠停在空中，危險性實在大。我一直想不出有什麼好法子對付。但退一步想，一窩卵出十四隻，十四隻都望牠無災無恙到成雞，那是不可能的，是不合情理的。不止自然界生物數量有各方面的調節，人類本身也逃不過。這紅隼身負調節的使命，牠就極力的要執行。只是牠的權限原本只在自然界，而今牠越進人事界裏來。但自然與人事的

界限並未截然劃開，人事極力的要侵犯自然，而自然也極力的要包攬人事，二者的交戰交侵愈來愈劇烈。田園是一分人事，九分自然，到底是自然爲主，因此不能排斥紅隼。同理，農人不能排斥野草、野鼠、野鳥。何況自然本身便藏着玄機，有着至完至周的用意，人類偏頗的計算，永遠是差誤的。

我住的屋子雖不是瓊樓玉宇，我住的自然界卻眞的全是玉造的。那整大片的天是藍玉，那到處點綴着的樹木是碧玉，遍地的草是綠玉，小溪中流的水更是無出其右令人讚美不盡的瑩玉。這一切眞眞實實地全閃爍着華潤的玉光，教你不能說它不是玉。這是住在自然界的豪華，任何人皆可以居而有之。感謝老天！即使我的生命有時而盡，我也一樣感到無遺憾的滿足。

我對自己的地位或身份感到驚訝，我發現我竟是天地的旁觀者，好像身在天地之外。我愈來愈覺得這是我所處的地位。我好像越來越成了老天的朋友，在一邊鑑賞祂的每一件創作，而爲之傾倒，爲之神解。

在自然界，除了像夏雲一類特意醜化的現象，不曾見過醜物。夏雲所以創造成醜狀，是爲了配合夏季的可厭。整個夏季都令人厭，若夏雲單獨美好，就不相配了。藝術創作的終極目的或成就是美，大自然是億萬種創作的總合，換言之，大自然是美的總合，包括形式美與律動美。在大自然中，就好像是在一座無量大的美術館中一般，眞是目不暇給。

下午見到伯勞在老楊桃樹表上學鷽櫥吟唱，只隔一天，那隻鷽櫥便又教牠的另一個學生出來證明牠的勤唱收到了什麼樣的效果？從這一件事上，可以窺見那隻鷽櫥在平屋四周圍留下了多少歌聲？牠的歌唱勤到什麼樣的程度？自從牠回來之後，幾乎無日不唱。我想，在這一帶來去的各種鳥兒，對於鷽櫥的歌，必定都已耳熟能詳。能夠琅琅上口的，恐怕不止前天那一隻青苔鳥，今天這一隻伯勞？這事教我這業餘田園

生物觀察家興奮，更教我感到滑稽發笑。說不定那一天連我都會不自覺地學牠哼哼唱唱，吊起嗓子來！我想這鷺橛該再給牠另一個新名，就叫牠樂師鳥罷！在鳥類中，牠這本事要算第一了罷！

四點許時，紅隼又來了，眞是一隻執著的鳥。整個下午我都在家，我一聽見壁鐘敲四下，就趕緊跑出屋外，趕到牛滌邊。沒過幾分鐘，牠就來了。原來牠是從西面來的，不曉得爲何這樣準時？牠一見我，就曉得沒指望，便在空田中緩緩地打圈，烏鶖就在後面追擊；但牠不像老鷹，牠一點也不驚惶，慢條斯理地，循原路向西飛去。

我想這隻紅隼一天裏必定有固定的狩獵途徑，早晨從本巢出發，經過一定的地點，一站站的，就好像一班客車，下午四時許就準時到達本站。大概本站是盡東站，不論得手不得手，車次總要往回駛。

飢餓確是一直煎熬着生物，草寧願給過量的雨水浸死，也不願意亢旱。南面力力溪間沙漠地的草，纔出地面就結蓓蕾，覺察着生存的艱難，要儘快傳播更多的種子。本季乾旱開始時，沃地裏的小金英，可生長到一尺以上，最高可達到一尺半。但同是平屋四周，到了旱末，楊桃樹下，我往返平屋牛滌的徑旁，也許地質被我長年過往踏實，纔四公分高便開花，而且自此日漸萎縮。農人幾千年來，甚至萬年來，便是在飢

餓煎熬中過的。農人見面便問「吃飽未」，英語問候語How do you do? 無非問如何餬口的意思。要維持活命確是艱難。世界生物現象多彩多姿，熙來攘往，其本體只爲着吃，爲着活；爲了吃，爲了活，而有那樣繁多的活動，無止息的活動。城市裏的窮民，是人類中最不幸的人，即使手裏正拿着食物吃着的時候，明日飢餓的魑魅就咬着他的心；他茫茫然的看不見明日的麵包。食肉獸只要出去追獵，總可以果腹；鳥兒只要一木飛過一木，一草翻過一草，一天裏總可找到千百隻蟲吃。而城市裏的窮人卻是沒有獵場，也沒有覓食地。對於這樣的窮人，活着就是無休止的飢餓恐慌。農人比城市裏的窮民好得多，農人有一塊或幾塊土地，只要不斷的播下自己的汗珠，就會生長成穀粒——當然凶年除外。但農人必定要天天在他的土地上滴下汗珠，他一天不滴下汗珠，就一天沒得吃。故農人終生辛勞，不敢偷懶。農人在土地上看見明日的麵包，這是他比城市窮人安穩之處。但明日的麵包有時候也會突然不見，故農人一輩子依然受着飢餓的脅迫，心上總是籠罩着飢餓的陰影。農人有比城市裏的窮人更不幸的命運，城市裏的窮人要爲自己流一滴汗也沒機會，這是他的悲哀，而農人的汗卻大都是爲別人流，他無端要納官租，穀價賤如土。他的牛身上只有一隻牛虻、幾隻牛蝇，他身上卻有數不盡的人虻和人蝇。從來那些人也跟城市裏的窮人一樣不流汗，他們叫農人代流，而他們白取了大部分的莊稼。那些人身上帶着一個胃，使他得到吃喝的

享樂；而農人跟城市裏的窮人一樣，身上帶着一個胃使他恐慌，這個胃填一輩子填不滿。鳥獸餓了的時候纔出去討吃，農人和窮人卻在事先就恐慌。因此對於農人和窮人，人生就是今日的麵包和明日的麵包。我生於農家，身爲農人，對農人觀念的極端狹窄感到驚訝。農人腦子裏只有食糧，他時時刻刻恐慌地想起他的胃，這就是他全部的觀念。不論天色多美，他都看不見；滿天星光，閃不入他的眼中；大地再怎樣的綠，花再怎樣的紅，他都看不見，他只看見稻穗、豆莢、瓜實，若他的莊稼的果實是結在地下的，如土豆、番薯，他憑地面上的莖葉可看見地下的糧。農人是胃主宰了他。這就是農人，他是眞正的wildlife。在wildlife之中，他是最溫馴的，紅隼比他兇惡，田鼠比他狡猾，一般說來，他與食草實的鳥兒最近似。農人和其他wildlife一樣，地過的是本體的活動，而不能感印現象，故他沒有美感；但他吃飽了，也會唱唱歌，地糧以各種方式向他顯示時，他更會開心地唱，像隻不會飛的鳴禽。農人即使有翅膀也不敢飛，今日的、明日的麵包都在他的土地上，土地不可能跟他一齊飛。因此農人永遠死釘在土地上，永遠只想着土地上的麵包，而不會想到致富，更不會想到支配別人。農人是徹頭徹尾的好人，因爲他的腦子裏只有那不走不飛，用他的汗珠播出穀粒的土地。這就是農人的樸質寡欲性格的全部。在資本財閥統治的國度，農人早已失去了土地，被收攏入工廠。他從工廠獲得今日的麵包，看到明日的麵包，而爲別人流汗如故。他依然本體地活動着，而不會感印現象，因而仍舊沒有美感。他雖然不再是wildlife，卻保持着wildlife的生命。他一生中最接近美感的境地，是吃飽後，像他原先在野地裏的兄弟——野獸或鳥類，哼哼唱唱，以表示胃主宰的暫時解放。農人究竟是農人，無論到了何地，他還是農人的樣子。當着人類向前進化，他還是wildlife。當人類將生物生存本能順着下坡滾下去，滾成越來越大的雪球的時候，農人還保持他是wildlife，沒有變成進化中的人類。這是農人可愛之處，惹得詩人讚美之處。Wildlife是吃飽了就無事，而進化的人類是吃飽了纔有事。Wildlife是吃飽了便什麼也不想，只想歌唱其暫時從胃支配獲得解脫的快樂；而人類則吃飽了纔開始計算如何劫奪同類排擠鄰居，他吃得越飽他的惡計便越是想得周密。農人至多想到固定在自己土地分內的明日麵包，而人類則想到一切麵包。一個進化人，不止要今日的麵包，要明日的麵包，要可能得到的一切麵包，還要整個地球，若整個宇宙可能要到，他更要整個宇宙；他的生存本能轉變成了貪婪。通常他要不到整個地球，因爲貪婪者不止他一個，於是一些有力的貪婪者，盡力的要把地球上的某一地存有，一夜之間都變換成他銀行戶頭上的數字，把山翻過來，把海翻過來，把平原翻過來，就像食物由口腔通到肛門而變成廢物，他要把山海平原一夜之間變換在存摺上成爲天文數字，而不恤其從此全部毀廢；另有一些貪婪者，不算數字，而計人頭，他們奴役同類，號令一國。生物生存本

紅隼

能原是個體存活顯發的機動程式，最多止於未成年子女，一旦達到目的，本能即得暫止，萬物莫不如此。惟獨人類將之滾成超出個體存活及未成年子女字育之範圍外，無限地膨脹與擴張。萬物無自覺且不如此，人類有自覺反而如此，這是下賤的。人類說是最下等的生物也不為過，因為在億萬種生物之中，惟有人類的生存本能癌質化，人類這個癌質化的生存本能，或將導致萬物的絕滅，地球的毀亡。

飢餓確實一直煎熬着一切生物，但一切生物都未曾變成邪惡，而人類卻因之成了存有界惟一的惡魔。若不是還有少數的善良人、志士、詩人、哲人和農人，老天這番創造就完全失敗了。

十一月二十六日

鳥兒隨季節遷徙是大家周知的事，但並不是所有的鳥兒都有遷徙性。近日水田區水稻正熟，正在採收，木麻黃列樹上刺竹蔀上的麻雀早晚出入，顯得格外有精神。昨日黃昏時在庭前閒佇，看着麻雀一陣陣自西邊回來，牠們棲息的嘈雜聲遠遠聽來，比平時似乎大得多，心裏覺得十分歡喜，決定今早停了早讀，觀賞牠們出宿。曙色纔伸，牠們就陸續醒了，大約十分鐘的時間，全都起床了。牠們在自己的棲位四周跳來跳去，看來似乎在互道早安的樣子。我看準了一隻，視線跟着牠跳，見牠大約跟二、三十隻問候過；也有少數飛得遠些，有的從北端飛到南端去，或從南端飛到北端來，或許牠們有幾個摯友昨晚相失了，此時聽見牠們跟別人問候的聲音，就飛了過去。天色亮得很快，不多時牠們便陸陸續續向水田區出發了。天還沒大亮，早沒有了牠們的蹤影，木麻黃列樹靜靜的迎着朝曦，好像它們是剛睡醒的樣子。我忽思想着，假若麻雀也有遷徙性，一年裏將有多少晨昏，我將落索得像一株枯木，雖即這些麻雀不是在我身上棲息的，我將會像一株被麻雀棲息慣了的樹木，思念得落盡青葉，黯然失卻生氣。這裏不遷徙的鳥兒，麻雀、白頭翁、青苔鳥、草鶺鴒、陶使、烏嘴鷩、斑鳩、雉雞、鶺鴒、雲雀。啊！你們是我的好兄弟，是我親密的一家人啊！鷺橛和伯勞北返後，我總惦掛着牠們倆，禱祝牠們一路平安的到達家鄉，又一路平安的回到比牠們家鄉還住得長久的此地。

家居的麻雀和羣出羣入的麻雀似乎不相屬，牠們的分劃何在？目前我還不明白。

午後到南邊去，我不去，族兄也會來，而且我跟土鼈約定要借他錢，還是我自已去好。見到族兄，族兄說土鼈和烏短他都問過，兩人都同意了，已經找了媒人，照原定初九日下聘，除夕日完婚。名義上是娶，實質上是贅，他們兄弟也都同意了。找到了土鼈，土鼈說他丈人只要他二十斤大餅給族親吃，兩塊布給烏短，其他一切都免了。我說大餅二十斤傷臨，可增加十斤。我掏出銀票，要算給土鼈，土鼈連忙搖手，說他這把年紀，沒拿過錢，萬一丟失了怎麼辦？他要我明日跟他到潮州，給他定做大餅，剪兩塊布，免得他受欺。

〔音注〕

傷臨：傷，臺音箱(語音)。太過的意思。臨，臺音威風凜凜的凜，在邊緣上的意思。

銀票：鈔票的舊稱。

十一月二十七日

一早騎車載了土雞到潮莊，定做了三十斤大餅，給了定金，之後，載土雞到火車站，叮嚀他，大後天不論他親叔能不能來，總要趕回來，正午，我到火車站跟他會合。我掏了幾張銀票要給土雞做路費。土雞說，這半個多月來，他做點兒竹工，有些零用錢可用，不肯收我的錢。送走了土雞，時間還早，纔八點多，要回家嘛，難得出來一趟，總得想一想家裏短缺什麼，好採購回去。想來想去，想到孩子們的習字簿、鉛筆，於是到書店去又各買了兩打，外加寫生板兩塊。再想，想到了油、鹽，又到雜貨店去辦了。跟店主人要了一個硬紙箱，把這一堆零零星星的東西全放進去，綑在後架上。又想，還少什麼？想來想去，總覺得欠了什麼，卻是想不起來。偶一回頭，看見一家食堂的招牌，哦，原來肚子裏欠海鮮！歪了頭，探看人家店裏的壁鐘，纔九點十分，爲了吃一頓海鮮，在街上瘋着轉兩三個鐘頭，怎像話？進菜市場去買幾尾草蝦和鮮魚帶回去？不，君子遠庖廚也！那天爲了招待伸張，買了些海鮮。這回要爲了自己的一張嘴，可不願意！太平仔每天給我一片串仔魚，但見肉，未見魚耳！有個人搶人家的錢，給扭到官府，那貪官問他，白日搶劫，豈不畏王法？那人說，但見錢，未

見人耳。我的情形與之相像，不過說的都是實情。於是我踏上了車，浩然而歸。若說城鎮對我還有什麼吸引力，那便是大書店裏的奇書，小食堂裏的海鮮。

從潮莊回來，纔到小溪上的橋面，便聽見報春在小白菜畦中唱歌，車過竹籬時，探頭果見牠在花梗上翻轉。自那一天牠開了春，天天都聽見牠的歌，有時候上午來，有時候下午來，有時候整天在，或四周各處唱，或逕到書房外老楊桃樹上唱，都是那一隻。牠到老楊桃樹上來時，逢着我在書房裏看書，那是我最快樂的事了。只有一扇窗咫尺之隔，歌聲好嘹亮。牠在繁葉密枝中穿梭着，有時就翻出樹表來。牠唱歌的樣子配着牠的身形羽色，實在太可愛。報春大抵喜歡獨唱，最多兩隻在同一地合歌。將車拄好，搬出了一張椅子坐在廚房外看。

下午四時過後，那隻紅隼又來了。貪看了兩行書，待聽見強力的拍翼聲纔趕出去，卻見大公雞正跟紅隼對打。紅隼在地面上飛掠，公雞奮力攻擊。這隻紅隼著了魔不是？怎麼這樣鍥而不捨！我站在庭中看，紅隼見公雞勢猛，知難而退；一盤上空，又被烏鶖追逐。

十一月二十八日

臺語有些話很美，例如鯨叫海翁，翡翠叫釣魚翁，蜻蜓叫田嬰，蠶叫娘仔，螢叫火金姑，蝙蝠叫夜婆，這一類詞兒很不少，應該收集記錄下來。今早，看見一隻釣魚翁在小橋西沿上站着，面向溪水，背着朝日，牠頭背上的鮮藍，照得閃閃發光，美極了。橋的另一端，也是一隻藍色鳥，你說是何鳥？巧得很，乃是一隻雄藍磯鶇。這兩隻鳥顏色酷似，腹部也是狐赤色，眞巧！藍磯鶇不停地轉動着，我見牠跟釣魚翁鞠了一個躬，但釣魚翁理都不理牠，一意地看着水面。藍磯鶇最喜歡橋沿，若橋沿有女牆似的短欄，牠更喜歡。牠站在橋沿，也是朝水面看，可是牠志不在釣魚，牠是在注視有無飛蟲越溪而過。沒有比溪面上的飛蟲更好獵取的，在草地上，飛蟲一出一入，一失手就沒得牠吃的份兒了。那隻釣魚翁注視了一會兒，倏的縱身一掠，探入水面，又飛回原位，牠分明失了手。溪水清如玻璃，除非魚瞎了眼，怎可能捉到？我正在心裏批判着，牠又縱身一探，這回卻給牠叼上來一尾食指大的魚。牠仰起頭來，努力的把魚往後頓，終於吞了下去。這一下牠可以熬到下午，不必再釣第二尾魚了，我心裏想着。果然牠一聲鳴叫，筆直的順着小溪向西飛走了。那隻藍磯鶇我見牠騰起在空中，又旋下來，大概也有擄獲罷！

午後忽渴想讀讀《易經・繫辭傳》。六十四卦本身我沒興趣，任何人皆可以設定幾個基本原理，用符號代出，加以幾次元的排列組合，而敷衍出一整套的說辭，這是一種遊戲。卦(掛)，我猜原先可能是個遊牧民族使用的路標，用以指示水草、山林、川澤、安全、危險的信號，在春秋末戰國初被發現而應用於天道、人事的推斷，因而推演爲一套說辭。〈繫辭傳〉就是這一套說辭的大會通，故它眞有一套精深的哲理在。但〈繫辭傳〉除了它是這一套說辭的大集成之外，從散文結構的角度看，乃是一篇大天才的大傑作。我讀它，大部分是出自這個角度。若眞正從思想上去理解，〈繫辭傳〉本身處處是一些光影幢幢的曖昧語，連作者自己都不知所云。例如：「知幽明之故，原始反終，故知死生之說」「知周乎萬物，而道濟天下」「範圍天地之化而不過，曲成萬物而不遺」「聖人有以見天下之賾，而擬諸其形容，象其物宜」。當時科學智識幼稚，人類對物理現象的眞正了解膚淺之極。我們今日有了電化飛潛之術，甚至對物質的研究正層層逼入核心，而生理化學的成就雖未臻完全，也頗多洞燭。在這樣的條件下，我們都還不敢寫出上述的話語，而那時的人反敢於寫出。但〈繫辭傳〉的可愛可賞便在此，在於它的狂它的妄，在於它的無有遏制的意想或想像——其想像

力因對實際的無知，而得到完全的解放與奔馳，無怪它在世界散文史上大放光彩。但這篇文字，我們不知道它的作者，不知道它的作者也沒什麼遺憾。一個學派經歷兩、三百年，歷經幾代大師推衍，層層發明推展出獨特的語詞、文法、思惟形式及思想情境，終於會集爲一篇論文，這篇論文不令人驚歎其爲超個人才調的成就是不可能的。戰國末年到西漢初年，這樣的大傑作，除了〈繫辭傳〉之外，還有《大學》、《中庸》兩篇及《莊子》全書與《老子》一篇。

沒留意聽壁鐘，也許我耽讀了。忽聽見母雞異常的淒厲長叫，急趕了出去。只見紅隼左右腳爪各抓着一隻小雞，正要飛離牛滌，母雞在下面追，仍淒厲地叫着。我趕忙奔過去，到了牛滌邊，順手抽出了一枝長竹竿，紅隼一下子挾了兩隻小雞，有些負荷不起，飛得並不快，而且只維持着人腰的高度。可是牠還是領先了一步，我把長竹竿儘向前直伸，企圖夠到牠，反而妨礙了腳步。母雞見我手拿竹竿，早驚嚇閃到一旁。我追了一程，以爲追不及了，那知紅隼也支持不住，漸漸回下地來，終於落在地上。紅隼一落地，先是顧慮地看了我一眼，大概像人類一樣，陷在兩難中，不曉得走好不走好？但牠猶豫的時間很短，就下定決心，要先撕一塊肉吃。我見牠要低下頭去撕小雞，急奮了一個大步，竿頭正好夠到，便毫不躊躇的往橫裏一掃。我的本意原是要嚇唬牠，逼牠放棄。誰知這一竿揮過去，竟就打中了牠的頭殼。只見牠在地上一翻，一聲也未出，抽搐了幾下，就不動了。待我過去看時，紅隼已經死了，兩隻小雞也因單薄的小身軀被紅隼的利爪直刺入臟腑，早已斷了氣。

將小雞和紅隼給分別埋了，心裏面很覺得懊恨，失了兩隻可愛的小雞，又誤殺了一隻鳥。

今天全日晴朗，日出山頭是六點五十二分餘，日落地平線是五點十五分。我經常做成了日出記錄，卻做不成日落記錄。我有意要記錄冬至的日出日落時間，都未成功，希望今年能夠一償素願。只要山頭有一片雲，日落處有一層暮靄，再晴朗的天也沒用。

〔音注〕

火金姑：表面的意思是，身上發金光的持火姑娘。

娘仔：就是閨秀的意思，即舊時所謂的小姐。

翠鳥

十一月二十九日

今日我的思緒輻湊，令我不知道怎樣下筆？我只能將其中較明確的部分當做一段段的斷想記下來：

此時的我好像一個降生在一個好家庭的小孩子，有慈愛而富有的父母。我父母的富有跟世上所謂的富有有些不同。我父親的家產就是我舉目看到的這整個大自然的景觀，而我母親的嫁奩就是由古往今來人類善良心地締結出來的智慧與情操——都已記錄在典籍裏，就像玉收藏在玉匣裏一般。

我靜靜地眺望着晴朗的天，看着那有一萬公尺高美麗的冰晶雲，看着赤腰燕在高空中襯着這美麗的背景自在地翱翔着。我覺得這天地實在出奇地美，因思想着，人不應該只單獨寫成一個人字，人應該以這美麗的天地爲括弧寫成(人)字。

鳥巢也只築在樹上，獸窩也只構於洞穴，人的住屋也只應建乎自然之中。

人一方面想脫離自然，想憑着人的智慧由人自己造出另一個世界；但人回頭再看自然世界時，又發現自然世界確是那樣的完美，於是又極想返歸自然。這是人的矛盾。

時至今日，安靜、寧謐、新鮮空氣、清泉、天然食物、寬闊的藍天、碧綠的大地，世界最好的部分，全都歸野生動物所有；反之，吵嚷、激盪、傾軋、污濁、鴆毒、擁擠、狹窄，世界最齷齪的部分，卻全歸人類攬受。人類幾時在這一個自然世界中建造了無數座牢獄，將自己關了進去？人類啊！你怎能算得是萬物之靈呢？

今天有件大事，差點兒忘記記下來。近午時我又在路面上看見了陳氏鶺鴒，一隻褐色的大鶺鴒。我看着牠長尾一起一頓在路面上行走，又看着牠大波幅飛去，跟前年三、四月間見到的樣子一模一樣，牠的褐色條紋極似麻雀，因爲陳兼善的《臺灣脊椎動物誌》未曾收錄，我就把自己的姓氏給了牠，叫牠爲陳氏鶺鴒。

灰鶺鴒

十二月三十日

許久沒記孩子們上課的情形了。漢字的認識還是在字劃少，與農家有關方面的範圍之內，如米、豆、田、斤、兩、升、斗、石、犬、牛、羊、大、小、上、中、下一類的字，務要精熟，並不貪多，大概將近百字是有的。算的方面，加法已可到無限位數，頗爲熟練：十二月打算教減法。常識方面，衣、食、住、行，從禮節、衛生上已講了不少，孩子們變得有些微文氣了。

今天爲了土龞的事，暫停了一天課。近午時我騎了車到潮州去。先到布行剪了兩塊布，看看將近十二點，騎到火車站，土龞早已到達，同來的不止他的親叔，還有一個族親；土龞告訴我，他的親叔一個人不敢來，不得已邀了一個通達世面的族親同行。

先帶三人到小食堂吃了一頓海鮮——我終於吃到海鮮了。吃過飯，雇了一輛大切車，客人遜讓再三，不敢上車，堅持要走路去。我把他們推了進去，他們又退了出來。最後我說，車既然叫了，不走也要給錢，客人纔不安地坐了上去。到了餅鋪，載了大餅，將兩塊布交給了土龞，我付了車錢，他們先走了。踏車經過菜市場，瞥見了黄橙橙的椪柑，買了十幾個，剝了一個現吃，十分的滿足，便施施然而歸了——這一次並不是浩然而歸。

日頭還有兩竿高，族姪就來催了。又看了幾行書，飼過花狗，又飼過雞母雞仔，將小雞一隻隻捧入雞滌，母雞也自己跟了進去，關好雞滌門，便到南邊去。

果然酒桌差不多擺好了，各家戶主也都陸續的來了，一共辦了兩桌，日頭還未落就開桌了。

盛情難卻，破例飲了三碗，不無醉意。農家難得開懷痛飲，看着族親們忘形地談笑、唱歌、喝拳，平時一年中講不到三句話的人，也都滔滔不休，不由感到心酸，幾乎落下眼淚來。席後，土鼈仔把我拉到一邊，問我一共花了多少錢？我說些須錢，算

螢火蟲

是爲叔的給烏短仔添的嫁粧，難道叔叔還能白當嗎？

回家時上弦月已斜西，夜氣頗爲暖和，聞不到有北風的氣息。遍地裏草蟲唧唧競鳴着，依舊有幾隻螢火蟲爲我照路。這是我的故鄉，我的田園，前面那幢靜默安睡着的平屋，是我可愛的家。

〔音注〕

大切車：大切，是taxi的音譯，即計程車。

雞母雞仔：母雞連帶小雞一整窩的雞。

後記

本書自初版以來，足足已十年，十年內陸續校正，仍不免有誤植之字。如今出第二版，徹底做了一番校正，直做到第五校，應可說得是一個無誤字本了。但是電打字不足，仍有兩個字「鴴」打成「鵆」，「馱」打成「駄」，得向讀者告罪。又書中有我的特殊用字，如「安祥」「匪伊所思」，如「廻」字「廹」字。「安祥」一般寫做「安詳」，「詳」字是「審慎」的意思，不合我的文意。「匪伊所思」，《易經》渙卦原寫做「匪夷所思」。我不喜歡「夷」字，我採取了《詩經》小雅〈都人士〉篇「匪伊垂之」「匪伊卷之」的句式，「伊」字多美啊，不像「夷」字殺氣騰騰。再如「零亂」是「零落不成整體」的「亂」，而「凌亂」是「次序因相互侵凌」而「亂」，含意不同，本書用到的是「零亂」一詞。又柳宗元詩「欸乃一聲山水綠」本書寫做「款乃」，纔符合戛軋聲。「機括」「機栝」是一樣的。

著者 識

一九九四年六月十日

附記

出這第三版，對照初版本，徹底校正，纔發現第二版十一月十四日日記末段，三處「暗淡」，全被半吊子校對者改成「黯淡」，居然未校改過來，這次都給改正了。誤導了讀者這許多年，非常痛心！又十一月二十九日，「輻湊」二字，也被改爲「輻輳」。我所以不用「輻輳」二字，是兩個車字旁的字疊在一起，看來太硬。本版也改過來了。

著者　識

二〇〇六年十二月二十二日

國家圖書館出版品預行編目資料

田園之秋 / 陳冠學著；何華仁繪圖.
— 四版. — 臺北市：前衛，2018.01
360面；23x17公分. —（臺灣經典寶庫）

ISBN 978-957-801-834-1（平裝）

855 106021503

田園之秋

著　　者　陳冠學
繪　　圖　何華仁
美術設計　林敏煌
出 版 者　前衛出版社
10468 台北市中山區農安街153號4樓之3
Tel: 02-25865708　Fax: 02-25863758
郵撥帳號：05625551
E-mail: a4791@ms15.hinet.net
http://www.avanguard.com.tw
出版總監　林文欽
法律顧問　南國春秋法律事務所
出版日期　2018年1月四版一刷
總 經 銷　紅螞蟻圖書有限公司
11494 台北市內湖區舊宗路二段121巷19號
Tel: 02-27953656　Fax: 02-27954100

Printed in Taiwan　ISBN 978-957-801-834-1
定　　價　新台幣 400 元